ruin —傷—

JN265101

六《ろく》青《せい》みつみ

ILLUSTRATION
金《かね》ひかる

CONTENTS

ruin —傷—

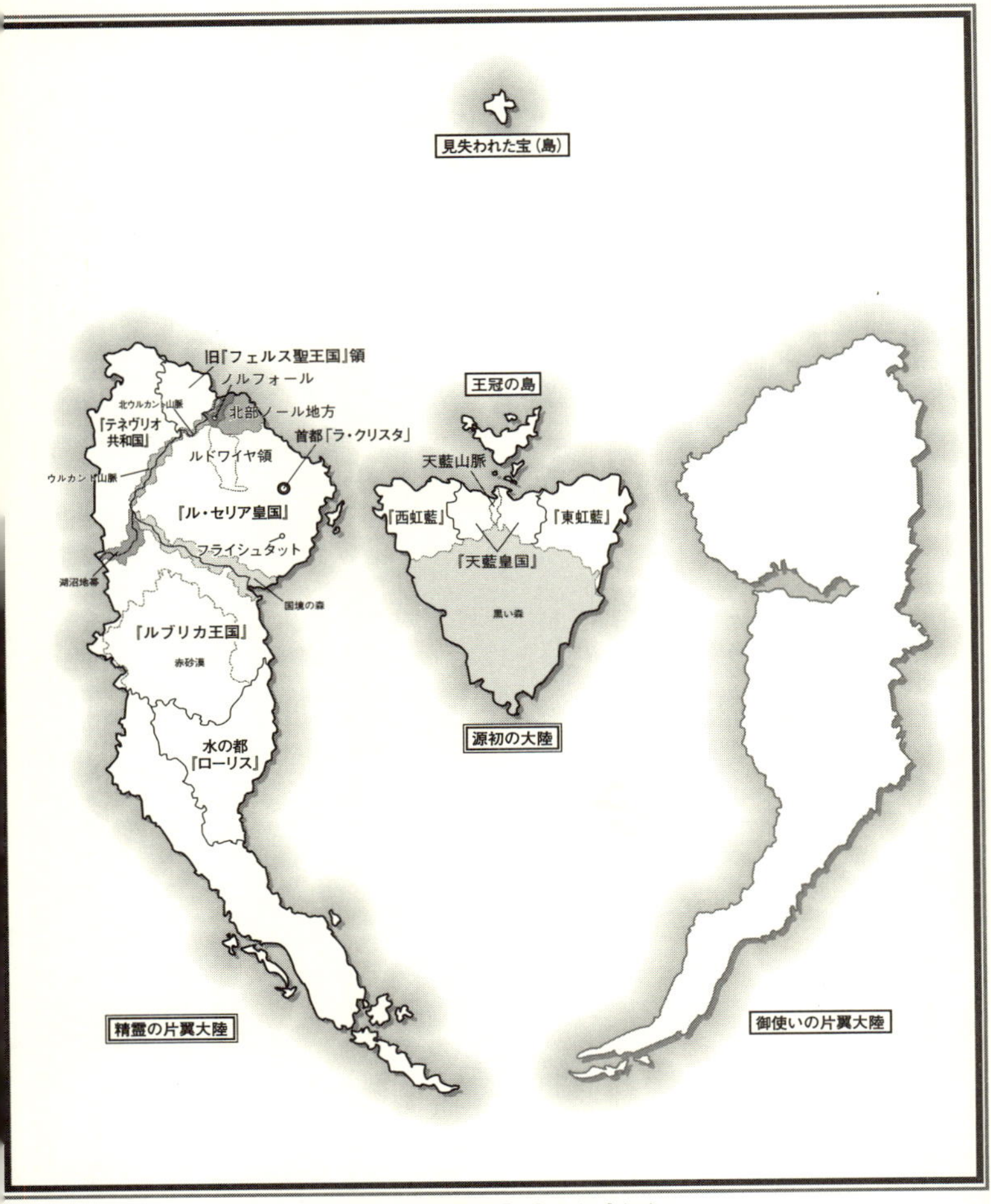

見失われた宝（島）
旧『フェルス聖王国』領
ノルフォール
北ウルカント山脈
北部ノール地方
『テネヴリオ共和国』
首都「ラ・クリスタ」
ルドワイヤ領
ウルカント山脈
『ル・セリア皇国』
フライシュタット
湖沼地帯
国境の森
『ルブリカ王国』
赤砂漠
水の都『ローリス』
精霊の片翼大陸
王冠の島
天藍山脈
『西虹藍』
『東虹藍』
『天藍皇国』
黒い森
源初の大陸
御使いの片翼大陸

『光の螺旋』世界地図

ruin —傷—

差し出した手を、
振り払われるのは、もう嫌だ。

‡ 想い出の中の光 ‡

栗色の髪と琥珀《こはく》色の瞳《ひとみ》を持つカレス・ライアズが、初めて遠縁の従兄《いとこ》であるライオネルに出逢《であ》ったのは、五歳の初夏のことだった。

ライオネルに出逢う前のカレスにとって、日々とは、夏でも底冷えのする日当たりの悪い部屋で独り黙々《もくもく》と本を読んで過ごすか、体調を崩しては黴臭《かびくさ》い寝台の中でただ苦しさに耐える、そのくり返しだった。

カレスの皮膚《ひふ》は妊娠《にんしん》中の母親の不摂生《ふせっせい》が祟《たた》ったのか、生まれていくらも経《た》たないうちに赤い発疹《はっしん》が浮かび、数日もすると炎症を起こしてひどい有り様になっていた。ところどころ乾燥して皮が剝《む》け、ひび割れて血がにじみ、手当てが遅れるとすぐに膿《う》んで赤黒いまだら模様になってしまうのだ。

カレスの母は年若く美しかった。夫と子供がありながら、賛美者には事欠かないほどの美貌《びぼう》の持ち主で、本人も美しいものが大好きだった。親戚《しんせき》や、友人知人の見目良い子供には慈愛《じあい》の籠《こも》った抱擁《ほうよう》を与えるくせに、自分が産んだ子供のことは出産直後からずっと見向きもしない。――醜《みにく》かったからだ。

それまでも母親に抱かれた記憶がなく、屋敷の奥深く、陽も当たらない寒々しい部屋に押し込められ、人目に触れないようこっそり育てられていることで、なんとなく察してはいたけれど。

カレスがそのことを思い知ったのは、三歳を迎える少し前のこと。『さあ、お母様にご挨拶《あいさつ》を』と乳母《うば》にうながされ、美しい母の優しそうな外見に子供らしい期待を抱いて駆け寄ろうとした。

そのまま手を伸ばし抱きつこうとして、思いきり振り払われてしまった。

母は手ではなく扇《おうぎ》で我が子を追い払ったのだ。

それで気づいた。自分は母にとって厭《いと》わしく価値のない、不要な存在なのだと。

そのとき扇の金具で負《お》った傷痕は、今でも額《ひたい》の生《は》え際《ぎわ》に小さくかすかに残っている。あの瞬間の痛みと絶望の記憶は、きっと死ぬまで忘れない。

父は母よりはいくらかましで、何度かカレスに声をかけてくれた。けれどそのたびに、

「なんて醜い子だろう」

そう溜息《ためいき》混じりにつぶやくのだ。

「私たちふたりは社交界でも一番美しい夫妻だと、皆に賞賛されてきたのに。どうしてこんなに見栄《みば》えの悪い子が生まれてきたんだろうねぇ…」

そんなことを言われても知るものか。産んだのはおまえたちの責任だろう。僕がこんなに醜い責任は生んだおまえらにある。そんなに醜い子供が疎《うと》ましいなら、生まれたときに棄てるか殺せばよかったじゃないか。

三歳の子供が相手なら、何を言っても理解できないと思っているのか？　何を言われても傷つかないとでも？

「君の母上が浮気でもしたのかな？　本当に私の子

供なら、こんなに醜いはずはないのにね」

父は笑いながらカレスの鼻の頭を弾《はじ》いた。

冗談《じょうだん》で言ったのかもしれない。けれどカレスにとって、それは己《おのれ》の存在を否定されたも同然の言葉だった。

さらに二年。生来虚弱の上に原因不明の皮膚病を患《わずら》ったまま治る見込みすらなく、見栄えのすこぶる悪い息子を持て余した両親は、気候の良い静養《せいよう》先という名目でフライシュタットにカレスを送り出すことにした。

フライシュタットは、〝精霊の片翼〟と呼ばれるこの大陸の中でも、一番の大国と目されるル・セリア皇国の南部に位置する風光明媚《ふうこうめいび》な小領地である。

カレスの母親の兄の妻の妹が、領主であるフライシュタット子爵《ししゃく》の妻という縁戚関係だが、子爵夫妻は少しも厭うことなく申し出を受け入れた。

両親から疎まれ存在を否定され続け、たった五歳ですっかり生きる気力を失くしたカレスは、何の期待も希望もないまま、光あふれる南部の小領主フライシュタット子爵家の門をくぐることになった。

「ようこそフライシュタットへ！」

どこへ行こうと疎まれることに変わりはない。

鬱々《うつうつ》とした予想に反してカレスを一番に出迎えたのは、まるで光の精霊のようにきれいな少年の、明るく大らかな笑顔だった。

「うわあ、ずいぶん痩せてるねぇ、ちゃんとごはん食べてる？」

本気で心配しているのが分かる声音に、カレスがわずかに視線を上げると、きらきら輝く金髪に縁《ふち》取られたシミひとつないすべすべした顔が、小さく傾《かし》いでカレスをのぞき込んでいた。

「お顔の色がわるいね。遠くからずっと馬車に乗って来たから、疲れちゃった？」

両親はもとより、乳母ですらときには触るのをためらうほど醜く傷んだカレスの肌に、金髪の少年ライオネルは迷わず触れてきた。

子供特有のふっくらとした、カレスよりずいぶんとしっかりした手のひらにそっと優しく両頬を挟まれて、両目の奥が激しくざわめいた。……胸が、痛い。

変だ。ここの気候が良いなんて嘘《うそ》だ。太陽は眩《まぶ》しいし暑いし。風が強くて、得体の知れない小さな針みたいなものが飛び交っているのかもしれない。だから息をするたび胸が痛い、両目がちくちく痛くてまぶたを開けていられなくなったじゃないか。

「どうしたの？　どこか痛いの？　僕がなでてあげるよ。だから、…泣かないで」

頭皮までぼろぼろになってまばらにしか生えていない髪の毛を、温かな手のひらでそっと撫でられた。

「……ひぃ…っく…」

髪を撫でられ肩を抱かれ、背中を慰撫《いぶ》されて。

自分よりひとつ年上なだけなのに、ひとまわり近く大きな少年に抱きしめられて身体のどこかに触れられるたび、涙がこぼれて止まらなかった。

かさかさに干涸《ひか》らびた身体と心の、どこにこれほどの水分があったのかと思うほど、涙があふれてこぼれ落ちる。

カレスは泣いて、泣きじゃくった。

声がかすれ、激しくしゃくり上げたせいでうまく息ができなくなるほど泣きながら、最後にはライオネルの腕の中で眠りに落ちた。

途方に暮れた金髪の少年の腕から、母セシルがカレスを抱き上げた。泣きすぎて熱を持った子供の額や頬に優しいキスをいくつか落とし、そのあとで夫の腕に譲り渡す。夫のリグアスは片手で軽々とカレスを抱き上げ、空いている方の腕でライオネルを抱え上げると、ゆっくり歩きはじめた。

横を歩くセシルの腕には、侍女《じじょ》から受け取った生まれたばかりの次男リーヴが、抜けるような青空に浮かぶ雲を摑《つか》まえようと、両手を広げてはしゃいでいる。

綿菓子《わたがし》のような羊《ひつじ》の群が遊ぶ緑の大地。羊のような雲が浮かぶ青い空。乾いた熱い風が勢いよく吹き抜ける初夏のフライシュタット。

カレスはそこで、生まれて初めて『家族』を得たのだった。

‡

かたん…とかすかな音を立て、カレスは手にしていた小さな肖像画を机に戻した。肩に着く直前で切り揃えた癖《くせ》のない栗色の髪をぞんざいに指先で払い、髪より少し薄い色の瞳を伏せる。

手のひら二つ分ほどの小さな額縁の中、十歳の誕生日を迎えたカレスを囲むようにしてライオネルと弟のリーヴ、その両親が、十三年の時を超えて微笑《ほほえ》みかけてくる。

ライオネルの両親は毎年、子供の誕生日に評判の良い絵師を招いて肖像画を描かせていた。カレスがフライシュタット家の一員として暮らすようになってからは、もちろん彼のためにも絵師を招《よ》ぼうとした。けれどカレスはそれを頑《かたく》なに拒《こば》み続けた。

醜い自分の姿を残すのは嫌だったからだ。

十歳の誕生日を迎える頃には、長いあいだカレスを悩ませていた皮膚病はほとんど完治《かんち》していた。完治すると母譲りの美貌が顕れたが、それでも長年の劣等感は簡単には消えない。

当然その年も断るつもりだった。けれど、ちょうどその頃フライシュタットに保養に来ていた高名な絵師が領主一家を描くことになり、せっかくだからとライオネルに強く誘われて——実際は『カレスと一緒でなければ自分も描かれたくない』と言い張ったせいで——仕方なく、カレスは生まれて初めて肖像画のモデルになった。

今手の中にあるのはそれを縮小複製したものだ。

「高名な絵師というのも、あながち馬鹿《ばか》にしたものでもない」

絵の中のカレスはどことなく心許《こころもと》ない様子で、寂しげな微笑《びしょう》を浮かべていた。モデルを務めているあいだ笑った記憶はない。だからこれは絵師が勝手に推測して描いたものだろう。

風光明媚なフライシュタット。朴訥《ぼくとつ》で堅牢《けんろう》で、温かみにあふれた領主の館《やかた》で暮らした日々は、カレスに安らぎと心の拠《よりどころ》を与えてくれた。

領主一家のあふれんばかりの愛情と優しさ、思いやりと誠実さに包まれ家族同様に愛されて育ったにもかかわらず、カレスの心の奥深い場所には今も尚《なお》、手を伸ばして泣きながら無二の愛を求めて途方に暮れる幼子《おさなご》がいる。

五歳の夏。馬車から降り立ちライオネルに抱きしめられた瞬間、手に入れたと思ったものは幻《まぼろし》だった。

出逢いの日から、ライオネルがカレスに向ける愛情は家族に対するそれであり、カレスが心の底から欲しいと望んだ『特別』ではなかった。今思えば、たぶん心のどこかでそれを察していたのだろう。

絵師はそんなカレスの欠落感を読み取ったのか…。

「観察眼と、言うのだろうな」

鋭《するど》くて、厭になる。

優れた絵師が皆そうした観察眼を持っているとすれば、先月ノルフォールに戻って来たあの年若い絵師エリヤも、やはりカレスの真意を見抜いているのかもしれない。

「——冗談じゃない…!」

机上《きじょう》にあった書類を思わず握りしめて、カレスは呻《うめ》いた。

もう五年も前になる。ライオネルが当時十三歳だった流民《るみん》の少年エリヤを保護したのは。

ふたりは天と地ほども離れた身分差にもかかわらず互いに好意を抱き、日に日に絆《きずな》を深めていった。

立場をわきまえずライオネルにまとわりつくエリヤが疎ましくて目障りで、たった十三歳の子供に辛く当たった。

邪険《じゃけん》にして、ひどい言葉をたくさん叩きつけた。

少年が自《みずか》ら屋敷を出て行くように辛辣《しんらつ》な言葉で追い詰め、結果的にふたりの仲を引き裂いた。

カレスの心無い仕打ちに傷ついたエリヤは、安全に保護されていたライオネルの許を自ら離れ、当時領内で不法に行われていた鉱山採掘《さいくつ》場の過酷な労働に赴いた。そして、そこでの過労が元で胸を患い、一時は死線をさまようほど衰弱してしまった。

一年後。ライオネルの懸命《けんめい》な捜索《そうさく》によって救い出されたとき、その瞳にはカレスに対する恨《うら》みも怒《いか》りもなかった。

一命を取り留めたあとも予断は許されず、気候の良いフライシュタットで静養すること三年半。

エリヤは少年期から青年期にかけて最も多感な時期を、寝台の上で過ごすことになった。何よりも、互いに相愛であったライオネルとの別離。

それら全ての原因は、カレスの醜い嫉妬《しっと》によるものだったのだ。

そして先月、ようやく快復したからとノルフォールに戻って来てからも、カレスを見つめるその瞳には、昔と変わらずただ深く澄んだ悲しみがあるばかりだった。

――いっそ責められたら楽だった。

瘦せこけて垢染《あかじ》みていた少年は、物腰のたおやかなほっそりとした青年に育った。

脳裏に甦るエリヤの姿を消し去りたくて、カレスは強くまぶたを閉じた。

五年前はまるで自覚していなかった。……今なら分かる。

『同性同士の行きすぎた関係は、北部地方では忌み嫌われる』

そんな大義名分を振りかざしながら、エリヤに対してばかりことさら冷たく厳しい態度をとったのは、嫉妬《しっと》のせいだったのだと。

ライオネルとは出逢ってからずっと、カレスが実家に無理やり連れ戻されていた二年間を除けば、片時も離れず一緒に過ごしてきた。そのカレスがついに得られなかったものを、たった一度の出会いで手に入れた少年が心底嫉ましかった。

エリヤが療養のためにノルフォールを離れていたあいだ、カレスはずっと儚《はかな》い期待を抱き続けていた。

『エリヤさえいなければ、リオの〝一番〟の愛情がもう一度自分に向けられるではないか』

期待は日が過ぎるごとに失意に変わり、ついにふたりの再会によって絶望的になった。

いい加減あきらめられたらいいのに。

物欲しそうにライオネルを見つめる自分の、惨《みじ》めな執着《しゅうちゃく》心が疎ましくて辛《つら》い。それでも心はすがりつくことを止められない。

——僕にはリオしかいないから。

自己の一部になってしまった慕情《ぼじょう》を奪い取られたら、ぽかりと空いたその空隙《くうげき》から腐って死んでしまうような気がする。

自分の気持ちに気づくのが遅すぎた…。

焦燥《しょうそう》感と無力感がない混ぜになったカレスの思考は、そのとき遠慮がちに扉《とびら》を叩く音によって断ち切られた。

「旦那《だんな》さま」

扉の外で従僕《じゅうぼく》が注意をうながしてくる。

「そろそろお出かけになる時間でございますが…」

今夜は大切な祭儀《さいぎ》の日である。ライオネルのため、不手際のないよう式次第を進めなければならない。

カレスはゆっくり頭を上げると、有能な書記官長の顔に戻って応えた。

「分かった、すぐに出る」

‡ 聖夏至祭 ‡

ノルフォールの街は鳥瞰《ちょうかん》するとちょうど十字の形に見える。突端《とったん》はそれぞれ東西南北を示し、四つの街門から伸びた大通りがまっすぐ街の中心部へと向かう。

濃灰色の石と鋼《はがね》からなる街中にあって、この四本の目抜き通りだけは美しく大きさの整った白味の強い石畳《いしだたみ》で舗装《ほそう》されており、無数にある他の小路《こうじ》とは別格となっていた。

四本の大通りが突き当たる街の中心部はなだらかに隆起する丘陵《きゅうりょう》地で、環状《サークル》通りと人の背丈《せたけ》の二倍ほどの城壁《じょうへき》に囲まれており、その内側には領内の有力貴族の邸宅と官吏の公館が建ち並ぶ。そして頂上には領主の城館が白亜《はくあ》の威容《いよう》を誇り、北部最大の要塞《ようさい》都市ノルフォールを見下ろしている。

その城館の中、公《おおやけ》の場としては最も内殿に設けられた祈禱所《きとうしょ》では、北部地方で何よりも大切な祭儀『聖夏至《げし》祭』が執《と》り行われていた。

一年のうちで最も日が長く、諸精霊との波長が合いやすくなるこの日は、天と地、風と水からなる四大聖霊の他、この世のあらゆるものから生じては移ろう精霊たちの安寧《あんねい》と、『光の螺旋《らせん》』と呼ばれる輪廻《りんね》への回帰を祈る大切な日である。

祭儀の最も核となる真言《しんごん》の斉唱《せいしょう》と、精霊使いでない者には意味を摑みかねるいくつかの身振り手振りを含んだ厳《おご》そかな祈禱が無事終わると、カレスはほっと息を吐《つ》いた。

式自体に少しでも滞《とどこお》りがあれば、年若い領主《ライオネル》の不手際として、彼を快《こころよ》く思わない人々に糾弾《きゅうだん》の口実を与えてしまう。

ライオネルがノルフォールという歴史ある領地の主になって四年が過ぎたが、未《いま》だに彼の失脚を望む人間が根強く残っている。彼らの多くは、先代領主の下で既得権益《きとくけんえき》に群がり、さんざん甘い汁を吸ってきた者たちだ。ライオネルが領主になってからは、政庁内に跋扈《ばっこ》していた腐敗《ふはい》官吏たちによる汚職《おしょく》、贈収賄《ぞうしゅうわい》の横行、使途不明金の行方《ゆくえ》を厳しく取り締まるようになったため、目障《めざわ》りで仕方がないのだろう。

——油断はできない。リオを守らなければ。

当のライオネルはいつもより華やいだ笑顔を周囲に振りまきながら、鷹揚《おうよう》な足取りでカレスの傍《かたわ》らまでやってきた。

「カレス。園遊会への招待客の数、今年はどのくらいになる？」

小声で訊《たず》ねられ、カレスは自分より少し上方にある親友の顔に視線を向けた。

南国の満月のような金髪を持ち、背筋を伸ばして佇《たたず》むライオネルは、誰がどこから見ても立派な貴公子である。

きっちりと撫でつけられた金色の髪。温かみのある大理石の肌。二十代半《なか》ばとなり、繊細さより頼もしさの目立ってきた頬から顎《あご》の線、通った鼻筋。

そして新緑を映した湖《みずうみ》のような碧《あお》色の瞳。

表情にはにじむような柔《やわ》らかな光と温かさがある。その光は微笑むと一層ゆたかにあふれ出て、見る者の心を揺さぶる。

少なくともカレスはひと目で強く惹かれた。

その気持ちは今も変わらない。

「侯爵家ゆかりの方々だけで百八十二名。元老院《げんろういん》の方々が三八名。高位の文官、武官、その配偶者を合わせて百二十三名。世襲《せしゅう》爵位を持つ八百十六家の方々が総勢千七百五十八名。各ギルド《商工会》から代表者が二十五名とその配偶者十八名。貴族ではない民間の功労者が百五十六名。他領からの賓客《ひんきゃく》三十三名、内一名はお忍びだそうです。…あとは皇王陛下から祝賀の勅使《ちょくし》がいらしていますね」

カレスはわざと視線を外しながら、小さな声で淀みなく答えた。歳に似合わぬその落ち着きぶりを、冷淡ととる人間が多いことは本人も自覚しているが気にしない。

「二千と少しか。…どうした？　浮かない顔をしてるな」

面《おもて》に出さないよう充分気をつけているつもりだったのに、気づいてくれた。カレスはトクンと高鳴りかけた胸を無意識に手のひらで押さえ、少しためらってから口を開いた。

「実は、内殿に参拝《さんぱい》することを許されなかった何名かのご親族方が非常に激昂《げっこう》していて、…ちょっと、手がつけられない状態で――」

先代――ライオネルの祖父の治領時代、内殿に設けられた祈禱所に立ち入ることを許されたのは、一部の限られた特権階級のみであった。選民意識の強かった先代はそうやってお気に入りの家臣《かしん》を区別したり等級分けすることで、独りよがりな満足感にひたっていたのだ。

従う方にしてみれば、お気に入りに選ばれれば問題はないが、そうでなければ不満が募《つの》る。選ばれる基準が忠誠心《ちゅうせいしん》や能力とは無関係の、恣《し》意的な好き嫌いで左右されるのであればなおさら。

精霊使いによって特別に聖別された場所、いわゆる『聖域』である内殿に無制限に人々を招き入れることは、実際、広さや警備の関係上不可能である。それでもライオネルはなるべく祖父の代の不満を持ち越さないよう配慮してきた。

不満を募らせる人々のため、今回は祭儀後に催《もよお》される園遊会に身分の上下を問わず、なるべくたくさん招待するよう決めたのだ。

そうした配慮を逆手に取り、祖父の代ならば園遊会にも招待されず血縁とも認められなかった自称親族たちが、若い領主《ライオネル》を御《ぎょ》しやすいと見て、自分たちも内殿に入れろと言い出したのである。

先代の五十年にも及んだ長い治領時代の悪弊《あくへい》は、未だに至る所でライオネルの改革を阻《はば》んでいるのだった。

「文句を言ってるのは何家だ」

カレスが素早く三つの家名を告げると、ライオネルは顎に手を添えて少しだけ考え込み、すぐに顔を上げた。

「園遊会の席次を上げてやってくれ。ああ、下がる者が出ないよう席を増やせばいい。領主のすぐ傍《そば》にでも用意すれば怒りも収まるだろう」

「ですが、それでは他に示しが」

一部のわがままを許していては、秩序《ちつじょ》が乱れる。それに彼らはライオネルが領主になって以来、協力を要請《ようせい》するたびに何かと理由をつけて拒んでいるのだ。

そのこともあって、今回はカレスの一存で昇殿から外したのに。

「クーレイン家の次男はなかなか見どころのある男だし、マリシア家は皇都の運輸《うんゆ》組合に伝手《つて》があるそうだ。ストラルグ家は先月結婚したばかりだから、妻君《さいくん》にいいところを見せたかったんだろう」

「それは…」

「見込みのない者と、今は頑なでも、こちらの出方次第で味方になる可能性のある者。それを見誤ってはいけない」

広い視点と、敵味方の別なく相手の力量を評価できる度量。大らかな包容力を持つライオネルの言葉に、カレスは改めて己の狭量《きょうりょう》さを自覚した。

「忙《いそが》しいのに手間をかけてすまないが、頼む」

温かな手で肩を軽く引き寄せられ、笑顔で耳許にささやかれてしまえば、断れるわけもない。

「分かりました」

頷《うなず》いて、急な変更に対応できそうな部下の名前を思い浮かべる。

大局的な視点や人材を登用《とうよう》する能力はライオネルに遠く及ばないが、ライオネルが発案した計画を詳細に検討し、実務段階に移す能力ならカレスも少しは他人に誇れる。

カレスのノルフォール政庁での正式な役職名は『書記官長』である。書記官とは領主の傍近くに仕《つか》え、各官庁からの訴えを取り次ぎ、逆に領主の意向を家臣団に伝える。議事を記録し、政庁内のあらゆる重要文書に目を通す権限を与えられ、さらに領主の行動を把握《はあく》して予定を組み、調整する役目も負う。カレスは、十名ほどで構成されるこの側近《そっきん》団の長なのだが——。

恣意的で好き嫌いが激しかった先代領主の治領が五十年も続いたせいで、ノルフォール政庁にはまともな官吏があまりいなかった。

そのため祭儀の進行や園遊会の招待客の把握など、本来なら典部官《てんぶかん》の管轄《かんかつ》であることを、書記長官であるカレスが未だに代行している状態だ。

先代領主につき従っていた家臣団の中には、長いあいだ同じ官職に従事し続けた者が多い。そのせいか執務内容に異様なほど詳しくなった挙げ句、必要もない細かい手順やしきたりに固執《こしつ》して、何かと弊害が出ていた。

その最たる者が前《さき》の典部長官ヨアヒム・アルノー子爵で、無駄を排して簡略化を志《むね》とするライオネルとは合わなかった。

新領主の方針に腹を立てた典部長官は、儀式進行、故事由来など一切引き継ぐことなく退官してしまい、あとに残ったのは何も分からない者たちばかり。

埋《うず》もれた資料を掘り起こし、残された典部官を叱咤《しった》して必要最低限の知識を叩き込み、ライオネルが次の官長を定めるまでいくつかの祭儀進行を指揮したため、カレスは典部の仕事に詳しくなり、それは新官長が就任してからも変わらなかった。

新しい典部官長は人はよいが気弱な質《たち》で、今でも何かとカレスを頼りにしている。

恐ろしいことに、カレスの能力を頼りにしているのは典部官だけではない。他にも壌制官《じょうせい》や水運官などがいる。皆、先代の下で冷遇されていた官職で、十五から十九までの四年間、皇都ラ・クリスタで幅広い行政知識を学んできたカレスの能力に助けられているのだった。

ライオネルがノルフォール侯を継いで四年が過ぎ、人材は育ってきているとはいえ、まだまだ足りない。

「そういえば、今年は南街の大広場でも大きな祭典が催されるそうじゃないか」

「ええ。昨年は豊作でしたし、春には新しい鉱脈も発見されましたからね。市井《しせい》の人々の暮らしが少し潤《うるお》ってきた証拠《しょうこ》でしょう。各地の名産を携《たずさ》えてきた人々が市《いち》を開きますし、皇都で好評を博している劇団やルブリカ渡りの曲芸団まで来てるそうです」

「なかなか楽しそうだ」

「園遊会の招待客の中でも、若い方やギルドの方々はすぐに街の広場に下りてしまうんじゃないですか。あちらの方が無礼講《ぶれいこう》で賑《にぎ》やかでしょうし」

ライオネルは「ふむ」と頷き、とんでもないことを口走った。

「私もエリヤを連れて街の広場に下りようか……」

カレスはぎょっとして声を荒らげかけたが、すぐに声をひそめて釘《くぎ》を刺した。

「止《や》めてください！　そんなことをしたら、…非難されるのは間違いなくあの子の方ですよ」


きつい調子の戒《いまし》めは、一見エリヤを慮《おもんぱか》っているように聞こえるだろう。

大陸の北端に位置するノルフォール領は気候が厳しく、幼児の死亡率が高い時代が長く続いた。そのため人々は子孫を残さない不毛な関係を嫌い、『精霊の祝福がない』という理由で禁忌《きんき》としてきた。

ほんの百年ほど前まで、同性愛が発覚した場合、貴族なら爵位剝奪《はくだつ》の上投獄《とうごく》され重労働が科せられていた。平民なら公開鞭打《むちう》ち刑だ。私刑も横行《おうこう》し、命を落とす者も多かった。

現在では何事にも大らかな皇都の風潮《ふうちょう》が浸透《しんとう》して、一部で許容する動きが出ているとはいえ、さすがに結婚前の領主が同性の恋人を囲っているという事実は伏せておきたい。

「分かった。分かったから、そんなに恐い顔をするな。エリヤとは園遊会を楽しむだけで我慢するよ」

「……」

できればそれも遠慮して欲しいところだが、さすがにライオネルは聞き入れないだろう。カレスにもエリヤの参加を阻止する正当な理由はなかった。

意識しないまま奥歯を噛みしめ足取りが重くなったカレスを置いて、ライオネルは園遊会が行われる中庭とは反対側の渡り廊下《ろうか》の方へ曲がった。

ライオネルが足早に進んだ先、城館の東翼《とうよく》には領主の執務室がある。その前庭には特別に警備された小道が通っており、領主の私生活の場である別邸『東翠邸《とうすいてい》』へと続いている。

その道を通ってひとりの少年が現れた。

黒髪に黒い瞳の青年の名はエリヤ。

十八歳になってもどこか儚《はかな》さが漂《ただよ》う細い身体つきは、胸を病んだ名残《なごり》である。

二名の護衛官に守られ侍従官長であるアルリードにつき添われたエリヤは、出迎えたライオネルににかんだ笑顔を向けた。カレスに背を向けたライオネルの面には、きっと蕩《とろ》けるような微笑みが浮かんでいるに違いない。

ライオネルが差し出した腕に、エリヤが控えめに寄り添う。

ほっそりとした青年の背中にまわされたライオネルの腕が、彼を守るのは自分なのだと主張していた。

ふたりの仲睦《なかむつ》まじい様子を無表情に見つめながら、カレスは苦い思いを呑み込んだ。


領主城館である白亜の侯爵邸は、南に弧線を向けた三日月形をしている。

代々の城主によって増改築を重ねられた建物に抱かれる形で広がる北の大庭園が、今夜は星もかすむほどの蜜蠟《みつろう》の灯りに照らし出されている。夜闇に浮かび上がる庭園の幻想的な美しさが招待客の目を楽しませていた。

「まあ、そちらの貴公子はどなた？　見かけない顔ですこと」

地上の星のごとく着飾った貴婦人たちに声をかけ

られ、戸惑《とまど》うエリヤに代わって傍らのライオネルが淀みなく答えた。

「彼は、あの『楽園』の作者です。名前はエリヤ。静養先から先月戻って来たばかりでしてね、今後は私の保護の下で作品を制作していく予定です。以後お見知りおきを」

『楽園』は、エリヤが胸を患う原因となった不法鉱山での就労中、小屋の壁に描いた絵の名前である。

エリヤが病気療養のためフライシュタットへ旅立ったあと、ライオネルは山奥からこれを運び出し、補強と保護を施した。

補強作業に携わった者から精霊院に絵の出来栄えが伝わり、特に請《こ》われて寄贈《きぞう》することになったのである。

以来、精霊院の正門に飾られた絵を目にした誰もが、そこからにじみ出る美しさと奥深い優しさの虜《とりこ》になった。

「あら、あの美しい絵の」

「でもその髪の色…、もしかしてフェルスゆかりの方では？」

目敏《めざと》い夫人方の追及をライオネルは容易《たやす》くかわす。

「いかにもエリヤはフェルス人ですが、それが何か問題でも」

好奇の目にさらされるエリヤの背に、しっかりと手をまわし、彼がどれほど自分《領主》に寵愛《ちょうあい》されているかを知らしめる。

『フェルス』は十五年前、古代聖魔法の濫用による王家の狂乱が原因で滅亡した隣国の名だ。戦乱と流血で疲弊しきった国土から避難してきた人々をノルフォールの民《たみ》は渋々《しぶしぶ》受け入れ、そしてひどく虐《しいた》げてきた。

フェルス人に対する悪感情にはいくつか理由がある。その大半は先代領主の、難民政策への無頓着《むとんちゃく》ぶりが原因であり、皇国内でノルフォールほどフェルス人に対する差別がひどい地域はない。そして理由が何であれ、人々の中に一度染みついた差別感情を拭《ぬぐ》い去ることは容易ではなかった。

「エリヤの絵は、非公式にですが皇王陛下からお褒《ほ》めの言葉を賜《たまわ》ったこともあるのですよ。皇都のリナーシタ夫人やリスガル令嬢にも評判ですし。優れた才能を古めかしい偏見で見落とすのは、賢い貴女方《あなたがた》にとって損失なのでは？」

皇王の名を出された婦人たちは一様に口をつぐんだ。女性たちの憧《あこが》れの的《まと》であるリナーシタ夫人やリスガル令嬢の名も、彼女たちの偏見を抑え込むのに充分役立ったようだ。

ライオネルはその後もエリヤの傍にぴたりと寄り添い、誰に対しても鷹揚で気さくな態度を崩さず、数多くの招待客たちの相手をし続けた。

細々《こまごま》とした雑務に追われながらふたりの様子をうかがっていたカレスは、宴《うたげ》も半ばを過ぎた頃ようやくライオネルをエリヤの傍から引き離した。歓談の輪に、エリヤの主治医であり聖夏至祭の祭司《さいし》を勤めた高位の精霊使いワルド・ワルスが加わったので、少しならライオネルが傍を離れても構わないだろうと判断したのだ。

人の輪を離れ、飲み物を勧めながら早口でささやく。

「園遊会に出席させただけでもずいぶんと目立っているんですから、…エリヤ殿《どの》との関係、決して詮索《せんさく》されないよう、あらぬ誤解を招かぬよう充分自重《じちょう》してください」

ライオネルは園遊会がはじまってから、片時もエリヤの傍を離れない。そうした外聞を気にしない態度について、カレスはあくまでも領主の秘書的立場として忠告したつもりだったが、ライオネルは苦笑ともつかない困惑顔を浮かべただけだった。

カレスは一瞬ひるみかけた己を奮《ふる》い立たせた。

「あなた方の関係が知られたら、真っ先に攻撃されて傷つくのがエリヤ殿だということは承知しているんでしょう？」

ライオネルとエリヤは、世をはばかる間柄なのだ。

そして、北部の人々は同性間の深い関係に強い忌避《きひ》感を持っている。その上エリヤはフェルス人。

これは『忠告』であって『否定』ではない。

「…あなたと、エリヤ殿のためです」

一見ふたりの仲を認めるカレスの態度は過去に己が犯した過《あやま》ちの償《つぐな》いで、決して本心からではない。彼らの関係を否定して、再びライオネルに疎まれたくないだけだ。

昔は、カレスが何をしてもライオネルは許してくれた。いや、許してくれると無条件で信じていられた。けれど五年前、エリヤをめぐって諍《いさか》いを起こして以来、カレスはライオネルの愛情を無邪気には信じられなくなった。そしてライオネルもカレスを無条件では信じなくなった。

『エリヤが無事に見つからなかったら、私はおまえを許さない』

そう怒鳴られて頬を叩《はた》かれた記憶は、今もカレスの胸に錆《さ》びた鉄杭《てつくい》のように埋まっている。

ライオネルに頬を打たれたのも初めてなら、冷たく儀礼的に扱われたのも初めてだった。

あの日、カレスはライオネルへの恋心を自覚した。

そしてライオネルは、カレスがエリヤの存在とふたりの関係を認めるまで、しばらくカレスを避け続けた。

必要最低限の会話。冷たく儀礼的な態度。言葉の端々ににじむ信頼を裏切られたことへの怒り。見損なったといわんばかりの落胆を込めた視線。

この世の誰よりも大好きで大切な、そして恋情を自覚したばかりの相手から、初めて受けた拒絶。

あのときみたいにやる瀬ない思いは、もう二度としたくない。

ライオネルの中では、エリヤに対するカレスの仕打ちは過去の出来事として決着がついているらしい。

『私を思うあまりしてしまったことだろう？　おまえも深く悔《く》いている。だから赦《ゆる》す。――ずっと一緒に育ってきたおまえだから、……赦す』

エリヤが命の危機を脱したとき、ライオネルはまるで自分に言い聞かせるようカレスに宣言した。

たぶんエリヤを追いつめた犯人がカレス以外だったら、ライオネルは一生その人間を赦さなかったに違いない。

ふたりの関係は、表向きは修復されたように見えたかもしれない。けれど互いのあいだにあった大切な何かは、永遠に失われてしまった。

ライオネルはカレスが己の過ちを悟り態度を改めたあとも、少しでもエリヤに対する不満を匂わせると距離を置こうとした。それは本当にささいな変化で、本人もたぶん無自覚だろう。

カレスは敏感にそれを感じ取る。

そのたびに、本当は赦されていない己の罪の重さと醜さを突きつけられて辛い。

これ以上エリヤとの関係に言及して、ライオネルに嫌われたくないと強く思う。けれど同じ強さで、なんとかエリヤを遠ざけられないだろうかと望む、未練がましい自分もいる。

『エリヤのため』というのは嘘ではない。領主というライオネルの立場を守るためにも、同性の恋人がいるなどという事実は秘すべきである。だから、

「どうか他人目《ひとめ》を気にしてください」

ことさら感情を排したカレスの嘆願《たんがん》に、

「詮索されて困るような関係には、まだなっていない…」

ライオネルは大切な恋人《エリヤ》から片時も視線を外さないまま、ぼそりと不満気につぶやいた。

カレスは内心驚きながら、それでも表情には出さなかった。

「…そうですか」

視線を落とした胸の内、ほんの少しだけ希望の灯《ひ》が点る。

そう…。だったら、そのままずっと深い関係にならなければいい。

エリヤに対する執着は一時の気の迷いだったと、

どうか言ってはくれないだろうか——。

園遊会は滞りなく進み終盤に差しかかっている。これまでひとところにじっとする暇《ひま》もなく采配《さいはい》を揮っていたカレスは、目前の光景に意識を奪われ思わず立ち尽くしたところだった。

視線の先では、特別に設《しつら》えられた野外舞踏場で人々が輪になって軽《かろ》やかに踊っている。皆が踊っている〝ブランル〟は特に相手を決めてのものではなく、大きな二重の輪がそれぞれ逆の方向に進みながら、音楽の節《ふし》に合わせ相手を替えてゆく。親愛と融和の象徴《しょうちょう》とされる踊りなので輪には男女の区別がなく、相手が同性同士になることもある。

カレスの意識を奪っていたのは、踊りの輪に参加したライオネルとエリヤの姿だった。

うるさ方の親族一同の耳目《じもく》が注がれる中、ライオネルは堂々と他人には言えない恋人とのダンスを楽しんでいる。

あれほど忠告したのに…。

聞き入れてもらえなかった敗北感と、取り残される寂しさと焦燥感。カレスは歯嚙みする思いでふたりを見つめ続けた。

「貴方《あなた》は、踊らないんですか」

決して静かとは言えない人々のざわめきの中で、その声はするりとカレスの耳に届いた。低く、それでいて張りのある、美声とはこういう声をさすのだろう。

背後から響いたその美声に、けれどカレスは眉間《みけん》を寄せた。声に含まれた、踊りに誘いたがっている気配が鬱陶《うっとう》しい。声の主に振り返りもせず話の穂を断ち切るよう短く答える。

「苦手ですから」

発した声音の硬さは、我《われ》ながら八つ当たりめいていて少し恥ずかしかったが、今さら取り消すこともできない。

「それは残念です」

返されたその声があまりにも情感にあふれ、心底落胆しているようだったので、カレスは思わず振り向いてしまった。

最初に目に飛び込んだのは、黒に近い深緑色した裾長の上衣と、胸許にあしらわれた見事な金の留め飾り。

顔は、どこだ。

視線を上げ、足りずに首を曲げると声の主は驚くほど強いまなざしでカレスを見つめ返してきた。

——隻眼《せきがん》…。

他より頭ひとつ分は飛び出している、見上げるような長身にも驚いたが、その容貌に思わず息を呑む。

黒い眼帯に覆われた右顔面に、額から頬にかけて引き攣《つ》れた傷痕が斜めに走っている。がっしりとした頬骨から顎にかけて、顔半分を覆《おお》っている黒々とした髭《ひげ》。

ほんの一瞬見つめ合ったあと、男はまぶたを軽く伏せて静かに身を翻《ひるがえ》した。

ほんの一瞬、男の瞳が落胆したように揺れて見えたのは錯覚《さっかく》だろうか。

隻眼やひどい傷痕に驚いたのは事実だが、そういうものへの嫌悪《けんお》感はない。仕事柄、感情を面に出さないよう努めてはいるが、今回は自制しきれなかったようだ。それにしても…。

「あんな大男、ノルフォールにいただろうか…？」

年はカレスより十《とお》ほども上だろうか。彫りの深い顔立ちに、厳しい世間《せけん》を渡って来た証《あかし》のような、眉間に走るシワが印象深かった。

癖のある黒髪は後ろできっちりと束ねられ、露《あらわ》になった首筋から肩、上腕にかけての力強さは、カレスくらい片手で持ち上げられる膂力《りょりょく》がありそうだった。

広い肩幅と厚い胸板のせいで、服の上からでも容易に想像できる逞《たくま》しい身体つき。それでいて身のこなしは、大型猫族のように優雅で威厳に満ちていた。

政務に関係する家臣なら全員の顔と肩書き、家族構成まで一致させて覚えている。しかし大きな歩幅であっという間に遠ざかってゆく広い背中に、見覚えはなかった。

後日、カレスは招待客名簿を改めて見直してみた。

「商工会《ギルド》の人間だろうか…？」

交易を生業《なりわい》にしている人間ならば、あの逞しさも納得できる。

商人というより用心棒と言った方が適当かもしれないが。

「……山賊団の、頭領《かしら》かと思った」

もしくは荒くれ者の代表、傭兵《ようへい》隊の軍団長あたりか…。ヨコにしてもタテにしても、到底貴族階級には見えない。

名簿の中にある幾人《いくにん》かの名前を候補に挙げて、とりあえず納得したカレスの無礼な感想は、幸《さいわ》い本人の耳に届くことはなかった――。

元々ライオネル以外の人間のことは、仕事絡みでなければ興味のないカレスである。毎日の政務に忙《ぼう》殺《さつ》されるうちに、男のことなどあっという間に記憶の片隅に埋もれてしまったのである。

‡　夜に彷徨《さまよ》う　‡

　聖夏至祭より三月《みつき》前、芽生えの三月。

「東翠邸《ここ》を出ることに決めましたから」

　カレスがそう告げたとき、ライオネルは寝耳に水とばかりに目を見開き、隣の席に座るエリヤの方が申し訳なさそうにまぶたを伏せた。

「どうして？　ここを出る理由がどこにある」

　本当に理由が分からないのだろう、ライオネルは心底不思議そうに聞き返した。

　カレスが出て行くと宣言した東翠邸は、領主の居城から徒歩で三十タランス（四十分）ほど離れた場所に建つ別館のことであり、今こうして三人が共に食事を摂っている館の名前である。

　先代が居城として増改築を重ねてきた三日月形の本館は、一見壮麗な建築物ではあるが、人が住み日々を営《いとな》んでゆくには不向きであった。ライオネルは領主に就任してからすぐに、生活の場を同じ敷地内に建つこの小さな別館に移した。

　東翠邸は比較的新しい建物で、本館に比べて明るく風通しもよく、部屋数も少ないので警備の負担も少ない。

　元は有能な執事《しつじ》であり、現在は領主《ライオネル》の侍従長であるアルリードの采配により、身のまわりの世話については何ひとつ不満はない。これ以上はない極上の暮らし振りであり、出て行きたくなる理由などないはずなのに。

「もう決めました」

　素っ気ない物言いはカレスの性分だ。

「だから、どうして？」

　ライオネルは食事のあいだ中カレスに理由を問い質《ただ》し、カレスはそれをあしらい続けた。

「貴方と寝食まで共にするのは『癒着《ゆちゃく》』の温床《おんしょう》だと、非難する声が政庁内にあるんです」

「家族が一緒に住んで何が悪い！」

「――……っ」

〝家族〟という言葉に胸を突かれる心地がした。

ライオネルへの想いを自覚する前ならただ嬉《うれ》しく誇らしかった言葉が、今は痛い。

――僕が欲しかったのは家族への愛情じゃない…。

喉許に込み上げかけた苦いものを押し戻すように、カレスは卓の下できつく指を握りしめながら、まぶたを伏せた。

「……義理の、というところを見逃《みのが》さないんです。ああいう人たちは」

ほとぼりが冷めたら。もしくは、貴方が家臣団の不満などに少しも揺るがないほど権勢の基盤を築き終えたら戻って来ますから。

カレスが言い切ると、ライオネルは渋々といった面持ちでようやく頷いた。

領主の座に就いて丸四年。老獪《ろうかい》な家臣団に囲まれての政はなかなか大変である。

無駄な不満を溜めた家臣らに、妙な陰謀《いんぼう》でも企《くわだ》てられてはたまらない。

ライオネルが力を注ぐべきは領内に暮らすの人々の安全で豊かな暮らしについてであり、決して政庁内の権力闘争などではないのだから。

「ぼくのせいですか」

食事を終えて自室に戻ろうとしたカレスの背に、控えめな声がかけられた。

追いかけてきた声はカレスが期待した人物のものではない。

声の主のエリヤは、カレスとふたりきりになることに相変わらずかすかな怯《おび》えをにじませながら近づいてきた。

その姿を見ると胃《い》の腑《ふ》の底が沸き立つ。

ライオネルには欠片《かけら》も思いつけなかった理由を、この華奢《きゃしゃ》な青年は正確に察しているのだ。それを小賢しいと感じ、恋敵《こいがたき》に同情される屈辱《くつじょく》と敗北感がない交ぜになって、カレスの表情にも紗《しゃ》がかかる。

怒りも嫉妬も、同情される惨めさも、全てを覆い隠す無表情でカレスは問い返した。

「何の話だろうか?」

「…ぼくがここに…、ライオネル様の許へ帰って来てしまったから、それでカレス様は……」

エリヤの言葉は、カレスの氷のような無表情に当たって滑り落ちた。

「ごめんなさい…」

おそらくエリヤは、カレスがフェルス人のエリヤを嫌って屋敷を出て行くと思ってるのだろう。しかしカレスの耳にはそれが、恋の勝者が敗者とみなした者に向ける、優越と哀れみに満ちた無自覚な謝罪のように聞こえた。

たとえエリヤに、そんなつもりが露《つゆ》ほどもないのだとしても。悪気のない謝罪は、誠意に満ちていればいるほどカレスの自尊心を抉《えぐ》り取り、ずたずたに引き裂いていく。

「君が気にするようなことはひとつもない。謝られる理由にも見当がつかない。僕がここを出て行く理由は晩餐《ばんさん》のときに話したとおりだ。おかしな勘繰《かんぐ》りは止めてくれ。自意識過剰《かじょう》にも程があると思うが」

開きかけた自室の扉に半身を隠しながら、カレスは抑揚を控えて告げた。

ライオネルの前では理解のある振りをしていても、エリヤの存在を素直に受け入れきることだけはどうしてもできない。

過去にひどい仕打ちをしたことにどれほど罪悪感を持っていようとも、恋敵を目の前にすれば疎ましさの方が強くなる。

「ごめんなさい…」

「リオが心配するから早く部屋に戻りなさい」

憎ませないでくれ。これ以上惨めな思いをさせないでくれ。

君さえいなければと、叫びだしたくなる衝動を、何度抑えて煩悶《はんもん》したか。今ここで声を荒らげて追い払わないのは、そんなことをすればリオに嫌われてしまうからだ。

ただそれだけが恐くて、恋敵の君を認めている振りをしている。優しくはできなくとも、冷たくあしらうことには堪《こら》えている。

心の中に荒れ狂う赤黒い感情を必死にねじ伏せながら、項垂《うなだ》れるエリヤに何とか柔らかい口調で告げて扉を閉めた。しばらくのあいだ廊下で逡巡《しゅんじゅん》していたエリヤの気配が遠ざかるのを確認して、深く息を吐く。

リオは『詮索されて困るような関係にはまだなっていない』と言っていた。それなら自分にもまだ希望はあるはず。彼の気持ちを惹くためには東翠邸に居座り、傍に居続けるべきだろう。

そう言い聞かせてきたけれど、もう限界だ。

エリヤのことが原因で関係がぎこちなくなったとはいえ、以前のライオネルは時々カレスを観劇や遠乗りに誘ってくれた。カレスが皇都から取り寄せた稀書について意見を求めれば、自らも精読して議論を楽しむこともあった。

けれどエリヤがノルフォールに戻って来て以来、それまでライオネルと過ごしていた個人的な時間は全て失われた。

カレスの方から勇気を出して、お忍びの街歩きやライオネルが好みそうな芸術家の集まりに誘ってみたこともあったが、エリヤの体調や都合を理由に全て断られている。

ライオネルはエリヤを伴って美術収集家の屋敷を訪れたり音楽会に足を運ぶことはあっても、それにカレスを誘うことはない。食事中に話をしていても、エリヤが何か言いたそうな顔をしただけで、カレスとの会話を中断して彼に注意を向ける。夕食のあともエリヤと共に早々と自室へ引き上げてしまうから、仕事以外の話をゆっくりする機会もない。そんな日々がもうずっと続いている。

これ以上エリヤを最優先するライオネルを間近で見続けるのは、本当に、もう限界だったのだ。

‡

聖夏至祭を過ぎると少しずつ日が短くなる。

逆に、空気はとろりとした暑気を含み、陰鬱な北の街にも甘い花の香り漂う季節が訪れる。

晩夏《ばんか》の宵《よい》。

カレスがノルフォールに来てから五年半が過ぎた。

元々ノルフォール小貴族の第一子として生まれたカレスにとって、この地は故郷であるが、いい思い出などひとつもない。

ライオネルについて来るためでなければ、二度と足を踏み入れるつもりなどなかった。それが本音だ。

「リオのため…か」

三月前に居を移した市井の貸邸の小さな書斎《しょさい》で、簡素《かんそ》な椅子《いす》に深く身を沈めながら、カレスは静かに背を丸めて自嘲《じちょう》を洩らした。

――ライオネルのために。

以前、その大義名分を振りかざしてエリヤを屋敷から追い出した。結果はカレスの望みとは真逆。

ライオネルとエリヤは互いに絆を深め、今夜ふたりはついに、病と別離を乗り越えて結ばれた。

カレスが長いあいだ求め続けて、どうしても手に入れられなかったライオネルの無二の愛を一身に浴び、温かい腕に抱かれながら、今頃あの青年はどんな声を上げているだろう。

「――…っ」

とっさに両目を強く閉じる。奥歯を嚙みしめ、耳を塞ぐ。

今夜迂闊《うかつ》に、ライオネルの私室まで未決済《みけっさい》の書類を届けようとした自分が心底間抜けに思える。

寝室に続く控えの間、かすかに開いた扉の隙間《すきま》から洩れ聞こえたふたりの睦言《むつごと》に血の気が引いた。

よくあの場で石にならなかったと思う。

『愛しているよ、エリヤ』

蕩けるようなライオネルの甘いささやきを、なぜ自分は聞いてしまったのか。

ライオネルは今夜、世の良識と禁忌を乗り越え、己の立場が不利になる可能性など恐れもせずエリヤを抱いた。

長いあいだ忍耐強く待ち続け、育て続けたあふれんばかりの愛情を、ただひとりの恋人に捧《ささ》げるライオネルの真摯《しんし》な声。

『…誰よりも、何よりも君が大切だ』

扉の外で偶然立ち聞いてしまった記憶を消したくて、爪が喰い込むほど両手を握りしめる。

——どうして、あの言葉を与えられるのが僕じゃないんだ。

ずっと、…ずっとリオのことしか見てこなかった。

領民に安寧と豊かな暮らしを与えたいという彼の願いを叶えるため、必要とされていると信じていたからこそ、その期待に応えようと必死で努力してきた。彼に寄り添い、同じ夢を目指して進んでいった先に、生まれる何かがあると信じて——。

彼のことしか考えてこなかった、誰よりも何よりも愛してきたのは僕だって同じだっ…。

それなのに……！　エリヤより、ずっと前からリオを愛していたのに…！

両手に顔を埋め、洩れそうになる嗚咽を必死に抑える。

エリヤの出現で、兄弟同様に育ち親友でもあったライオネルへの愛情が、男女のあいだに芽生えるのと同質であることに気づいてから五年。

自覚のない期間を含めれば十八年ものあいだ。

人生そのものと言っていいほど長いあいだ、捧げ続けたカレスの思慕と恋情は、今夜ついに決定的な絶望と苦しみに変わってしまった。

「こんな思いをするくらいなら、最初から好きになんてならなければよかった」

そう切り捨てたくなるほど、報《むく》われなかった想いは重く辛く心を蝕《むしば》んでゆく。

エリヤがフライシュタットに去ってから今日まで。

領主として多忙を極めるライオネルの右腕として、持てる能力の全てを注いで尽くしてきた。

エリヤが遠く離れているあいだに、もしかしたらライオネルが自分の想いに気づいてくれるかもしれない、応えてくれるかもしれない。

そんな藁《わら》にもすがる思いで、望んで、期待して…。慕う気持ちで胸が焼け焦《こ》げるほど想い続けて——。

「結局、無駄なあがきだった…」

無様《ぶざま》で無惨《むざん》な恋の結末。

想う強さで気持ちが通じるなら、この世に片恋で泣く人間なんかいない…。

初めて自覚した恋情はカレスに強烈な独占欲と醜い嫉妬を芽生えさせ、——そして結局、孤独しか残さなかった。

「分かってる…。僕は、選ばれなかったんだ」

涙に濡れたカレスの唇に乾いた笑いが浮かぶ。

両親《おや》にも見捨てられ、死にそうだった自分を救ってくれたライオネルにも、選んでもらえなかった。

分かってる。たくさん愛した人間が一番に愛されるわけじゃない。真心を捧げたからといって、同じように想いを返してもらえるわけでもない。

カレスは両手で顔を覆ったままひざに突《つ》っ伏《ぶ》し、指のあいだからこぼれ落ちる涙を布地に吸わせた。

「……ふ…、ぅ…く」

——どこにも自分の居場所はない。

独りで涙を流す惨めさに、感傷的な自己憐憫《れんびん》が込み上げる。

そんなことはないと、急いで否定しようとして、その寄って立つべき根拠が見つからないことに呆然《ぼうぜん》とした。

足下にぱくりと亀裂《きれつ》が走り、そこから奈落《ならく》の深淵《しんえん》をのぞき込んだようだ。

リオのため。彼に喜んでもらえること、気に入ってもらえること。それがライオネルと出会ってから、外界に対するカレスの判断基準だった。

他人への接し方はライオネルのためになるか否《いな》か

が最優先で、自分の好悪《こうお》はあとまわしにしてきた。

初めて遭遇する出来事への対処や対人関係での応対のあれこれも、全てライオネルが基準だった。

彼のためにできることを、一所懸命努力しながら生きていれば幸せだった。そしてこれからもずっと幸せでいられるような気がしていた。

そう、今までは…。

「でもリオは違う。リオは僕がいなくてもエリヤさえいればそれで充分なんだ…」

少なくとも私生活や感情面での充足には、カレスがいなくとも問題ない。

また、独りに戻るのか…――。

両親に見捨てられ愛情を与えてもらえなかった幼い頃の、暗い虚無《きょむ》と孤独感が甦る。

「嫌…だ」

カレスは自分の身体を両手で強く抱きしめた。

あの暗闇に戻るのは嫌だ。あそこに堕《お》ちたら今度こそ死んでしまう。


助けて、リオ。

脳裏《のうり》に浮かぶ、自分に背を向け、エリヤにだけ微笑むライオネルに向かってカレスは必死にすがりついた。

「……助けて」

幻に向かって伸ばした両手が虚《むな》しく空《くう》を握る。

力なく胸許に引き寄せた空《から》っぽの手のひらを見つめて、カレスは深く項垂れた。


独りで部屋にこもっていると、虚しい考えばかりが浮かんで内側から崩れ落ちてしまいそうだ。胸を掻きむしる嫌な焦燥感から逃れたくて、カレスは部屋を出た。

「出かけてくる」

ウィドに声をかけると、彼は珍しく何か言いたそうな素振《そぶ》りを見せた。

ウィドは三月前、市街地に建つこの簡素な屋敷に移り住むのを機に、アルリードの紹介で雇《やと》い入れた従僕だ。髪に白いものが混じりはじめた初老の男で、気の利いたところはないが物静かで、余計な詮索やおしゃべりなど一切しない。そこがカレスは気に入っていた。

「お戻りの予定は？」

外出するにはずいぶんと遅い時間である。ウィドの声には心配の色がにじんでいた。

カレスは面倒臭くなって小さく頭を振る。

「帰りを待つ必要はない。先に寝《やす》んで構わない」

従順な使用人は静かに頭を下げると、それ以上主人の行動を止めようとはしなかった。


「お客さん、すいませんね。もう看板なんですよ」

カレスが葡萄酒《ぶどうしゅ》をもう一杯と声をかけると、店の主人は申し訳なさそうに帽子《ぼうし》を脱いだ。

「…なんだ、ずいぶんと仕舞《しま》いが早いんだな」

「早くはありませんやね。もう日付が変わる頃合ですんで」

見まわせば、確かに店内にはカレス以外もう誰もいない。いかにも飲み足りない風情《ふぜい》でカレスが立ち上がると、

「下層《した》に行けば、朝までやってる店もありますよ」

飾り気のないくすんだ焦茶《こげちゃ》色の上衣と、同じ色の脚衣。中着は平民が着るような染織《せんしょく》されていない生《き》成《な》りで、灰色の胴着《どうぎ》の釦《ボタン》も貝ではなく木製という、地味な身なりでちびちびと酒を飲むカレスを、上客ではないと判断したのか、店主はさっさと追い出したい気持ちを隠そうともせずに告げた。

普段、貴族や羽振りのいい商人相手に商売をしているせいだろう、カレスが勘定《かんじょう》を終えて扉に手をかけると、待っていたように灯が落とされる。気配りの足りないそんなささいな対応が、今夜はなぜか苦になった。

外に出て、教えられたとおり街の外縁に向かって下ってゆくと、確かにまだ灯りを落としていない店がぽつぽつと現れはじめる。

カレスはそういう店の扉をくぐり、数杯呑んだ頃に閉店を告げられて、また灯りの点いた店を探すということを何度かくり返した。

そうして気がつけば、迂闊にも下層街の深部に入り込んでいた。

下街の濃灰色の石畳は、雨も降っていないのにじめじめと湿っている。得体の知れない水溜まりがまだらに広がる裏小路に、酔っぱらいの危《あや》うい足音が響く。

石と鋼でできた灰色の街に来て五年以上経つのに、カレスは未だにこの街を好きになれずにいる。

美しく整えられた上層街《うえ》でさえ馴染《なじ》めないままなのに、今さまよっている下層街付近の惨めな有り様《さま》は、なおさらカレスの気持ちを陰鬱にした。

娼街を擁《よう》する西区北部の下層街は、北区ほどではないにしろ、まだまだ荒《すさ》んだ気配が残っている。

ライオネルが新領主に就いてから改革が進んでいるとはいえ、社会的弱者が追いやられやすい場所はやはり治安が悪い。

もう少し手前までなら、何度か視察のために護衛つきで足を運んだことがあった。けれどこんなふうに、単身無防備で奥まで入り込んだことはなかった。

現にここまで来るあいだに、路上で何度か絡まれかけた。幸い、走って逃げ出すカレスを追いかけてまで金品を巻き上げようという、質の悪い輩《やから》ではなかったため難は免《まぬが》れていたが。

貧しい人々の吹き溜まりである下層街とはいえ、――いや、だからというべきか。盛り場は他に比べて奇妙な賑わいを見せていた。

酒場と思《おぼ》しき店のまわりには酔客《すいきゃく》とそれを当て込んだ娼婦や美人局《つつもたせ》、怪しい物品を売りつけようと手ぐすねひいてる売人、目をぎらぎらさせて何かを探しまわっている男たちが影絵のように蠢《うごめ》いている。

彼らが身につけているのは、夜の闇でも隠せない垢染みや汚れのこびりついた上衣。穴の空いた靴、ひざや裾がすり切れてボロボロになった脚衣。

カレスは私用で街に出るとき、平民でも通る質素な服装に着替えるようにしている。今夜もそうだ。

同じ恰好《かっこう》で貴族や富裕《ふゆう》層相手の店にはぞんざいにあしらわれたが、この辺りの住民にとっては充分に羨望《せんぼう》の対象になるらしい。

まともな身なりをした酔客。

今の自分がどれほど危ない橋を渡っているのか、普段なら充分判断できるはずだった。

けれど今夜のカレスは自棄《やけ》になっていた。

これまで自暴自棄に陥《おちい》る人の様を、軽蔑《けいべつ》を込めて見下してきたカレスだったが、理性では律しきれない事態に陥ってようやく、人がなぜそうなるのかを理解した。

――どうでもよくなるのだ。何もかも。

己の身の安全すらどうでもよくなる。今はただ、この胸の痛みを忘れたい。だから酒を飲む。

そうして何軒目かに踏み込んだ地下の酒場で、複数の無頼漢《ぶらいかん》に絡まれる羽目に陥ったのである。


「あんた、上層街の人間だろう?」

無遠慮な声と共に顎を摑まれ、ぐいと上向かされた。同時に感歎《かんたん》したような口笛と酒と大蒜《にんにく》の強い口臭を吹きかけられて、カレスは顔をしかめて厚かましい男の手を振り払った。

勢い余って卓上に手をつき、ぐらぐら揺れる視界を止めようと何度も瞬《まばた》きをする。

薄暗い酒場の灯りもろくに届かない片隅で、原料の怪しい火酒を呑んでいたところである。

こんなに薄暗くても目敏く身なりを探られたのか、それとも火酒をひと壷も頼んだのが目立ったのか。

「…そんなに、贅沢らったかな……」

思わず洩れたつぶやきは、我ながらかすれて呂律《ろれつ》も怪しい。

「ああっ? 何言ってんだ!」

「痛《つ》…」

もう一度顎を摑まれ椅子から尻が浮くほど揺さぶ

られて、カレスは藻掻《もが》いた。弱々しく腕が空を切った拍子《ひょうし》に、卓上の酒壷が落ちて鈍《にぶ》い音を立てる。

音に誘われるように数人の客が近づいて来たが、彼らが諍いを静めるためではなく参加するために来たのは明らかだった。

「おい、見ろよこの髪、女みてえに柔らけえぞ」

「いい服、着てるな」

「顔も人形みてぇに小綺麗じゃねえか」

「生っ白い肌だな、中までこうなのか?」

仰け反った首筋に顔を近づけた男が、脂《あぶら》の浮いたような視線を向けてくる。

「男のなりぃしてるが、本当は女なんじゃねぇのか?」

脱がせてみろ。誰かが叫ぶと、すぐに実行に移された。

「止め…っ」

「なんだ、やっぱり男か…」

あっという間に上着が取り払われ、乱暴にはだけられた肌着の下、乏《とぼ》しい灯りに象牙《ぞうげ》色の素肌が浮かび上がる。

平らな胸には小さな乳首と淡い色の乳暈《にゅううん》が、清楚《せいそ》と言っていいほど控えめに存在している。

「…っ」

小さな突起を垢染みた無骨な指に摘まれて、カレスはかすかに呻いた。両腕を肩のあたりから別々の男にしっかりと摑まれているせいで、身をよじって避けることもできない。

「痛たっ…」

押さえつけられた手足を振り払おうと懸命に藻掻いた。そうやって抵抗すればするほど肌は汗ばみ、うねる肢体が男たちの劣情を誘う結果になってしまったようだ。

「ぅあっ——…」

唯一自由になる頭を振りまわして、肩口を押さえていた腕に嚙みつこうとしたが果たせず、逆に下腹部を摑み上げられて痛みに仰け反る。ギュッギュッと音がするほど急所を揉《も》み込まれて息が止まり、全身から力が抜けていく。

その隙に下着ごと脚衣をずり下ろされて局所が露になる。両足に別々の手がかかり、乱暴に押し広げられた。とたんに頭上で下卑《げび》た嗤《わら》い声が上がる。

「女房のあそこよりきれいな色してるぜ」

「まだ女とやったことがねえんじゃねえか」

男たちは舌舐めずりしながら、さらにカレスを嘲《あざけ》る言葉を続けた。そのあいだにも無骨な手が肌の上を這いまわり、乳首は両側から別々の男に舐めまわされる。唇に無理やり指を何本も突っ込まれて唾液《だえき》があふれた。逆にカレスの囚われた手指も、男たちにしゃぶり尽くされていた。全身を舐めまわされて嫌な臭いが鼻をつく。

醒めきらない酔いのせいか、痛みも複数の男たちに嬲《なぶ》られている気色悪さも、半分夢の中の出来事のようだった。自分が小さな羽虫になって温い油の中でのたうつような悪夢。

身をよじって抗うのは、身体中を這いまわる気色の悪い手や舌から逃げ出したいという、生理的なものにすぎない。

自分が複数の男たちに凌辱《りょうじょく》されかけていることに気づいたのは、情けないことに、後孔に引き攣るような痛みを感じた瞬間。外側から無理やりこじ開けられたことなど一度もなかった無防備で弱い場所に、硬い何かを押しつけられている。

「い…、あ——…っ」

指で無理やりこじ開けられた後孔に、ぬめりをまとった、指とは違う熱くて硬い塊《かたまり》が当てられて背筋に怖気《おぞけ》が走る。

カレスの意志など何ひとつ考慮されない。もちろん人としての思いやりや優しさなど微塵《みじん》もない、ただの暴力がいとも簡単に行われようとしていた。

その痛み。皮膚を無理やり突き破られるような、身体の芯《しん》を突き抜ける痛み。

「————ッ」

息を吸い込むだけで精一杯。声のない悲鳴を上げ

ながら、そのときカレスの脳裏を過《よぎ》ったのは、

『これでエリヤと同じ』

そんな埒《らち》もない思いだった。

エリヤは金のために男に抱かれてひどい傷を負った。そのまま行き倒れたところを偶然ライオネルに拾われたのだ。

エリヤが味わったのと同じ苦痛を味わえば、僕にも希望があるだろうか…。同じくらい苦しめば、愛してもらえるだろうか――。

歪《ゆが》んだ思考に陥りながら、ぼやけた視界の先で自分の両脚を大きく拡げ、何とか深く潜り込もうとする男の腰がいやらしく揺れるのを、カレスは他人事《ひとごと》のようにぼんやりと眺めていた。


「その汚らしい尻をあともうひと振りでもしてみろ、貴様の穴にこいつをぶち込んでやるぞ」

脅し文句は決して大声ではなかった。それでも騒がしかった店中に朗々《ろうろう》と響き渡り、暴行に加わっていた者も、端《はた》で見物を決め込んでいた者も反射的に首をすくめ、次いで声の聞こえた方へと顔を向けた。

狭い店の片隅、灯火《ランプ》も届かない暗闇からぬうっと姿を現した大男に、そこにいた誰もが動きを止める。

天井《てんじょう》に閊《つか》えそうな長身、広い肩幅、厚い胸板。

男は店の壁に飾られていた大剣を無造作に摑み取ると、鞘《さや》のまま片手で暴行者の喉許に突きつけた。

由緒のある銘剣《めいけん》に似せた模造品のようだが、大きさと重さは、大人がふたりがかりでようやく持ち上げられるほどもありそうだ。鈍器《どんき》としてなら殺傷能力もありそうだが、よほど膂力がある者でなければ振り上げることすらできないだろう。

「へ、へへ…。そんな重いもん振りまわしてっと、自分の足に落とし」

人垣の中から上がった馬鹿にした笑い声に向かって男は軽々と腕をひねり、鉄の塊を振ってみせた。

ブンッと風を切る野太い音が響いて人垣が割れる。

「ひゃあっ」

剣で脅された酔客は、男の膂力のすさまじさに情けない悲鳴を上げて腰を抜かした。

「どうした。二度言わなければ理解できないのか？」

怒りをにじませた低く張りのある声は、大軍を叱咤するほどの威厳に満ちている。

場末の安酒場にたむろする酔客らに抗えるはずもない。目端《めはし》の利《き》く者はすぐにその場を離れ、あとに残ったのはカレスの身体を使って己の情欲を処理しようとした男たち。

「ぐがっ」

大男が手にした大剣の鐺《こじり》を軽く突き出すと、カレスに欲望を押し込みかけていた男が半身を露にしたまま吹き飛ぶ。大男の腕は拳《こぶし》ひとつ分ほども動いていないが、吹き飛ばされた男は壁に当たってそのまま無様に昏倒《こんとう》した。

ダンッ、と大剣の先を床に打ちつけられて男たちは腰を浮かせ、切っ先が床を離れた瞬間、我先にと逃げ出した。


「…痴《し》れ者《もの》がっ」

小さく吐き捨てた大男が自分のすぐ傍にひざを着いたとき、カレスは窮地《きゅうち》を救われた安堵感よりも、余計なお節介に対する鬱陶しさを強く感じていた。

睨みつけるつもりで頭を上げようとしたとたん、ひどい眩暈《めまい》と吐き気に襲われて力を抜く。

すぎた飲酒による悪酔いと凌辱されかけた衝撃で、普段の思考力は跡形もない。朦朧《もうろう》とした頭の中では、ただ『邪魔された』という反発だけが渦巻《うずま》いていた。

「おい、ひどい目に遭ったな。大丈夫か？」

「……いな、お世話…」

声をかけ、親切に外套《がいとう》を脱いで着せかけてくれた大きな影に向けたカレスの返答は、無礼極まりないものだった。

「何？」

「う…ぐっ」

男の問いに、今度は嘔吐《おうと》で応える二重の無礼。

胃の腑から逆流してくる酸混じりの酒に喉を焼か

れ、襲いくる悪心《おしん》に血の気が引いた。

そのまま意識が混濁《こんだく》したせいで、それ以上カレスの身勝手な言い種《ぐさ》は聞かれずに済んだのだった。

‡

「気分はどうだ」

低くささやくような小さな声にもかかわらず、驚くほどなめらかに耳に滑り込んできたのは、甘く張りのある美声。一度聞いたら忘れられないだろうその声を、けれどカレスはすっかり忘れ果てていた。

わずかな灯りが眩しくて開きかけた目を閉じる。まぶたの裏で世界がぐるぐるとまわっていた。

「だぁ、れ…?」

男の美声に比べ、舌足らずで驚くほどかすれてひび割れた自分の声の無様さに自嘲が洩れる。

まぶたを閉じても感じる眩しさを避けたくて、腕を上げて両眼を覆う…つもりが目測《もくそく》が外れて顎に当たった。

寝台脇に置かれた灯火の橙色の光が、ちょうど途切れた辺りの闇奥から聞こえてきたのは呆れたような溜息。

「…礼も、言えないのか?」

礼? 何の礼だ?

言葉の意味が理解できるまでしばらくかかった。

何度も瞬きをくり返すうちに、ようやく男の言いたいことが分かったものの、カレスは今度こそ両眼を腕で覆い、お節介男から顔を背けてぞんざいに言い捨てた。

「たぅけ…、……た…けて欲しいと…頼んだ覚えは、なぁ…い」

呂律がまわらないせいで、どこか馬鹿にしたような口調になる。感謝も誠意の欠片もないカレスの反応に、さすがのお節介男も怒りを覚えたらしい。

「自分がどんな目に遭いかけたのか解ってないのか? おまえ、俺が助けに入らなけりゃ、あそこに居た何十人もの奴らに輪姦《まわ》されて、明日の朝にはめでたく光の螺旋《らせん》に帰還してたところだぞ！」

「…だーかぁら、余計なお世話だ…って言ってる。そんなこと、承知《しょうち》で飲んでた…ッ。こっちは邪魔されていい迷惑だって…、あっ——」

だれが聞いても腹を立てるだろうカレスの言い種は、暗がりから近づいてきた低い声に遮られた。

「そんなに嬲りものになりたかったのか？　男たちに犯《や》られまくって、裏路地のごみ溜めに捨てられる、本当にそんな覚悟があったのか！」

腕と、次いで喉許をしめ上げる勢いで覆い被《かぶ》さって来たのは、身の丈がカレスより頭一個半分は優にありそうな大男。

癖のある黒髪。額から斜めに走る傷痕、そして隻眼…。顔の下半分を覆っていた髭はきれいさっぱり剃《そ》り取られていた。頬と顎はまるでなめし革のように滑らかだ。だから気づくのが遅くなったのか。

酒に浸蝕《しんしょく》されたカレスの脳裏にようやく、園遊会で出会った男の記憶が甦った。甦ったところで、素《す》性《じょう》の知れない相手であることに変わりはなかったが。

「…覚悟くらいしてた……」

自ら死を望んだわけではない。ただ、誰かの手で滅茶苦茶にされたいと思った。その結果として死に至るのなら、それでも構わないとも思った。

目に見えるほどの怒気を漂わせた男に責められながら、カレスが迂闊にも頷くと、男の中で何かが弾けたようだった。

「——そうか」

それまでとはどこか違う、本気の怒気と獰猛《どうもう》さを孕《はら》んだ低い声音に、酒と自棄で仕事を放棄していたカレスの防衛本能がひくりと身動《みじろ》ぐ。

逸らしていた視線を戻すと、男は獲物に食らいつく肉食獣のように唇を歪めて笑った。

「だったら、せっかくのお遊びを邪魔した詫《わ》びだ。俺が代わりに心ゆくまで嬲りものにしてやろう」

遊戯《ゆうぎ》の開始を告げるように宣言しながら、男は見事な手際でカレスの自由を奪いはじめた。その姿にこの部屋で最初に見せた気遣いのある優しい雰囲気《ふんいき》は、微塵も残っていない。

両腕を細く柔らかな絹帯《けんたい》で縛り上げられ、寝台の支柱にそれぞれくくりつけられながら、カレスはぼんやりと室内の様子を眺めていた。

これから身に起きることに恐れがないわけではないが、エリヤと同じ目に遭えばライオネルに振り向いてもらえるかもしれない、という歪んだ思考がこびりついているせいで逃げ出す気にはなれない。なったところで、この大男の手を逃れられるとは思えないが。

横たえられた寝台は大人ふたりがゆったり眠れるほどの広さで、身体が半分埋もれるほど柔らかい。

寝台を覆っている天蓋《てんがい》は総刺繍《ししゅう》ものらしく、淡い灯火に照らされて繊細な草花の模様が浮かび上がっている。

「――……ぁ」

胴衣をめくり上げられ、乱暴に脚衣と下穿《したば》きを取り払われてカレスは小さく息を呑む。先刻の痛みの記憶が甦ったせいだ。

「どうした、寒いわけじゃなかろう？　怖気づいたか」

かすかに震えるカレスの股《もも》を男はからかうように撫で上げた。

「誰が…！」

もたもたせずにさっさとはじめろ。

挑むように腰を振ってみせると、隻眼の大男はにやりと笑ってカレスの両脚を思いきり割り拡げた。

ひざを曲げた状態で固定され、さらに股間《こかん》を大きく拡げられた形で支柱にくくりつけられると、そのあまりに無様な格好に涙が出そうになる。

両手の自由を奪われるだけならまだしも、下肢までこれほど無惨に拘束《こうそく》されてしまえば、この先まともな抱かれ方はしないだろうことが、情事に疎いカレスにも理解できた。

心を通わせ合い、慈《いつく》しみと愛情を交わしながら抱き合っているだろうライオネルとエリヤの情景が脳裏を過りかけ、カレスは強く両目を閉じた。

「…早くっ、早くはじめろったら！」

頼むから。今夜だけはあのふたりのことを考えたくない。

「はは、淫乱《いんらん》な奴だな」

嗤い声と共に、何か硬いものが後孔に突き立てられた。

「は…ぅっ——……！」

ぬるりとした感触は脂のようだ。そのぬめりを借りて凹凸《おうとつ》のある硬い棒状のものが、本来の身体機能とは逆向きに潜り込もうとしていた。右に左に、ねじ込むようにまわしながら少しずつゆっくりと、しかし確実にカレスの体内を侵しはじめたもの。

「な、何…を……？」

薄く目を開いて、仄暗い足下の方を見ると、男が淡々とカレスの下肢に張り形をねじ込んでいるところだった。

鮮やかな薔薇《ばら》色大理石の本体に、丸く研磨《けんま》された色とりどりの宝石が嵌め込まれている。裕福な好事《こうず》家《か》の蒐集品《しゅうしゅうひん》のようなそれは、目の前の大男の雰囲気にはどこかそぐわない。

「ほんの数刻前に悪趣味な友人が無理やり置いていったものだが、まさかこんなに早く出番がくるとはな。こいつには面白い仕掛けがあるんだが…、まああそれはあとでたっぷり味わってもらおう」

カレスの考えを察したわけでもないだろうが、男は偽悪《ぎあく》的な笑みを浮かべて説明した。

男が一方的にカレスを嬲り者にするつもりなのは、上着すら脱いでいないその態度から明らかだ。それでも今さら、止めてくれとは言い出せない。

「あ…ぁ、…くぅ——……」

下層街の酒場で酔客にねじ込まれた場所よりも、ずっと奥深くに感じる異物。それが想いを通わせ合った恋人のものでなく、ましてや血の通った人のものですらないことが滑稽に思えて自嘲がこぼれる。

好きにすればいい。投げやりな気持ちで手足を投げ出してみても、異物が埋め込まれるたび、涙が頬を伝うのを止めることはできなかった。

「こ、んな…、あ、ぁあ…っ、嘘…だ」

どこまでも深く潜り込んで来る凹凸感と大きさ、予期できない動きと覚悟していた以上の圧迫感に、さすがに後悔と恐れが湧き上がる。

——壊される、このままでは身体が割れる。

そう思いながらも心の片隅で、

『構わない。これが自分の望んでいたことだ』

そんな自虐的なささやきが重なる。

「はあ…、は…ぁ…っ」

満足に息も継げず、耳朶《じだ》に溜まるほど涙を流したあたりで、ようやく身体の芯を犯す張り形が止まった。予想したほどの痛みがないのは、張り形と共に塗り込まれた脂膏《あぶら》のせいらしい。それには何か別の効能もあるらしく、ぬめりの伝う場所は熱を持ち、奇妙なむず痒《がゆ》さが湧き起こっていた。

後孔はこれでもかというほど押し拡げられ、みっしりと隙間なく異物が食い込んでいる。腔壁《こうへき》に感じる張り形の凹凸が、息をするたびにカレスの神経を刺激して息をするのも辛い。初めてだからこれほど辛いのか、それとも自分が望んだとおりの残酷な行為をされているせいなのか。

それが快感なのか苦痛なのかすら、比べる経験のない初《うぶ》なカレスには判断がつかないのだった。


「どうだ、気持ち良いか?」

灯火の届かない天蓋の向こうから、からかうように声をかけられたが、カレスには答えられなかった。

下肢から伝わる振動は身体全体を間断なく揺らし続け、まるでカレスの身体を削り取る勢いで張り形が出入りをくり返している。

「うう……、んっ、ぅ……」

もうどれだけ、この無機質で温もりの感じられない絡繰《からく》り仕掛けの淫具に嬲られているのか判らない。

　カタン、カタタンと軽い音を立てながら、無情なまでに規則的な動きをくり返されてカレスは再び呻いた。

「あ…ぁ、う――…」

　生身でなく淫具を使って責められることに最初に感じた衝撃と羞恥《しゅうち》は、時が経つと共に屈辱へと変化して、さらに時が過ぎると、そこから奇妙な恍惚《こうこつ》感が生まれた。

　人並みには扱われない。心の通う恋人相手にであれば決してされないだろう非人間的なひどい扱いに、心の深い場所が軋むような、歪んだ悦びが走る。

　自虐《じぎゃく》の痛みが、不健全な悦びに変わる。

　それが後孔に使われた脂膏《あぶら》に含まれた薬効のせいなのか、それとも自分の心が壊れかけているせいなのかは判然としない。

　男がカレスの体奥に押し込んだ張り形は、歯車を使った絡繰り仕掛けに連動して後孔から抜き出され、間を置かず押し込まれ続ける。

　木の板を軽く打ち合わせるような乾いた音がするたび、抽挿《ちゅうそう》は人の手の温もりのない機械的な無慈悲さで、カレスが何度吐精《とせい》しても、休息を求めても、変わらぬ律動と間隔《かんかく》で際限なく続く。

　抽挿のリズムにはいくつかの種類があって、ひとつの型にカレスがなんとか慣れはじめると別の種類に変えられるのだ。

「……ッ」

　涙で潤んだ視界はぼやけ、全てのものが歪んで見える。噴き出した汗と、自身が何度も吐き出した欲望の残滓《ざんし》のせいで身体はドロドロ。

　犯されて汚れてゆくことが心地いいと感じていられたのは二度目の吐精まで。三度目以降は酔いが醒めてきたせいで身体的な苦しさが先に立ち、悦びを感じられる時間が短くなった。

　長いあいだ無理な姿勢に縛《いまし》められた身体が痛い。

　――辛い苦しい悲しい痛い。

けれど、エリヤはもっと辛い目に遭ったはず。

だからまだ弱音を吐いくわけにはいかない。

自分のように愚かで浅ましい人間は、もっとひどい目に遭えばいい。こんなふうに人間扱いされないくらいがちょうどいい…。

望みどおりの惨《むご》い仕打ちを受けながら、辛いと感じる心の起伏《きふく》がすり減っていく。

何もかもがどうでもいいと、力を抜いて手足も心も投げ出したカレスの変化に気づいたのか、男は最初に使った脂膏《あぶら》を塗り足した。

さほど待たずに再び全身が熱くなってゆく。

苦しいのに気持ちいい。呼吸が浅くなり、酩酊《めいてい》感にも似た眩暈と浮遊《ふゆう》感に包まれたまま、カレスは薬によって無理やり高められた悦楽の証を迸《ほとばし》らせた。

「ふ…、く…う」

全身に凝《こご》っていた力が抜けると、酷使された心の臓や喉、手足の筋が当然のように休息を求める。

けれど下肢から響く振動がそれを許してくれない。

休む間もなく動き続ける淫具に嬲られ、逐情《ちくじょう》を強《し》いられ続けた。

「どうした？ まだまだ往《い》けるだろう」

無機質だが間断のない刺激と、後孔に塗り込められた膏薬《こうやく》のせいでカレスが何度目かの吐精を遂げると、男は醒めた口調でからかった。

「ぁ、あぅ…、うく——…っ」

悲鳴混じりの喘《あえ》ぎ声を上げているカレスの傍に男が近づくのは、張り形の動きを調整するときだけだ。

さすがに息を継ぐのも辛くなって、カレスの両目から新たな涙があふれた。

ぐっ、ぐっ、と疑《ぎ》似《じ》男根が押し込まれるたびに、背中全体が敷布《しきふ》にこすりつけられる。

後孔は淫猥《いんわい》で粘着質《ねんちゃくしつ》な音をひっきりなしに立てて、入り口のあたりはすでに痺《しび》れて感覚がない。その音と、身体の内側から湧き起こるむず痒い刺激。命を持たない玩具《がんぐ》によって与え続けられる刺激に、朦朧としてくる。

限界を超えかけている。それでも許されない。

傍にいるはずの男はひと言もなく、カレスの狂態を眺め続けているだけ。

犯した罪を認めて赦しを請うまで永遠にそのとき、その場面をくり返し続けるという、闇の螺旋に陥った気がして、心が折れた。両親に疎まれ、リオの心も離れ、光の螺旋にまで見捨てられるのか。

「う……」

自分から望んだことなのに、胸の深い場所から湧き上がる抑えようもない悲しみに、現実と妄想の区別がつかなくなる。

隻眼の男が身にまとう冷ややかで頑なな態度が、エリヤへの仕打ちに怒ってカレスを遠ざけていた頃のライオネルと重なる。

「リ…オ——」

何を訴えたいのか分からないまま、大切な人の名を口にしかけたとたん、一層きつい抽挿がはじまって、限界を超えたカレスの身体は反射的に震えてすくみ上がった。

「も…、——待って…」

ほんの少しでいいから、

「待って…。…少し、でいい、まって…」

話を聞いて欲しい。自分がどれほど悔いているか。どれほどリオのことを好きなのか。

どうか、分かって欲しい。ただその一心で、カレスは靄《もや》がかかったままの視線を男がいるはずの辺りに向けて訴えた。

「…すこし、で、いいから、これ…止めて…、抜いて…」

うわごとのような哀願は、後孔を嬲る淫具の抽挿に絶ち切られ、カレスの望みは叶《かな》えられないまま虚しい吐精だけが果たされた。

「——…ッ」

声も出ないほど疲弊して、指先から溶けてゆくような睡魔が絡みつく。

意識を手放しかけた瞬間、ひときわ大きく張り形が蠢いて敏感な場所を刺激した。快楽を搾《しぼ》り取られたあとの過剰な刺激は、苦痛でしかない。もう数えきれないほど一方的に遂情させられているのに。

「ッ…、も……ゆ…――、た……」

まるで断末魔のような、許しと助けを求めかけたカレスの細い声は、男の無情な言葉に遮られた。

「まだ音《ね》を上げるのは早いんじゃないか。きついのがお望みなんだろう?」

甘い美声から先刻の怒気は消えていた。代わりに感情をうかがわせない淡々とした平坦さが際立つ。

「……ぅ――」

「ひどい痛みはないはずだ。ほら、こっちはまだまだ物欲しそうに喰いしめてひくついてる」

カレスは顔中を涙と汗でぐしゃぐしゃにしながら、何度も首を振った。薬のせいだ。身体も心も限界近く疲れを感じているのに、そこだけが別の生き物みたいに熱く濡れて収縮《しゅうしゅく》をくり返している。

「ゃ…だ――…、も…や…ぁ……」


お願いだから止めて、抜いて…。

悲鳴混じりの哀願がかすれ果て、ただのささやき声になっても、男は許してくれなかった。

「おまえが自ら望んだことだろう?」

素っ気ない男の言葉が、ライオネルの幻に重なる。

――エリヤが味わった苦痛を、おまえも味わえばいい。

自らの罪悪感が生んだ幻の声。冷ややかな軽蔑を込めた声に責められて、わずかに残っていた理性が消し飛ぶ。同時に、現実のライオネルには決して言えなかった言葉がこぼれ落ちた。

「も、ゆるし…て…、ごめん、なさい。…おね…が…、赦…して…」

同時に固く凝っていた何かが解けた気がして心が安らぐ。けれど次の瞬間には、容赦なく加えられる責め苦に呻きが洩れる。

悲鳴を上げてもカレスを苛《さいな》む器具は、抽挿の速度が変わったり角度が変わったりするだけで決して抜いてもらえない。

生まれて初めての性交が、――性交とも呼べない行為が、これほどひどい形で行われたことに、心の一部分が確実にひしゃげて崩れた。

同時に、冥《くら》い満足感に満たされる。

これだけ苦しめば、リオは僕の過ちを赦してくれるだろうか。失った信頼を取り戻せるだろうか。

エリヤと出会う前の、全《まった》き愛情をもう一度与えてもらえるだろうか。

恋敵に嫉妬して、死の寸前まで追い詰めた利己的で醜い自分を赦してくれるだろうか。

自分のせいでエリヤが受けてきた惨い仕打ちより、辛い目に遭わなければいけない。そうでなければ赦されない。

ライオネルとのあいだに溝を感じるたび、ずっとそう考えてきた。だからカレスは問い続ける。

――このまま壊れるほど痛めつけられて、消えてしまえば、リオは僕を……してくれるだろうか…?


答えの返らない問いをくり返すうちに意識が混濁して、意地も誇りも胸の痛みも苦しみも、ライオネルに対する恋慕も、エリヤに対する嫉妬も消え失せてゆく。

世界が消える。自分がなぜここにいるのか、どうしてこんな目に遭っているのかも朧《おぼろ》になる。

何もかもが白い闇に消え果ててゆく。

息も絶え絶《たえだ》えに喘ぎながら、カレスはようやく完全に意識を手放すことができたのだった。


ようやく手に入れた短い安寧《あんねい》はすぐに破られた。

勝手に手足を曲げたり伸ばしたり人形のように扱われ、頬を何度も撫でるように揺すられて、カレスは自失の泥沼《どろぬま》から無理やり引き上げられた。

泣きすぎたせいで涙が凝《こご》ったまぶたは、わずかしか開かない。視界はひどくぼやけている。

わずかに身動いだ瞬間、まだ無慈悲な玩具が後孔に残っていることに気づいて呻きが洩れた。手足の拘束だけはいつの間にか外されていて、血の通う温かな痺れが四肢を駆けめぐっている。

「ゃ…」

突然、あれほどカレスを責め抜いた張り形が引き抜かれて初めて、その感触に髪が総毛立つ。

その感触を味わわせるために、男はわざわざカレスの意識が戻るのを待っていたようだ。

ぬるりと太い先端が抜け落ちて、ぽかりと空いた空洞を閉じる力もないままカレスは喘いだ。抗議の声もろくに出ない。

「満足したか？」

なぜか怒ったような声が落ちてくる。

「…っと、ひどく……」

まだ生きている。まだ人並みに胸の痛みを感じる。もっと壊れるまで苛んで欲しい。いっそ、狂ってしまうまでずたずたにしてくれていい。

痛みを堪《こら》え、苦しさに耐えた分だけ、犯した過ちや自分の醜さが少しずつ濯《すす》がれてゆくような気がするから。

気を失う前に感じた、あの忘我《ぼうが》の感覚が忘れられない。息もできない苦しみの中でようやく得られた安堵感。あんなにも心が安らいだのは、五年前のあの日以来初めてだった。

偽物でもいい。あれがもう一度もらえるなら、

「…ひど…く、し…て…」

自虐の極みであるささやきに、相手がかすかに息を呑む気配がした。

カレスの視界は相変わらず曇ったままで、男の顔もはっきりとは見えない。名前も知らない人間に死ぬまで嬲られて、骸《むくろ》をさらすのもいいかもしれない。

——リオは、少しは悲しんでくれるだろうか…。それとも軽蔑するだろうか。……たぶん軽蔑する、だろうな。

エリヤのことで頬を叩《はた》かれたあの日のように。

『おまえがこんなに愚《おろ》かだとは思わなかった』って顔をして。きっと…。

「ど…うして、どう…したら…」

犯した罪が償えるんだろう。赦してもらえるんだろう。昔みたいに僕のことを愛してくれるんだろう。

——誰か…、お願いだから教えて…。

あふれた涙がこめかみを伝って敷布に落ちるかすかな音を聞きながら、カレスはすがる思いで虚空に手を伸ばした。

応《こた》えなど期待していなかったその指先が、ふいに強く握りしめられて息が止まる。

歪んだ思考を遮るように、かすむ視界が充溢《じゅういつ》感のある逞しい胸板で覆われて身がすくむ。過度の責め苦に怯える身体の本能的な条件反射。

男が容赦しないのは先刻までの行為で充分思い知っている。自ら望んだくせにと詰《なじ》られる前に覚悟を決めて、小刻みに震え出した唇を噛みしめたカレスの予想に反して、男が取った次の行動は意外なものだった。

「あ…」

カレスの怯えを解すように、涙と汗でぐっしょりと濡れた睫《まつげ》毛を羽毛が触れるような優しさで拭《ぬぐ》われて、心底驚く。

先刻まで非道な仕打ちを続けていたのと同じ人間とは思えない。温かな指先がかすかに目尻に触れて、その小さな温もりに唐突《とうとつ》に涙があふれ出した。

拭っても拭っても止まらない涙に、男は「キリがないな」とささやきながら唇を寄せてきた。

頰に優しく手のひらをあてがわれ、湿った温かい唇と舌に涙を吸い取られてしまう。

東翠邸で盗み見てしまった、ライオネルとエリヤの甘苦しい情交の仕草と同じ行為にカレスの胸は引き攣れた。

——同じ行為でも、心は天と地ほども差がある。

両手の指を絡め合ったまま身体の脇に縫い止められ、頰に体熱を感じるほど近くに男の鎖骨《さこつ》が迫る。

両脚が再び大きく割り拡げられた。

——どんなに似ていても、この行為には情の欠片もありはしない…。

カレスは痺れきった己の体奥《たいおう》に、名も知らない男の性器が分け入るのを他人事のように感じながら、何もかもあきらめて、小さく息を吐き出した。

‡ 胸に棘《いばら》 ‡

遅い午後の、黄水晶《シトリン》色した光の中でカレスは目覚めた。しばらく夢うつつのまま見慣れない天井《てんじょう》を見つめたあと、鈍い痛みの残る頭を静かに動かし視線をめぐらせる。

カレスが横たわっている大きな寝台にも、高価な装飾品に彩られた寝室にも、誰もいない。

そのことになぜか落胆している自分に気づいて、寝返りを打つ。

窓に垂《た》れる薄い帳《とばり》越しの光が眼に痛い。手のひらで目許を覆い枕《まくら》に頬を埋める。

指の隙間から射し込んでいた陽がすっと翳り、カレスが手のひらを外して窓を見上げると、再び室内に柔らかな光が射し込んだ。

雲の流れが速い。陽はかなり傾いている。

――…何時だろう?

ようやく生まれた現実的な疑問をきっかけに、濁流のごとく記憶が甦ってゆく。

あの大男に埋め込まれた長大な性器。気絶するほどくり返された張り形での抽挿。後孔の周辺は手当てが施されているようだが、それでも身動きするたびにひりつく痛みが走る。体内には未だ何かが挟まっているような違和感と不快な痛みが残っていた。

「——…ッ」

朝方まで続いた無体な行為。カレスが意識を失くしたあとも、凌辱行為は続けられたのかもしれない。あの男ならやりかねない。自ら望んだこととはいえ、こうして陽の光の中で思い返すと、あまりに無謀だった自虐行為に血の気が引く。いくら動揺して投げやりになっていたとはいえ、名前も知らない、しかも同性とあんな…。

自分がどれほど愚かで危険な行為に身を投じたか、冷静になって考えると背筋に悪寒が這い昇がる。

急いで寝台から降りようと身を起こしたとたん、全身に鈍痛《どんつう》が走った。息を詰めながらそろそろと床に足を下ろし、立ち上がろうとして、あまりの力の入らなさ加減に呆然とする。

「……無理も、ないか」

カレスは自嘲して項垂れた。両手で顔を覆い、閉じたまぶたの奥で対策を考える。

——あの男に口止めをする必要がある。

同性との不純な関係を周囲に知られたりしたら、特に政庁内でライオネルの施策《しさく》に反対する先代領主の派閥《はばつ》に洩れたりすれば、恰好の攻撃材料にされるだろう。カレスに対する誹謗《ひぼう》が、ライオネルにとって不利に働くのなら何としてでも隠すしかない。

出自《しゅつじ》も調べる必要があるが、それは政庁に戻って聖夏至祭の招待者一覧をもう一度きちんと調べれば判明するはずだ。

万が一、あの男がこのことを他言するようなら、こちらもあいつがしたことを洗いざらいぶちまけて道連れにしてやればいい。

そこまで考えると気持ちが落ち着いた。

いつもの余裕が戻ってくると、無断で政務を休んだことが気になった。そして、朝になっても帰って来ない主人を案じるウィドのことも。

今から執務室に出向いても官吏たちは帰宅したあとだが、カレスの仕事は山積みになっている。男のことも調べる必要もある。

体調は万全からはほど遠いが、昨夜あれだけ深酒をしたわりに二日酔いもほとんどない。歩くことさえできれば何とかなるだろう。

カレスは寝台の支柱に手をかけ、感覚があまりない両脚に力を込めて慎重《しんちょう》に立ち上がった。

「……ッ」

身体中の関節がいっせいに悲鳴を上げる。特に脚のつけ根がひどい。ギシギシと軋むような手足を少しずつ馴染ませながら天蓋を出ると、寝台脇の小さな卓《テーブル》上に飲み物と、果物を使った甘い水菓子が幾種類か載せられていることに気づいた。

カレスは匂いを確かめ、水だけを選んで飲んだ。菓子類には一切手を触れない。昨夜から何も食べてはいないが食欲はなかった。

水で全身に潤《うるお》いが行き渡り、ふらついていた身体に少しだけ力が戻った気がする。

カレスは壁を伝ってゆっくり足を運び、昨夜着ていた服を探したけれど見つからなかった。

さらりとした薄物の夜着一枚では帰るに帰れない。仕方がないので、長椅子の上に用意されていたひと揃えに着替えた。

あの男が用意させたのだろうか。服は誂《あつら》えたようにカレスの身体にぴたりと合い、新品と思われる生地も作りも極上品のようだ。

わずか半日のあいだに誂えたのか…？

「まさか」とカレスは首を振った。あの男が自分にそこまで気を遣う理由が思い当たらない。たぶん自分と同じ背格好の同居人でもいるんだろう。

そう結論を出してから、ふと己の身体を見下ろす。

そういえば昨夜あれほど汗をかき、得体の知れない膏薬を塗りつけられ、さらに互いの体液でドロドロになったはずの身体のどこにも汚れは残っていない。肌触りのいい夜着まで着せてもらっていた。

行きずりの『情事』とすら言えない欲望処理の相手に対して、それがどの程度の親切であるのかは、経験不足のカレスには判らなかった。

壁に掛けられた鏡の前で身だしなみを確認する頃には、ふらついてはいてもなんとか支えなしで歩けるようになっていた。

カレスはひと筋の乱れもなく髪を整え、着衣もシワひとつないよう整える。眉間のシワは伸ばしようがないが、顔色は不思議と悪くない。

昨夜の行為を微塵も感じさせない鉄の無表情を装着すると、カレスは静かに部屋を出た。

「お目覚めでございますか」

扉を閉めたとたん、まるで待ち構えていたかのように折り目正しい言葉がかけられる。

「主《あるじ》より承《うけたまわ》っております。お食事をお望みでしたらすぐにご用意いたします。ご帰宅されるのでしたら馬車をお出しいたします」

たぶんこの屋敷の執事だろう。何もかも承知しているらしい丁寧な物言いの人物を一瞥《いちべつ》したカレスは、あの男の名前を訊ねようとして思い留まった。

どうせ政庁に戻ればすぐに分かる。それにそんなことを訊ねたら、自分が名も知らぬ男と性交するような人間だと白状するようで、気が進まない。

男の正体を探る代わりに、カレスは短く告げた。

「…帰ります」

男は品良く黙礼してカレスをうながした。

先ほど目覚めた部屋の内装や、今歩いている廊下の様子などから、昨夜カレスを嬲った男はかなりの資産家らしい。

調度品や装身具、お洒落《しゃれ》などにはまるで興味のないカレスにも、邸内の落ち着いた豪華さと調和のとれた造りの良さは感じられた。

「これを、主人より預かって参りました。それでは、お気をつけてお帰りください」

車寄せに用意された馬車に乗り込む寸前、流れるような所作《しょさ》で差し出された薄緑色の封筒を、カレスは訝《いぶか》しみつつ黙って受け取り、身体の痛みを庇《かば》いつつ席に腰を下ろした。

馬車が走り出してしばらくしてから行き先を告げてなかったことに気づき、御者《ぎょしゃ》の背後にある小窓をコツコツと叩く。馬車を止め用件をうかがう御者に、どこに向かっているのか訊ねると、答えはカレスの家の住所だった。

「……すまないが、丘上の城館に向かってくれ」

御者は少し戸惑ったようだが、嫌がることなく素直にはいと頷いた。

再び走り出した馬車の中でカレスは深い溜息を吐いた。

しばらく呆然と窓の外を眺めてから、渡された手紙に目を向ける。便箋《びんせん》を取り出すとかすかに、雨上がりの初夏の森を彷彿《ほうふつ》とさせる、さわやかで落ち着いた緑の香《か》が漂った。

紙片には『事後に眠る君を無理に起こすのは忍びなく、差し出がましいとは思ったが自宅と政庁へは使者を送り、欠勤を伝えた』とある。

——相手は僕のことを知っているらしい。

男の名前すら知らない自分と違って、何処《どこ》に住み、何の職務に就いているのかまでも。

「…いったい、何が目的だ」

聖夏至祭でほんの一瞬すれ違った程度にもかかわらず、ここまでカレスのことを調べ上げた理由が分からない。もしかしたら昨夜下層街に現れたのも、何か目的があったのだろうか。

悩むカレスの視界で、文末の走り書きのような短い一文が注意を引いた。

『——再び忘我の悦楽が欲しくなったら、いつでも来訪を歓迎する』

流麗《りゅうれい》な文字で記された言葉に眩暈がする。

カレスは右手で目を覆い、柔らかな座席に深く身を沈めた。

馬車はカレスの身体の負担を少しでも軽くしたいといわんばかりの丁寧さで、ゆっくりと夕暮れに染まる街路を走り続けた。


「どうした？　今日は休みじゃなかったのか」

日没と同時に城館に到着して、城内に設えられた己の執務室の扉を開けると、書類を手にしたライオネルが驚きながら笑いかけてきた。

「…ええ、まあ。少し気になることがあったので」

「無理はするな。一日くらいなら私ひとりでも何とかなるぞ」

二日以上だと心許ないが。言外にカレスに対する信頼をにじませるライオネルの笑顔が、今は眩しすぎる。

「それより、おまえいつの間に隣領の領主殿と知り合ったんだ」

「…？」

「語り明かしているうちに体調を崩したんだろう？具合が悪いことに気づかず、強引に引き留めたことを詫びていたぞ」

「は？」

話がよく見えない。隣領の領主とは誰のことだ。

「ガルドラン・シルヴァイン＝ルドワイヤ公爵。お隣ルドワイヤ領主の直筆《じきひつ》だろう、これは」

差し出された手紙は紋章《もんしょう》封蠟《ふうろう》が捺された正式なもので、開いた紙片からはかすかに品のよい森緑の香りが漂っていた。

「……なるほど」

そういうことか。

あの盗賊団の首領のような厳《いか》つい大男が公爵閣下《かっか》とは驚きだが、それならばカレスの身の上を知っていても不思議はない。

相手の正体が分かったことで安堵の吐息が洩れる。質の悪いごろつきや、カレスの——結果的にはライオネルの足を掬《すく》おうとする領内の中級貴族などでなくて心底ほっとした。

安堵して、昨夜自分がどれほど危険な綱渡りをしていたのか改めて思い至ったカレスである。

「変わり者の御仁《ごじん》らしいじゃないか。実際はどうなんだ？」

「…大男ですよ。こんなでっかい」

興味津々《しんしん》で聞いてくるライオネルに、カレスは的はずれな答えを返した。実際その程度しか男のことは知らない。たった今まで名前すら知らなかったのだから。

「それじゃ説明になってないだろう」

楽しそうに笑うライオネルの表情には、昨日までとは違う明るさと、守るべき者を手に入れた男の頼もしさが浮かんでいる。

理由など訊かなくても分かるのに、カレスはルドワイヤ公の話題を避けるため、つい訊ねてしまった。

「何か、いいことでもあったんですか」

「う。…やっぱり、分かるか？」

ライオネルが照れたように視線を逸らす。

「朝から何人もそう聞いて来るんだ。そんなに顔に出るものかな」

「顔、と言うより雰囲気でしょう」

「ああ…」

ライオネルは少し口ごもり、それからしっかりとカレスを見つめた。

「カレスにはきちんと言っておいた方がいいな…。——実は昨夜《ゆうべ》、エリヤと…愛し合ったんだ」

愛し合ったというのは、肌を重ねたという意味だろう。同じことを昨夜カレスも生まれて初めて体験したが、エリヤが今頃味わっているだろう満ち足りた幸福感に比べて、己の荒み具合が滑稽《こっけい》だった。

「後悔はない。周囲に私たちの関係が知られたら当然風当たりはきつくなるだろうが、たとえ何が起ころうとも彼を守る」

宣言と同時にまっすぐカレスを見据《みす》えたライオネ

ルの瞳が強くきらめく。

まるで、たとえ相手がおまえでもエリヤを傷つける者は容赦しないと言われたようで、カレスは居心地の悪さに身動いだ。ライオネルにそんなつもりはなくても、責められた気持ちになるのはカレスに疚《やま》しいところが多すぎるせいだろう。

「それから、いずれ私の立場が安定したらエリヤを正式に家族の一員として迎える」

ライオネルはそう続けた。

「……」

カレスは口を開きかけ、何も言うべき言葉が見つからず、結局黙り込んだ。今さら何を言っても惨めさが増すだけ。ライオネルの心証を良くするためだと思っても、祝いの言葉だけはどうしても出ない。

うつむいてしまったカレスの反応を、領主としての自覚が足りない自分への落胆だと受け取ったのか、ライオネルは口調を和らげた。

「おまえが私のことを誰よりも心配してくれているのはよく分かってる。エリヤとのことは足を掬われないよう充分注意するから」

「——…そうですね。お願いします」

カレスが感情を削《そ》ぎ落とした声で応えると、ライオネルは少しばつが悪そうに肩をすくめてから、話題を変えた。

「そういえば、エリヤが気に病んでいるんだ。おまえが東翠邸を出ていったのは自分のせいだって。昔おまえにきついことを言われたから、たぶん嫌われてると思い込んでるんだろう。そんなことはない、カレスは私のために憎まれ役を買って出ただけで、決してエリヤを嫌ってるわけじゃないと、何度も言い聞かせてるのに納得しなくて」

エリヤとカレス、双方を思いやるライオネルの言葉が、逆にカレスを追い詰めてゆく。

「おまえ、東翠邸を出てから一度も顔を出してないだろう。近いうちに食事しに来いよ。カレスが頻繁に遊びに来れば、エリヤも安心できると思うんだ」

最終的には恋人を優先するライオネルの、カレスにとっては容赦のない提案に眩暈がしそうだ。

自分がなぜあの屋敷を出たのか本当の理由を教えたら、目の前に立つ長年の想い人はどんな顔をするだろう。

——だめだ。そんなことをしたら、僕がエリヤを屋敷から追い出したのは、醜い嫉妬のせいだったと知られてしまう。そして今も、叶うことならエリヤに消えて欲しいと思っていることも。

そんなことになれば、ライオネルは愛するエリヤを守るために自分を遠ざけるだろう。恋人にはなれなくても、ノルフォールを治めるための右腕として求められている今の立場すら失いかねない。

——僕のこの想いを知られたら、リオに疎んじられて、必要とされなくなってしまう。

それだけは嫌だ。

ライオネルは公務に私情を交えるような人間ではない。けれどエリヤに関してだけは厳しい態度を取る。そのことは五年前に身をもって経験している。

だから耐えろ、顔色を変えるな。何でもない振りをしろ。

「そう、ですね。近いうちに…」

この耐え難い会話を乗り切るために、カレスは全身に残る鈍痛に意識を滑らせた。

この痛みが、今は救いだった。

悪気はない、けれど無慈悲な会話で追い詰められていく精神《こころ》の痛みを、肉体的な痛みで誤魔化す。

「さっそく今夜にでもどうだ」

近いうちに、という社交辞令では逃げきれない空気に小さく喘ぐ。

「今夜はちょっと…」

「ああそうか。具合がよくないんだったな。じゃあ、三日後でどうだ？　アルリードに言って、おまえの好物を用意させるから」

「——分かりました。三日後に」

あまり拒絶しても詮索されるだけ。

脳裏に甦りかけた浅ましい記憶をねじ伏せるため、カレスはずいぶんと長いあいだ、身を丸めうずくまったままでいた。

カレスは観念して頷いた。

さほど広くはない部屋からライオネルが出ていってしまうと、カレスはようやく腰を下ろした。目の前の執務机の上には未決済の書類が積まれている。

大きく息を吐いて、顔を覆う。

「何をやっているんだ…、僕は」

身体に残る痛み。ライオネルの笑顔。昨夜の浅ましい行為。そんなものがぐるぐると頭を駆けめぐる。

ライオネルの知らないところで、当てつけのように行きずりの男に身体を自由にさせてひどい目に遭っても、彼は気づかない。

少しも気づいてくれない。

「何をやっているんだ……」

思慮分別《しりょふんべつ》の消え果てた、馬鹿げた行為だったことは充分分かっている。充分分かっているけれど——。

昨夜のカレスには、どうしても必要なことだったのだ。

「魔がさしただけだ。…もう二度とするものか」

‡ 漏斗《ろうと》 ‡

八月の二旬《じゅん》末。

ライオネルとエリヤが結ばれ、カレスがガルドラン・シルヴァイン＝ルドワイヤ公爵という男にいたぶられるように抱かれた夜から、六日ほど過ぎた日の午後。

「足下にお気をつけください。この辺りはまだ整備が行き届いておりませんので…」

ぬかるんだ道に足を取られかけたカレスに、この地の開発を任された黒旗《こっき》軍第一旗隊隊長テルアドが注意をうながした。

ノルフォールの中心である丘陵地帯には、主に代々治領に携わってきた有力な権門の屋敷が建ち並び、その外観は皇国の首都ラ・クリスタを模して、身分が高くかつ裕福である者の住まいほど頂上に近く白色に近くなる。

領主の城館から遠ざかり、丘を囲む環状通りの外側になるにつれ家格、身分が低くなる。住む場所によって所属する階級が明確に分かる仕組みになっているのだ。

十字形をした街の東地区には主に貴族と富裕層が住み、整然と整えられた街並みは比較的明るい色調で統一されている。

街の正門を擁《よう》する南街区には、精霊院や祈禱所、そして領兵たちの兵舎や訓練場などの広大な敷地が広がっている。

西街区には一部の上流市民と大多数の一般市民が軒《のき》を連《つら》ねる。ノルフォールの主産業である石工《いしく》たちの工房が建ち並び、街の食料庫である市場から、人の三大欲求のひとつを開放するための色街へと続いている。先日カレスが深酒をして、酔客に暴行を受けたのはこの西街区の下層街だ。

北街区は、比較的治安の良い丘寄りの居住区が職人街で、外側へと遠ざかるに従って下層民や流民、社会的弱者が吹き溜まる貧街となる。

この日カレスがライオネルの代理で視察にやって来たのは、この北区下層街であった。

「行き届かないにも程があるな…」

石畳はところどころ剝ぎ取られて陥没《かんぼつ》し、あちこちに得体の知れない塵芥《じんかい》が堆積《たいせき》している。密集した建物は傾いたものが多く、倒壊の危険が強かった。

前回視察に赴いたのは半年前。そのときと街の様子はほとんど変わっていない。

遅々《ちち》としてはかどらない救済計画の現状に、カレスは眉間に深いしわを刻んだ。

「この辺りは地廻り衆の勢力が強すぎて、侯爵様の威光もなかなか通用いたしません」

領主の信任厚い書記官長に向かって、テルアド隊長は深く頭を下げた。それが詫びのつもりなのか、それとも年若い上官に対する侮《あなど》りを隠すためのなのかまでは見抜けない。

「このままでは黄旗軍《おうきぐん》を派遣《はけん》して強制的に廃屋《はいおく》の撤去と、路地の整備を行うことになるでしょう。ノルフォール侯の意向は住民たちの自主的な再建でしたが、仕方ありませんね」

何度も配分している開発費は、相変わらず穴だらけの樋《とい》を通る水のように、それを真に必要としている人々の手許には届いていない。

ここ数年で公金を横領する家臣たちの意識もずいぶんと改められてきたし、更迭《こうてつ》された者も多い。

しかし何十年も政《まつりごと》の中枢《ちゅうすう》に棲息《せいそく》していた古狸《ふるだぬき》たちは尻尾《しっぽ》を摑ませないまま、未だに甘い汁を吸い続けていた。

その中で最も手強《てごわ》い敵はギゼルヘル・ハーン伯爵という。彼はライオネルの祖父である先代領主の甥《おい》であり、一時は次期領主候補の最有力にまでなった人物である。

本人も自分が領主の座に就くことを当然だと思っていた節があり、予想に反して先代が何十年も居座った挙げ句、溺愛《できあい》した末娘の息子ライオネルにその座を譲ったことに根暗い恨みを抱いていた。

ハーン伯爵は地制官《ちせい》という土地台帳の保管と監理を司《つかさど》る官職に長いあいだ従事していたせいで、政庁内外に強大な影響力を持ち権力を揮い、長いあいだその職権を濫用《らんよう》して私腹《しふく》を肥《こ》やし莫大な財を築いてきた。先代の死後はその富《とみ》を使って、ライオネルを妨害《ぼうがい》することに生きがいを感じている節がある。

政庁内には未だにハーン伯爵の派閥らしきものが健在していて、当然カレスに対する風当たりも厳しい。

目の前にいるテルアドに、伯爵の息がかかっているかどうかは判断できない。

「帰城したあと、貴殿《きでん》から渡された報告書と共にノルフォール侯に奏上《そうじょう》いたします。ことによっては旗長の交代もあり得ますので、覚悟なさっておいてください」

テルアドの顔色が変わったが、カレスは頓着《とんちゃく》しなかった。これまで二年近く様子を見てきたが一向に改善される兆《きざ》しがないのだ。無能者の烙印《らくいん》を押されて当然だろう。

踵《きびす》を返したカレスの背にテルアド旗長の視線が突き刺さる。そこには、弱冠二十三歳で書記官長に任命され、領主の右腕として絶大な権力を行使《こうし》するカレスに対する嫉妬と憎しみがあふれていた。

カレスが初めて北街区の下層街に足を踏み入れたのは四年前。

きっかけは、不法鉱山から救い出されたエリヤが生死の境をさまよい、その看護に専心していたライオネルに無言の拒絶を受けたからだった。

言葉で責められたり、ことさら冷たくあしらわれたわけではなったが、存在を忘れられたように扱われるのが辛かった。特に少年が危険な状態を脱するまでのライオネルの苦悩はすさまじく、カレスには慰めることも近寄ることもできなかった。

身の置き場を失くしたカレスは、視察の名目で下層街へ赴いたのだった。

初夏。一年で最もさわやかな季節に一日中陽も当たらず、足下はじめじめとぬかるんで、空気は澱《よど》み異臭が立ち込めていた。

土が剥き出しのまま舗装もされていない道の、どこもかしこも汚物混じりの水溜まりに覆われている。

崩れかけた建物の陰に丸くうずくまる塊が小さな子供だと知ったとき、カレスは初めてライオネルがエリヤを、

『放っておけなかった』

そう言って屋敷に連れ帰った気持ちを理解した。

薄暗がりにうずくまる子供は服と言うのもおこがましい、ぼろ屑《くず》のようなものを身体に巻きつけていた。裾が簾《すだれ》のようになった脚衣から伸びた足は垢と泥にまみれ、汚れ以外の場所は赤黒い痣《あざ》や傷痕に覆われていた。靴などもちろん履いていない。

痛ましさに思わず手を差し伸べかけたとき、かつて自分が言い放った言葉が脳裏を過った。


『施しに靴を与えてやったって、それがすり切れたら次は？　また新しいものを恵んでやるんですか？　食べるものがない、着るものがない、お金がない。彼らがそう言って来るたびに施してやって、それで何か解決すると思っているんですか。本当に貧しい者を救いたいのなら、彼らが自立できる道を与えてやるべきなんです――』

傲慢な正論。

言い放った自分は、それからいったい何をしてきた？

カレスは強くまぶたを閉じた。握りしめた拳の中、爪が手のひらに強く食い込む。

ライオネルはエリヤという少年を救った。カレスはまだ何もしていない。誰も救ってはいない。

どれほど悲惨な光景でもそこから目を逸らすことは許されない。覚悟を決めて再び目を開けたカレスは政庁に戻り、これまでエリヤのせいで何となく避けていたフェルス難民問題に、自ら進んで取り組む

ようになった。

フェルス難民問題は、その年の一月に領主の座に就いたばかりのライオネルが最初に取り組んだ改革だった。

ライオネルはまず、困窮《こんきゅう》している彼らの生活を保護するために特別予算を組み、救護《きゅうご》院、施慈《せじ》院といった施設を増設した。衛生官と護民兵が下層街に立ち入り、看護する者もいないまま重い病に苦しむ者、親のいない子供を保護しては新設された施設に運び込む。しかし施設はすぐに満杯になり、食べ物も着るものもまるで足りない状態になった。

現場に派遣された者は、配分される物資が少なすぎると報告してきたが、それにカレスは首を傾げた。

調べてみると、難民救済のために組まれた予算はそのことごとくが、真に救いを求めている人々に届く前に消え失せていたのだ。

これは何事か。原因を探ってみても、書類の上では一見しておかしなところはない。関係者は誰もが、確かに支給された金で食料や布や薬などを買い、必要な場所へ届けていると証言している。取引に使われた証文《しょうもん》にも不審な点はない。それなのに実際は予算の九割がどこかへ消え失せている。

カレスがライオネルに報告すると、年若い新領主は眉をひそめながら、もう一度予算を組むことを認めた。原因が判明するまで待っていたら、下層街に追いやられた難民たちの何割かは確実に命を落とす。

二度目に支給された救済金は一度目よりもいくらかマシ、という状態で下層街の人々の手に渡った。

カレスがずいぶん厳しく目を光らせていたにもかかわらず、金は見えない手によって再びかすめ取られてしまった。

さらに調査を進めたカレスは、この現象が先代領主の下で治領に携わってきた家臣たちの『政とは私腹を肥やすことである』という独自の哲学が原因であると気づいて頭を抱えた。

先代、すなわちライオネルの祖父に仕えていた家臣団はそのほとんどが、民の税を着服することに疑問すら感じないほど倫理観が欠如《けつじょ》していたのだ。

さらにそうした者ほど商人や仲介《ちゅうかい》業者と深く癒着《ゆちゃく》している。生きて行くのに充分な財産を得ていながら、尚《なお》も金品に執着する人間の際限のない欲深さに、心底辟易する。だからといって彼ら全てを切り捨てては、政が立ちゆかなくなる。

——これは根が深い。そして時間がかかる…。

カレスはまず、難民問題に配分する予算を金ではなく物資で支給することに決めた。何回かはカレス自身が現場への調達を監視したが、新領主の右腕として多忙を極めている状態では限界がある。しかしこれ以上、幼い子供や社会的な弱者が強欲《ごうよく》な富裕層の犠牲《ぎせい》になるのを、見たくはなかった。

このときからカレスは自分の年俸《ねんぽう》のほとんどを、下層街に造られた複数の施慈院に寄付するようになった。院長の人選にさえ間違いがなければ、私財を匿名で直接渡した方が効率がよかったのだ。


カレスは食べることにも着飾ることにも蓄財にも執着がない。金のかかる趣味もない。ライオネルの右腕として恥ずかしくない程度の体面さえ保《たも》てれば、それ以外に金の使い道などなかったからだ。


北区の視察を切り上げたあと、カレスは一度政庁へ戻っていくつかの案件をこなした。

「南区の治安悪化に伴う学問所の移転計画、牧羊《ぼくよう》組合からの牧草地開墾《かいこん》嘆願書、新しい石切場の諸権利と流通経路の見直し、フェルス難民孤児への給付金の見直し…」

どれもライオネルに全権を委譲《いじょう》されて、カレスが決裁《けっさい》しなければならない案件である。もちろんライオネルの許にも、カレスが受け持っている以上の様々な問題が山積みされている。

隣国フェルスに対する防衛の拠点、要塞都市として発達してきたノルフォールは、フェルス滅亡後、その存在意義から見直さなければならなくなった。

隣国の侵略から国を守る第一の防衛線に対して与えられてきた特別下賜金《かしきん》は当然なくなり、その金で養っていた領兵の一部は軍役から解かれることになった。だからといって働き盛りの壮年の男子を大量に、ただ解雇《かいこ》して終わりにするわけにもいかない。

ライオネルはまず、彼らを領内の土木工事に従事させ、そうした仕事があるうちに様々な技術を学ばせることで、生計が成り立つよう腐心《ふしん》した。

それでも軍の縮小策に対して強硬に反対の姿勢を示す者も多い。多くは古参の家臣である反対者で、彼らの有形無形の妨害によって改革はなかなか進まないのが現状であった。

ノルフォールの主な産業は東のカルナ、西のウルカント両山脈から産出する多様な岩石と、あとは牧羊である。気候が厳しいので耕作《こうさく》にはあまり適していない。

ノルフォール産の石は、主に国内の石畳などに使用される。正確な切り出し技術には定評があり、ル・セリア皇国の主要道路の整然とした美しさは、この技術に支えられている。

ライオネルはその技術を一歩進めて、山から切り出され原石状態で輸出される美しい大理石や黒曜石《こくようせき》、花崗岩《かこうがん》などに手を加え、薄く研磨《けんま》して化粧板にしたり、透かし彫りを施して付加価値を高めようとしている。他にも昔からある毛織りの技術を洗練させ、他領に輸出できることを目指している。

他領に職人を送って技術を学ばせたり、自領に招いたり。

新しい産業を興《おこ》すには金も時間もかかるのだ。

夕刻近く。カレスは執務室を出てノルフォールの主産業中心である石工街へ向かった。

不当な就労条件で働かされ、怪我人が多いと訴えられているいくつかの工房への、抜き打ち査察《ささつ》が目的である。

最後に立ち寄った工房で同行の査察官から離れ、

積み上げてあった石板の脇を通りかかったとたん、石塊《せっかい》が崩れ落ちてきた。同時に研磨用の濁り水まで浴びてしまった。

「書記官長！」

「ライアズ様！」

「ご無事ですかっ、お怪我はっ？」

「大丈夫。腕をかすった程度だ」

血相を変えながら駆け寄ってきた下官が差し出した布で、ずぶ濡れの身体を拭いながらカレスは落ち着いて答えた。

「すいやせん、この辺りはお城勤めのお方にゃあ不向きの場所でして」

「何だその言い草は！」

「場合によっては、人死《ひとじ》にが出ていたところだろうが！」

言い訳してきた工房主に、怪我をしたカレスではなく下官の方が噛みついた。

「静かに」

カレスは憤《いきどお》る部下を制し、あまり大きく騒ぎ立てることなく、その場は厳重注意で済ませた。

悪びれた様子もなく、不敵なうすら笑いを浮かべる工房主の態度を見れば、荷崩れがカレスひとりを狙《ねら》った嫌がらせであることは明らかだった。この場で彼らに対して処罰を下すのは簡単だが、問題は根底から解決しなければ意味がない。

『問題』とは、新領主ライオネルに対する反対勢力の存在と、くり返される政策妨害である。彼らはライオネルの改革によって、それまで不正に享受《きょうじゅ》してきた利益を奪われることに不満を抱く商人や地主たちを煽り続け、人々の意識が変わるのを阻んでいる。

幸い腕の怪我は、薄皮一枚が剝がれた程度のかすり傷だったので、ライオネルへの報告には含めなかった。

この種の嫌がらせは珍しいことではない。これまで幾度もあった。

元々、カレスは真面目《まじめ》で融通の利かない面があり敵を作りやすかった。書記官長になってからもそれは変わらない。いや、わざと変えていない。理由は、不満の矛先《ほこさき》をライオネルから逸らすためだ。

ライオネルは侯爵領を継いで間もない頃、一度襲われたことがある。襲撃者の持っていた剣には毒が塗られていた。もしもそのときの警備兵が無能であったなら、今頃ライオネルはこの世にいない。

それ以来、カレスはライオネルを守るためにと、自ら憎まれ役に徹している。

改革案など、既得権益者が不満を持ちやすいものは、たとえライオネルの発案でも、カレスが実務の責任者になることで矢面《やおもて》に立つ。

年金の減額や官職の罷免《ひめん》など、最も恨みを買いやすい報《しら》せは直接ライオネルにはさせない。逆に税率を下げたり農耕地の再分配など、領民から歓迎される施策についてはライオネルの意思であることを前面に押し出す。

カレスが書記官長という地位に任命され、本来の職務よりも広い職権を握っているのは、自身の能力ではなく領主の親友であるからという、どうしようもない風評も黙ってやり過ごしている。

カレスの努力は功を奏している。最近ではライオネルに対する反対勢力——先代領主の下で権力を握り、我が世の春を謳歌《おうか》していた家臣たちの恨みの対象は、ライオネル自身へではなく、新領主の傍らで多くの特権を握っているように見えるカレスに向くようになった。

元々の性格のせいもあり、ライオネルはカレスがわざと憎まれ役を買っているとは思っていない。

その証拠に何度も「敵を作りすぎるな」と忠告されている。「お前の身が心配だ」と本気で気遣ってもらえるのは嬉しいけれど、あえて無視している。

『リオさえ無事ならそれでいい』

報われない恋心に喘いでいても、結局、カレスの願いはそこへ戻ってゆくのだった。

「カレス！　怪我をしたと聞いた。大丈夫なのか？」

どこから聞きつけたのか、ライオネルが飛び込んできたのは陽もとっぷりと暮れた頃だった。

城館の東翼三階に設えられた書記官用の執務室で、徴税録《ちょうぜいろく》を検閲《けんえつ》していたカレスは淡々と答えた。

「平気です。薄皮一枚剝がれた程度ですから」

「髪が湿っている。ずぶ濡れにされたというのも本当か」

城館に戻る前にカレスは一旦コルボナ通りの自宅に戻り、軽く湯を使い着替えを済ませてきた。濡れたまま政庁内に戻れば噂の材料になるだけだ。

「ギルドの徒弟《とてい》制度の改正に不満を抱く連中です。人を人とも思わない態度がそこら中に漂っていました。改正案の中に親方への免許条件を盛り込んだ方がいいですね。一定の規約を設けて…」

「カレス」

ライオネルはカレスの手から静かに書類を抜き取った。

「今日はもう遅い。仕事の話はまた明日にしよう。夕食は東翠邸で摂らないか？　怪我の手当てもアルリードにちゃんと診《み》てもらって、どうせだから泊まって行けばいい」

「べつに、手当ては…」

いらないし、食事も遠慮したい。泊まるなどまっぴらだ。

「二日前に寄ったばかりでしょう。だから今日は」

「相変わらず、癒着だ身内贔屓《びいき》だという批判を警戒してるのか？　無能ならともかく、おまえが勤勉で有能だということは皆分かってる。文句を言いたい奴には言わせておけ。さあ、いいから早く」

カレスが屋敷を出た理由をそのまま信じてくれているのはありがたいが、強引な誘いには困惑する。

エリヤのいる東翠邸には行きたくない。心だけでなく身体も重ね合い愛を確かめ合ったばかりの恋人同士を、間近で見るのは正直もうたくさんだ。

先日東翠邸を訪れたとき目にした、身の内から光がにじむようなエリヤの幸せそうな姿に、カレスがどれほどの苦労をして平静を保っていたか…。

そんな心の揺れを察してくれと、ライオネルに求めるのは酷だと分かってる。

結局カレスは誘いを断りきれず、辛いばかりの一時を過ごしに再び東翠邸を訪れることになった。


「エリヤが今制作中の作品は、なんとあのルブラン公爵からの依頼だそうだ」

食事中の話題は、主にライオネルが提供することになる。エリヤは元からなのかカレスの前だからなのか、言葉少なであるし、カレスの方も積極的にしゃべろうとはしない。

「素晴らしいじゃないか。天与の才とはこの子のことを言うんだ」

ライオネルの恋人自慢は続く。

十八にもなる人間に向かって『この子』呼ばわりする親友の浮かれぶりを、カレスは作り物の微笑みで受け止め続けた。

ライオネルは元々大らかな性質だが、エリヤという六歳年少の恋人を得てからは、さらに包容力と頼もしさが加わった、ように思う。…主にエリヤに対してではあるが。

同性の恋人を持つなど、偏見の厳しい北部では自殺行為にも等しいのに。領民の頂点に立つ主の立場であれば尚のこと。けれどライオネルはそのことで萎縮《いしゅく》するのではなく、逆に、恋人の立場を守ることを原動力にして日々の政務に取り組んでいる。

たとえそれが私的なものから発したものであっても、差別や貧困をなくすための努力は正当に評価されるべきだろう。

「エリヤ、絵の方は進んでいますか？」

カレスの社交辞令に、エリヤは素直に答えた。

「はい。今のところ順調です」

「エリヤは根《こん》を詰めると健康管理が疎かになる。秋から冬にかけては少し心配だ。フライシュタットに比べて、こちらはずいぶん寒くなるから」

そうライオネルが続けると、

「ライオネル様…」

エリヤが諫《いさ》めるような小声を出した。

その場に気まずい沈黙が落ちる。

エリヤに健康管理が必要なのも、寒さを気にしなければならないのも、五年前にカレスが犯した愚行が原因である。

居心地の悪さに、カレスは意識しないまま食卓《テーブル》の下で腕の傷に爪を立てた。ピリッと皮膚が引き攣れる痛みと、じわりと血があふれ出す生温かさにほっとする。けれどもの足りない。

六日前、隻眼の大男に与えられた体内の痛みは、すでにぼんやりとした違和感しか残っていない。

あの男を訪ねればもう一度、あの痛みの果てに何もかも忘れられる瞬間が味わえるだろうか…。

この苦しいばかりの日々を、少しでも変えることができるだろうか…——。

「カレス様？」

名を呼ばれて我に返る。とんでもないことを考えていた己に驚いて指先が震えた。

動揺を取り繕い適当に言葉を返しながら、カレスは治りかけの擦過傷《さっかしょう》を掻きむしることで、会話の辛さから意識を逸らした。

「お茶のおかわりはいかがですか」

気まずい空気はアルリードの勧めで和んだけれど、腕の傷に喰い込んだカレスの爪先は、なかなか外れなかった。

‡

三日後、夕刻。

政庁内に設《しつら》えられた専用の執務室で、柔らかな皮膚が一晩かけてようやく作りだした瘡蓋《かさぶた》を、カレスは少し意地悪な気分で引っ掻いてみた。

治りかけた瘡蓋を剥ぐのが、いつの間にか癖になっている。そのせいで本来なら三日もすれば治るはずの傷口は、いつまでもじくじくと血をにじませていた。

ぺり…と、皮膚の一部だった鉄錆色の瘡が容易《たやす》く剝けて、まだ再生しきっていない薄桃色の肉に鮮やかな血の色が集まる。

じわじわと血をにじませはじめたそこに魅入りながら、再び指を伸ばして形のいい爪先をめり込ませた。

「…っ」

ぴりっとした刺激。その直後に痛みが伝わる。

爪先を押し込むたび痺れを伴う刺激が走る。それが痛みだと分かるのは必ず少しあとになってから。

血はほんの少しにじんだだけですぐに止まってしまった。刺激のわりに出血が少なくてもの足りない。もう少し緋色《ひいろ》の体液を見てみたい。


『——再び忘我の悦楽が欲しくなったら…』

ふいに、あの男の言葉とあの夜の感覚が甦り、カレスは小さく喘いだ。冗談じゃない。

あの夜のことは極力考えないようにしてきたのに、この三日間、傷を嬲るたび思い出してしまう。

手紙は燃やした。記憶も燃やせたら楽なのに。

気持ちを落ち着けるため、傷口をさらに嬲ろうとしたとき、

「カレス、ちょっといいか」

扉の外から声をかけられて我に返った。慌てて袖《そで》を下ろす。

入室してきたライオネルの用件は夕食への招待だった。その屈託のない様子に、カレスはついに逃げ出すことを決めた。

「今夜は先約があるんです」

前回東翠邸で晩餐を共にしてから三日しか経っていない。この調子で誘われ続けたら、何のために館を出たのか分からない。

「先約？」

「ええ」

「誰と？」

「……」

ノルフォールに来てから、カレスが個人的に夕食を共にするほど親しくつき合っている人物はいない。ライオネルの追及は痛いところを突いてきた。

「――……ル…ドワイヤ公爵です」

口からでまかせ。とっさにその名が出たのは、先刻まであの男のことを思い出していたせいだろうか。

自分でも動揺しながらカレスは続けた。

「…その、先日のお詫びも兼ねて」

「そうか。それなら仕方ないな」

ライオネルはあっさり納得してくれた。

「私からもよろしく言っていたと伝えてくれ。ああ、何か礼の品が必要だな。城の酒蔵《さかぐら》にカルデラの五十二年物があったはずだから、使うといい」

そこまで気を遣われてしまえば本当に訪ねるしかなくなる。お忍びで逗留中《とうりゅう》とはいえ相手は隣領の領主だ。いつライオネルと面識を持ち、話題に出されるか分からない。

二度とあの男に会うつもりなどなかったのに……。

政務を終えたカレスは、仕方なく公爵邸を訪れることにした。

公爵という肩書きの野蛮《やばん》な男に、さんざんに嬲られた晩から十日目になる。あの日手渡された手紙に記されていた居所を訪ねるカレスの足取りは重い。

迂闊にあの男の名を出したことを、いくら悔やんでも手遅れ。他に何か口実を見つけられたら良かったのに。

「でも、リオの誘いを断るほどの友人なんていないし…」

つぶやきが情けない。けれど本当のことだ。

カレスには互いの家を訪ね合うほど親しい者もいないし、没頭するほどの趣味もない。

考えてみれば面白味のまるでない人間なのに、これまで自覚せず生きてこられたのは、きっと傍にライオネルがいたからだ。

　きりきりと痛む胸許を押さえ、ようやく見覚えのある屋敷にたどり着く。無人の門扉《もんぴ》に少し戸惑い、試《ため》しにそっと押してみると、青銅《せいどう》製の門扉は軽々と内側に開いた。門番のいない不用心さに驚きつつ、まるで密林のような庭を抜けて屋敷の扉の前に立つと、いかにも投げやりに敲金《ノッカー》を鳴らした。

「へえ…。ようやく来たか」

　驚いたことに取り次ぎも介さず直接現れたのは隻眼の大男、ガルドラン・シルヴァイン＝ルドワイヤ公爵本人であった。

　男は何がおかしいのか満面に笑みをたたえカレスを出迎えた。身長差があるので見下ろされるのは仕方ない。それでも、にやにや笑う男の表情《かお》が、

『我慢できずに抱かれに来たか』

　そう言っているようで猛烈に腹が立つ。悪びれない顔を見ると、無性にまわれ右をして帰りたくなる。

「初めに誤解のないよう言っておきますが、今日は先日の詫びに来ただけです」

　決して貴方が想像しているような理由で来たわけじゃない。

　内心の叫びをぐっと堪え、カレスは地を這うような声を出した。

「ふうん。まあ、別にそういうことでも構わんが」

「そういうこともこういうこともない。言ったとおりです」

「分かった。分かったから、とにかく上がれ」

　詫びに来たにしては居丈高《いたけだか》な物言いのカレスに対して特に腹を立てるでもなく、ガルドランは鷹揚な態度で客人を邸内に招き入れた。

　橙《だいだい》色の柔らかな灯火の中、深い緑色で統一された部屋に通されたカレスは、勧められた椅子に座る前に腕を突き出した。

「借りていた服と、こちらは詫びの品です」

　服を借りるに至った経緯《けいい》については一切触れずに

差し出した品は、皇王でも滅多《めった》に呑むことはできないと言われる珍しい葡萄酒だ。詫びの品は立派だが、カレス仮にも領主であり公爵である男に向かって、カレスの態度はどこまでもぞんざいである。礼節を重んじる彼には珍しいことだった。

「へえ、こりゃまた豪勢な一品だ。ありがたく頂《いただ》いておこう」

遠慮のえの字もなく酒瓶《さかびん》を受け取るガルドランの態度も、公爵閣下とは思えない気安さである。

ガルドランは椅子に座ったカレスの背後を通り、大理石で造られた暖炉《だんろ》の天板《てんばん》に葡萄酒を置いた。

それから足音も発てずカレスに近づき、

「怪我をしてるな、血の匂いがするぞ」

逃げる間も与えず二の腕を摑んで引き寄せた。

「！　…放せっ」

「見せてみろ」

「嫌だ！」

「何が嫌なんだ。見るだけだろう」

カレスは中腰になって抗ったが、体格差でやすやすと封じ込められてしまった。

「……どうした、この傷は」

無理やりまくり上げられた袖の下から、じくじくと膿みはじめた小さな傷が現れる。まわりの皮膚は紫色に変色して、見るからに痛々しい。

「このあたりは治りかけているのに、どうしてここだけ悪化しているんだ？」

不審そうに問いかけるガルドランから顔を逸らして、カレスは鉄の無表情を装着した。

「こんなに…、膿んでいるのにどうして放っておくんだ？」

答えがないのも構わずにガルドランは一旦部屋を出て、カレスが逃げ出そうと腰を浮かせるよりも早く戻って来た。

肘《ひじ》掛《か》けを握りしめるカレスの前に跪《ひざまず》き、手にした小箱を開け、その大柄な体格からは想像もつかないほどのかいがいしさで丁寧に傷の手当てをはじめる。

傷口を消毒され薬を塗布《とふ》されると、それまでずっとカレスを苛んでいた不快な痛みが引いてしまう。それが少し不満であり、心細くもあった。

遊んでいた玩具を取り上げられた心許なさに似ているかもしれない。

それが表情に出たのだろう。ガルドランは手当てを終え、鮮やかな手際で包帯を巻き終えてもカレスの腕を離さなかった。何か言いたそうに琥珀色の瞳をじっとのぞき込む。

「……痛いのが、好きなのか？」

不躾《ぶしつけ》なささやきに、栗色の前髪が小さく震える。

とっさに否定し損なったカレスの腕を摑んだままの男の指先が、悪戯《いたずら》のように皮膚の上をくすぐってゆく。

二の腕の内側、陽にも風にも当たらない柔らかな肌を刺激されると、数日前の淫らな記憶が甦る。

「痛くされるのが好き、なのか…？」

今度ははっきりと、明確な意図で訊かれた。


「――…」

言葉に出されて、自分が何を求めてここまで来たのか突きつけられた気がする。

カレスは息を呑んで全身を強張らせた。

目の前に跪いたガルドランが握っているのは腕だけ。逃げ出そうとすればできたはず。

けれどカレスは動かなかった。違うと否定して逃げ出す代わりに、詰めていた息を吐き出してまぶたを伏せたのは、ライオネルとエリヤの幸福そうな姿を目にするたび勝手に傷つき弱っていた心が、十日前に味わった忘我の心地を求めたせいだった。

投げやりに身体の力を抜いたとたん、カレスの身体は網《あみ》にかかった魚のように、ガルドランの逞しい両腕に掬い上げられてしまった。

放たれたのは隣室の寝台の上。

頭上には見覚えのある花刺繡の天蓋が揺れていた。

柔らかな灯光が天蓋の紗に遮られてしまうと、ガルドランの姿はただの黒い影になる。その影にのしかかられて、カレスは両腕で顔を覆った。

しかし、あの夜と同じ惨い責めを覚悟したカレスの予想に反して、ガルドランの手は驚くほど優しく胸をまさぐりはじめた。

「え…?」

上着の留め具が外され、脱がされるのではなく中途半端《はんぱ》にはだけられたまま、薄い中着の上から心の臓の上に手を乗せられた。

布越しに感じる指の温みと、硬い皮膚の感触。手指の皮膚の厚みは日々鍛錬《たんれん》を重ねている証だろうか。

胸の突起をきゅうと抓まれて、鎖骨のあたりから首筋にかけてさあっと鳥肌が立つ。

続けて布ごと胸の突起を唇に含まれ、強く吸い上げられた。

「な、ぁ…ッ――」

痛みを期待して身構えていた分、予想外の刺激に眩暈がする。思わず藻掻いた脚のあいだに男の逞しい腰が割り込んで、避ける間もなくひざ頭《がしら》でやわやわと股間をこすり上げられて息を呑む。

「…ッ」

中着の前をかき分けた右手のひらが直接肌に触れ、指先で乳首を細かくこすられて、張り詰めた弦を弾かれたような感覚が生まれる。指先だけでなく、手のひら全体で薄い胸をこねるように何度も撫でさすられ、唇で突起を吸われ、軽く噛まれ、舌で舐《ねぶ》られ続けた。

カレスの肩から二の腕を慰めるように何度も撫で下ろしていたガルドランの左手は、そのまま下に伸びて脚衣と下穿きをゆるめた。とっさにひざを立てて押し返そうとしたカレスの抵抗など歯牙《しが》にもかけず、ガルドランは先刻ひざ頭でこすった性器に直接触れ、はっきりと快楽を与えることが目的だと分かる動きで扱《しご》きはじめる。

身をよじってもカレスの痩身《そうしん》などすっぽりと覆い隠せる巨体にのしかかられて、腰から下は少しも自由にならない。乱暴さなど微塵もない、淫らで甘い愛撫を施されている下肢が汗ばみはじめる。

乳首を嬲っていた唇が鎖骨から首筋、耳の後ろからこめかみへと、天鵞絨《ビロード》のような柔らかさで啄《ついば》んでゆく。男の唇が頬から口角へと動き、唇が重なりそうになった瞬間、カレスは耐えきれずに顔を背け、ガルドランの顎を両手で押し退《の》けた。

「や、め…ッ」

これではまるで合意の上でする行為の、前戯のようではないか。こんなふうに甘さを含んだ情交まがいの行為は嫌だ。

「どうした?」

「こん…な、これは、違…う。この前はもっと…」

あの夜は局所以外への接触はなく、淫具を使ってただひたすら後孔を責められた。最後の最後、ガルドラン自身に犯される前に涙を拭われ、慰められた気がするけれど記憶はあやふやだ。あれは、ライオネルにそうして欲しいという願望が見せた夢だったのかもしれない。

「僕が、欲しいのは…」

こんなふうに身体を近づけて、互いの吐息が絡まる距離で愛撫じみたものを受けたいわけじゃない。

「分かってる。痛みだろう?」

ガルドランは興を削がれたような溜息を吐きながら身を起こし、カレスの腿をまたいで押さえたまま上着と胴着を脱ぎ捨てて、中着の釦を外してゆく。そうしてどこか沈んだ口調で続けた。

「痛みというより、ひどく扱って欲しいんだろう? だったら、好きでもない男に我慢して抱かれるのも、充分ひどい仕打ちだと思うがね」

確かにそのとおり。

男の言葉にカレスは唇を噛んだ。

「…ったら、前と同じように……してくれれば」

自由になった両手で前をかき合わせながら、つぶやいた身勝手な要求への答えは溜息がひとつ。

「この前は俺もどうかしてた。君があんまりにも無礼で小憎《こにく》らしかったんでね。ただ、誤解して欲しくないんだが、俺は基本的に身体を繋《つな》げる相手には優しくしたい質でね」

「…だったら別の方法にしてくれれば…。痛みさえあれば…」僕は別に性交を望んでるわけじゃない。

エリヤが受けたのと同じ、理不尽《りふじん》に与えられる痛みを耐えることで、自分が犯した罪を償えるような気がする。償いといってもエリヤに赦して欲しいわけでは、たぶんない。

エリヤのことで失ってしまった、ライオネルとの関係——信頼と愛情を取り戻したかった。

まともな頭で考えれば、それがどれほど歪んだ、自分勝手な妄想にすぎないか判断できたはず。けれど今のカレスには、自分が苦しむ以外、赦しを求める方法が見つからなかった。

それに肉体的な痛みが強ければ強いほど、耐えているあいだは心の痛みを忘れることができる。

エリヤとライオネルの仲睦まじい姿を見せつけられるたび、自分は決して彼のようには大切にしてもらえない惨めな現実を思い知る。その苦しさから一時だけでも目を逸らしていられる。

カレスにとって苦痛は、救いでもあるのだ。

性交まがいの戯れや刺激はいらない。ただ純粋な、

「痛みが…欲しいんだ」

ささやきながら、手当てされたばかりの腕の傷に包帯の上から強く爪を立てようとする。すかさず、少し乱暴に手首を摑まれ、敷布に押しつけられた。

ガルドランはカレスの手首を握ったまま、もう一度溜息を吐き、仕方ないなと言いたげに口を開いた。

「傷がついてもいいのか？　痕が残るのは？」

「服で…隠れる場所なら、どんなにひどくしてもいい…けど、——優しくされるのは嫌だ」

まぶたを伏せたままだったので、そのとき彼がどんな表情を浮かべたのかは分からない。けれどガルドランは「分かった」と言い、十日前の夜と同じようにカレスの望みを叶えてくれた。

初めての夜と同じ、カレスの両腕を頭上でひとつにまとめて寝台にくくりつけてしまうと、ガルドランは姿を消し、しばらくしてから何か細長いものを手に戻って来た。

「これが何か、解るか？」

掲《かか》げて見せたのは、細くしなる象牙色の小枝のようなもの。大人の肘から先くらいの長さで、一番太いところでも赤ん坊の小指ほど。先端に行くほど細くなる。

「なに…、何か魚の骨に、似てる」

「勘がいいな。これは鯨《くじら》の髭でできている」

ゆるやかな弧を描き、つやつやと光る象牙色の中程から先端に向けて男は指先を滑らせ、最後に端を摘んでたわませた。円を描くほどしならせて指を外すと細い先端はひゅん、と空を切る。ほの白い残像を残して逞しい男の手の先で揺れる様が、どこか艶《なま》めかしい。

「鞭《むち》…？」

カレスの問いにガルドランは小さく笑い、

「違う。これは衣装の装飾に使う芯材だ」

もちろん鞭の代わりにもなる。言いながら寝台に乗り上げ、カレスが身動きできないように改めて下半身をまたいだ。

「胸？　それとも背中？」

再びヒュッと象牙色の芯材をしならせながら、まるで午後のお茶はローリス産かそれとも西虹藍《にしこうらん》産、どちらが好みかという調子で聞いてくる。

「……胸」

カレスは正直に答えた。一度は身体の内側までさらした相手である。今さら取り繕う必要もない。

ガルドランはゆっくり頷いてから木綿《もめん》で織られたカレスの胴衣を首もとまでまくり上げ、痩せて肋《あばら》の浮いて見える胸に、指先で小さくたわめた象牙色の鞭の先端を叩きつけた。

「ッ――……！」

覚悟していたのに、カレスは背を仰《の》け反《ぞ》らせて息を呑んだ。

初めに感じたのは痛みではなく強烈な刺激。身体が逃げようとするのは意志ではなく、本能的な反射にすぎない。

精神《こころ》の依代《よりしろ》である肉体を損なう危険を、人は本能的に回避しようとする。それは生物に具《そな》わった最も根源的な機能だ。その原初的な衝動をカレスはねじ伏せた。代わりに、

「もっと…」

痺れるほどの痛みに瞳を潤ませながら、歪んだ望みを希《こいねが》う。

二度、三度と即席の鞭でいたぶられ、青白かったカレスの胸にきれいな薔薇色をした蚯蚓《みみず》腫《ば》れが浮き上がる。

五回が十回を超えて、薄い胸板にはぷくりと腫れ上がった鞭の痕が縦横《じゅうおう》に走り、熱を持ちはじめたその胸にガルドランはそっと指先を這わせた。

「どうだ…?」

問いに続いて、皮膚のすぐ下まで血の色が上ってきた細長い鞭痕を、ぞろりと舌で舐め上げられて全身がそそけ立つ。

「……ふっ…、ぁ…——っ」

痛みとは違う何かを感じて声が洩れる。これは嫌だと目で訴えると、男はすぐに鞭を振り下ろしてくれた。一回、二回、三回。

そのたびに息を詰め、走る痛みに再び息が止まる。何度もくり返されると、あっという間にカレスの息は切れて全身が汗ばんでくる。ずっと縛められたままの両腕、男の逞しい身体に押さえつけられ身動ぎもままならない腰と腿。

束縛され自由を奪われ、半裸の胸から腹部を鋭い鞭で嬲られ、傷つけられて。

——それがどうしてこんなに心地いいのか…。

「あ…ぁ、い…たい…痛いけど、いい…。いいんだ、もっと…」

身体は脂汗を流して嫌がっているのに、精神《こころ》は外

から与えられる痛みに救われている。

心の痛みを一時追い出し、罪を償う錯覚に酔う。

奇妙な代償行為。

痛みが快感に変わっているわけではない。

罰せられることに安堵しているだけ。

罰せられ罪を償い、いつか赦されるまで…。

「ひぅ……ッ」

何度も何度も、傷の上に傷を重ねられて。

出血には至らない小さな蚯蚓腫れは、それでも痛みだけは一人前で、その痛みに耐えているうちにカレスの心の頑なだった何かが解れていく。

壊れた、と言った方が正しいかもしれない。

「…る、……して」

「どうした?」

ガルドランの低く甘い声が頬の傍で響く。

カレスは涙でかすんだ瞳を虚空に向けたまま、

「もう、…赦して」

うわごとのようにささやいた。


——赦して欲しい。嫉妬に駆り立てられた愚かな行いを。愚かで醜い、僕のことを…。

そして昔みたいに僕を見て、僕だけを…——。

「ああ、分かった」

同時に手足の拘束がゆるんで、ふわりと身体が軽くなる。

これ以上は到底我慢できないところまで痛みに耐えて、最後の最後に赦しを請い、それが受け入れられた瞬間、カレスの心は不思議な安堵感に包まれた。

まるで、凍《こご》えきった身体を温かな湯にひたしたときのように。

その赦しが一夜の錯覚にすぎなくても、カレスにはそれが必要だったのだ。——どうしても。

痛みにぼんやりして自失状態でいるうちに、脱げかけていた中着と脚衣、そして下穿きが取り払われ、痺れた両腕ごと抱きしめられた。

ガルドランの大きな手でうなじを支えられ、背中にまわされた左手で、汗ばんだ貝殻骨《かいがらぼね》のあたりから腰椎《ようつい》を何度も撫でられる。ぐずる幼子をあやすようなその仕草が、なんだか不思議でくすぐったい。それでも奇妙に心地よくて、男の好きにさせておく。

しばらくのあいだ、ただ背中を撫でているだけだった手が次第に熱を帯び、背骨をたどって腰まで下りてくる。そのまま上からのしかかるように、寝台に押し倒された。

「う…、何…？」

敷布と尻のあいだに潜り込んできた五本の指で、双丘《そうきゅう》をこねるように揉まれ、とっさに身をよじって抗ったけれど、ガルドランは小さく笑いながら腿に手をかけ、両脚を難なく割り拡いてしまう。夜気にさらされた後孔の窪《くぼ》みを指で撫でられて、カレスは身をすくめた。

「何…？　――それは…、嫌だ…！」

痛みはいい。けれど身体を繋げたいわけじゃない。

「どうした？　もう痛いことはしないぞ。ここはこうして、お楽しみのために使うんだ」

「だから、それが…嫌だ…って…」

肌を重ね身体を繋げる行為は、愛し合う者同士が行うものだ。子孫を得るという本来の目的以外にも、互いに快楽を与え合い、心を通わせ絆を深める。愛情と労りと奉仕の心が凝縮《ぎょうしゅく》した行為。

十日前、カレスがそれを受け入れたのは、エリヤと同じ目に遭えば罪が償えると思ったからだ。

けれどこんなふうに優しく触れられて、気遣われながらというのは許容範囲を超えている。どうすればいいのか分からない。

「この前みたいにされたいのか？　生憎《あいにく》ああいうやり方じゃあ俺が楽しくない。先におまえの願いを叶えてやったんだから、今度は俺の要求も聞き入れてくれたっていいんじゃないか？」

男の意図は明確で、カレスの身体を使って性的な快楽を得ようとしている。

「ど…して、僕なんかを…」

わざわざ抱こうとするのか。ガルドランほどの偉《い》丈夫《じょうふ》であれば、関係を持ちたがる女性にも事欠かないだろうに。もしも同性にしか興味がないのだとしても、カレスの貧弱な身体を抱きたがる気持ちが解らない。金を出せば喜んで抱かれる高級男娼もいるはずだ。

カレスの問いにガルドランはわずかに目を細めた。

「故郷で嫌なことがあってな。気晴らしにこの街へ来ておまえを見つけた」

「気晴らし……」

「園遊会でお上品にツンと澄ましていたこの顔が、俺に抱かれてよがるのを見てみたい…、と考えたわけだ」

——なんだ…、気晴らしだったのか…。

それなら構わない。そう納得する一方で、なぜか胸の奥が小さく疼《うず》く。痛みの原因を探る前に、後孔に潜り込んできた男の指にカレスは戦《おのの》いた。

「そ、れ…なら、——な…るべく、ひどく…」

男の上着に胸の傷がこすれて痛むのも構わず、すがりついて訴える。けれど、

「残念ながらその要求は却下《きゃっか》だ」

すげなくあしらわれて呆然とする。

「そんな顔をするな。別の意味で『もう許して』と言わせてやるから」

カレスには予測のつかない恐ろしいことを言いながら、男は何かぬめりのある油脂《ゆし》のようなもので指を濡らして、再びカレスの後蕾《こうらい》に潜り込んできた。

そのまま中で蠢かされて仰け反り、男の厚い胸板にすがりつくようにして違和感に耐える。

「——っ、いぁ…」

後蕾を指で嬲りながら、ガルドランはカレスの胸にぷくりと浮いた紅い傷を、癒すような優しさで何度も舐め続けた。

熱を持った蚯蚓腫れに柔らかくて温かな舌が重なるたび、そこから身体の端々に光の粒のようなものが流れてゆく。

痛みとは異なる、胸がざわつくその感覚にカレスは呻いて身をよじった。反らせた首筋に熱の籠った唇接《くちづ》けが落ちる。

「止、め…ッ」

痺れの残る腕を振り上げてみたが難なくかわされ、代わりに頬に手を添えられて唇接けられた。

傍若無人《ぼうじゃくぶじん》に潜り込んできた男の舌に、口蓋《こうがい》をぬるりと舐められた瞬間、カレスは闇雲《やみくも》に両手を突き出して顔を背けた。

「やっ、嫌だ。あ…っ、ぁ――」

どんなにカレスが抗っても、ガルドランは巧みに避けながらそこかしこに愛撫を施してゆく。

そう、これは愛撫だ。肌を優しく撫で、痛みではなく性感を刺激するための愛噛みをくり返し、涙のにじむ目尻を吸われる。

ガルドランはカレスが手を伸ばして邪魔できないように、腰から胸許までぴたりと肌を合わせ、けれど指は忙しなく秘蕾を出入りし続ける。粘液の入った壷をかきまわしている音と、ふたりの吐息だけが天蓋に覆われた寝台の上を漂う。

耐えきれなくなって、カレスは嗚咽混じりのかすれた悲鳴を上げた。

「止めろったら…ッ! こんな…」

恋人でもないのに、――男同士なのに。意味のない性行為をして何になる。

何も生み出さない育《はぐく》まない。命も、愛も。

惨めさに涙があふれた。泣き出したのを知られたくなくて両手で顔を覆う。

惨い抱き方をされるのは贖罪《しょくざい》としての満足がある。肉体的な痛みは心の痛みを忘れさせてくれる。

けれど。

こんなふうに優しく抱かれてしまえば、嫌でも現実を突きつけられる。

――僕が抱かれたかったのは、この男にじゃない。

こんなふうに優しくして欲しかったのは、大切に扱って欲しかったのは、睦言をささやいて欲しかったのは……。

リオ…と口の中でつぶやいたとたん、ほとんどあきらめて、胸の奥に抑えてきた自分の望みが迸る。

「ふ…ぅ……」

涙で重くなった睫毛を震わせて、わずかにまぶたを開けると、指の間から自分にのしかかる男の影がぼやけて見えた。

黒い髪、右目を覆う眼帯。厚い胸板。

ライオネルだと思い込むには到底無理がある。

優しくされて気遣われるほど、その事実を突きつけられて辛い。だからひどくしてくれと頼んだのに。

恨みがましい気持ちが湧き上がった次の瞬間、

――嫌だと思うこと。辛いこと。それを甘んじて身に受けることが本当の償いなのかもしれない。

気づいてカレスは力を抜いた。

「いい子だ。これはご褒美だ、痛みに耐えた」

抵抗を止めたカレスに、ガルドランが頭上から見当違いな言葉をかけてくる。

「恐がるな。優しくする、気持ち良くしてやるから…」

耳許でささやかれた男の言葉は、恋人同士なら蕩けるほど甘い睦言だと勘違いできたかもしれない。

慣らすだけだという言葉に反して、指の代わりに熱くて硬い肉の塊が身の内に押し入るのを、カレスはこれが自分に与えられた罰なのだと言い聞かせながら、ひたすら耐える夜になった。

‡　惑溺《わくでき》　‡

収穫祭《しゅうかくさい》を終えて九月に入ると気温はぐっと低くなり、夜に薄物一枚で出歩くのは無謀な季節となる。

「じゃあ、この件については明日からにしよう。おまえもあまり無理せず、早めに上がるように」

夕暮れが辺りに紫紺《しこん》の靄を漂わせはじめた頃。ライオネルは書記官執務室に顔を出してカレスに声をかけると、いそいそと恋人《エリヤ》の待つ東翠邸に帰って行った。

去って行くライオネルの幸せそうな後ろ姿を見送るたび、苦しくてたまらなくなる。ひとり残された執務室の、決済を待つ未処理の書類の山の前でカレスは溜息を吐いた。

最近のライオネルはエリヤと過ごす時間を確保するため、政庁での執務時間を可能な限り早めに切り上げるようにしている。その分、日中精力的に働いているので政務に支障は出ない。――出ないように、陰でカレスが補佐している。

そのことに不満はないが寂しさは感じる。

「身勝手な人間だな、僕は…」

カレスは自嘲をこぼして立ち上がり、部屋を出た。

期限切れの古い契約書などが保管されている西翼の資料庫へ向かう途中で、最も苦手な人物に遭遇した。

「これはこれは有能なる書記官長殿。こんな時刻まで仕事ですかな？」

「ハーン伯爵こそ、このような場所でどうなさったのです？　今日は登城日ではなかったはずですが」

「…そう。月に一度の登城日はまだ十日後だ。地制官長を退《しりぞ》いてからの私は、すっかり楽隠居《らくいんきょ》状態でね。先代の下では、私がいなければ夜も日も明けなかった政庁が、今ではすっかり君たちのものだ」

「……」

伯爵の言葉の端々ににじんでいるのは、自分を政の中心から遠ざけたライオネルとカレスに対する、滴るような嫉《そね》みと憎しみだった。

先代領主の弟の嫡男《ちゃくなん》という出自と、地制官長という職権を濫用し、長いあいだ権力を手中に収めていたハーン伯爵を、ライオネルは領主の座に就いてすぐに更迭しようとした。

表向きの理由は老齢であるが、まだ五十代前半の伯爵が納得するわけもなく、代わりに顧問《こもん》官として居座ることでようやく官長の座を退いたのだ。

爾来《じらい》四年間。さしたる落ち度もなく、決して尻尾を摑ませないまま、政庁内への影響力を持ち続けている人物。それが今カレスの目の前にいるギゼルへル・ハーンである。

洗練された紳士を気取る伯爵は、カレスよりほんの少し高い背丈と、細身だがしっかりとした体軀を持っている。

身に着けている衣装や装身具のどれを取っても、カレスなどより何十倍も金をかけており垢抜けては見えるが、表情ににじむ強欲と嫉み深さは隠しようもない。

「君たちはすっかり私を表舞台から追い払った気でいるようだがね、あまり調子に乗るものではないよ。若さゆえの過ちを、いずれ悔いる日も来るだろう」

嫌味たらしさが糸を引く繰り言を、カレスは黙って神妙《しんみょう》に聞き流した。

「まあ、がんばりたまえ」

反応の乏《とぼ》しい相手に飽きたのか、伯爵はありきたりな労いの言葉をかけて去って行った。

伯爵は最初から最後まで人のいい笑顔を浮かべていたが、その笑顔の奥にひそむ業《ごう》の深さに、彼の半分ほどしか生きていないカレスは、底知れない闇を垣間《かいま》見た心地がしたのだった。

「それでは書記官長、私たちは先に帰らせていただきます…」

上官につき添い残っていた下官の最後のひとりが官長執務室の扉を開けて帰庁を告げたので、カレス

は顔を上げ、

「ええ。遅くまでご苦労でした」

書類を手にしたまま抑揚の少ない声で労った。

隣室から人の気配が消えると、急に静けさが際立つ。窓を見れば陽はもうとっぷりと暮れていた。

寂寥感《せきりょうかん》に捕まりそうになって慌《あわ》てて机上に視線を戻す。書きかけの書類にペンを走らせようとして、ふいに虚しさに襲われた。

『好きな人が幸せでいることが、どうしてこれほど辛いのか』

恋人を得て幸福に輝くライオネルの笑顔を見るたび、どうしようもない虚無感に包まれる。その理由。

——心が貧しいからだ。

答えは身の内から聞こえてきた。

好きな人の幸せも喜べない、そんな醜くてさもしい心根の人間だから、…だから失った。昔のような純粋であふれるほどの愛情も、信頼も。

失ってしまった。


こんなに賤《いや》しい自分の想いには、きっと何の価値もない。

日中、政務に忙殺《ぼうさつ》されているあいだは忘れていられた気鬱が、夜になり独りになると、物理的な圧迫感を伴ってカレスの胸を苛みはじめる。

胸の奥、手の届かない深い場所に細かな硝子《ガラス》の破片を投げ込まれたようだ。破片はささいな揺れに反応する。ライオネルがエリヤの待つ東翠邸に帰るのを見送るたび、破片は柔らかな心のひだを抉《えぐ》り、じくじくとした傷を生む。

以前は仕事を抱えたカレスにつき合ってくれた。夜遅くまでふたりでノルフォールの将来を話し合ったりした。けれど、今は。

「痛い…」

痛くて苦しい。寂しい、虚しい。

ライオネルの後ろ姿を見送るたび、破片は胸に降り積もる。

ささいな行動の端々にエリヤを優先させる配慮が

見えて、痛みは耐えきれない苦しみに変わる。

「い…たい…」

誰か、助けて。つぶやきかけて自嘲する。

自業自得だろう、と。

立ち上がって部屋の隅に設えられた長椅子に横たわり、軋む胸と夜気に冷えた腹部を庇う。冬籠りの獣のように丸くなる。小さく小さく身を丸め手足を縮め、胸を食い破りそうな痛みを抑えつける。我慢していれば、いつかは慣れる。

「いつかは、忘れられる」

ライオネルを好きだったことも、好きになったことも。

早くそうなればいい。何も感じない石のような心になれば、もっと楽に生きられる。

早く、はやく…お願いだから。

誰もいない部屋の中、冷えきった長椅子の上で手足を丸め、カレスは子供のように祈り続けていた。


カレスが三度目に隻眼の公爵を訪れたのは、前回から八日目の夜。

胸の痛みに耐え兼ねて仕方なく、だった。

初回はともかく二度目も、翌日の昼過ぎまで寝過ごすという失態をしでかしたので、今夜は翌日が安《あん》息日《そくび》であることを確認して来た。

公爵の住む邸宅の手前で馬車を降りると、ひっそりと静まり返った石畳を歩きはじめた。

カレスの住んでいる東区のコルボナ通りから馬車で十五タランス。歩いても一タールほどしか離れていないこの辺りは、小振りだが造りの丁寧な屋敷が建ち並んでいる。

一軒一軒に広い敷地があり、榧《かや》や柊《ひいらぎ》、杠葉《ゆずりは》といった豊富な庭木に遮られているので、互いの暮らし向きを干渉《かんしょう》されることはない。

薄い上着を通して染み込む夜気に、肩のあたりが強張る。九月に入ったばかりでこの寒さ。カレスは己の軽装に舌打ちしながら、何年経っても馴染めない北部の気候にうんざりした。

人目を避けて足音をひそめ、身の丈ほどの鉄門をくぐる。相変わらず番人の姿はなく鍵もかかっていない。いくら治安の良い東地区とはいえ家主《やぬし》の剛胆《ごうたん》さには呆れる。よほど腕に自信があるのか、盗《と》られて困るような物はないのか。…前者だろう。公爵邸に置かれていた調度品は、審美眼《しんびがん》などあまりないカレスにも高価で希少価値のあるものに見えた。

手入れを怠《おこた》っているとしか思えないほど草木が伸び放題になっている庭園の、そこだけは白く浮き上がった石畳を歩いて正面玄関にたどり着く。

しばらくためらい、これで最後だからと己に言い聞かせて敲金《ノッカー》に手をかけ、またためらう。

一度目、二度目とは異なり今夜の訪問の目的は明確だ。

「――…」

突然、恥ずかしさが込み上げてきた。

『いつでも来い』という男の言葉を真《ま》に受けてふらふらと来てしまったものの、本当にいいのだろうか。考えてみればカレスの要求は異常だ。

鞭打たれることを自ら望む。その交換条件として、排泄《はいせつ》器官で行う同性同士の交わりを受け入れる。

フライシュタットで育ち、自らにもライオネルと触れ合いたいという欲求を持つカレスには、同性愛に対してノルフォール人ほど厳しい偏見はない。

それでも自分の求める行為が世間では倒錯《とうさく》と呼ばれ、後ろ指を指され、異端《いたん》だと詰られ忌み嫌われていることはよく分かっている。

敲金《ノッカー》から手が離れ、その指先を口元に当てた。

いくらライオネルへの報われない恋情に苦しんでいても、こんなことは間違っている。

カレスはそのまま後退《あとずさ》り扉を離れようとした。その瞬間、

「どこへ行く?」

音もなく開いた扉から蜜色《みついろ》の灯りがこぼれて、カ

レスの足下に射し込んだ。

「どうして…」

自分の来訪を知ったのか。疑問は柔らかな言葉で遮られた。

「よく来たな。そんな薄着で寒かったろう」

温かな色の光を背にした男の表情はよく見えない。それでも、早く入れとうながす態度をなれなれしいと感じるより、背にまわされた手の温もりにほっとしてしまう。

「少し痩せたんじゃないのか？」

案内されたのはふたり用の小卓に二脚の椅子、それだけでいっぱいになってしまうような小部屋だった。象牙色と臙脂《えんじ》色で配色された部屋は、蜜蠟の灯りがしっとりと馴染んでいる。

頼みもしないのに軽い食事を用意され、前にカレスが差し入れた葡萄酒を注がれた。

まるで旧来の友にするような対応に拍子抜けする。すぐにでも寝室に連れ込まれ、事に及ぶのだとばかり思っていたから。人並みに扱われることが不思議で、少し照れくさい。

葡萄酒が満たされた銀製の杯《さかずき》は優美な植物模様の装飾で、持ち手はしっくりとカレスの手のひらに収まっている。

「これ一杯で、何足の靴が買えるだろう…」

「何？」

「……何でもない」

酒の味など分からないカレスにも、注がれた極上の葡萄酒はなめらかな喉越しで、思わず杯を重ねてしまう。気がつけばずいぶんと酔いが回っていた。

「おまえはいつも、心ここにあらずといった風情だな」

責めるふうでなく、小卓の向こうから伸びてきたガルドランの手が、カレスの顎に触れて上向かせた。

「やはり、痩せたな。鎖骨がこんなに浮き出てる」

言葉と一緒に顔が近づいてくる。カレスは酒に潤んだ瞳を閉じた。止める間もなくゆるめられた襟元から忍び込んだ硬い皮膚の指先が、浮き出た鎖骨をたどる感触に痺れるような震えが生まれる。男が席を立ち、傍に来るのを感じて息を詰めた。

「……んぅ……」

雨上がりの森のように落ち着いた香りと共に、男の唇が下りてきた。背けようとした顔をがっしりとした手に押さえられ、口中深くに男の舌が忍び込む。熱を孕んだ熱い手のひらで喉元を撫で上げられながら、弾力のある舌で口中を嬲られて身をよじる。

驚くほど素早い動きで自分の舌を翻弄《ほんろう》する、ぬめぬめとした塊にカレスの腰は引け、後頭部のあたりが縮み上がるような気がした。

それが快感なのか嫌悪なのかも分からない。

「止…め、や…」

鎖骨をなぞっていたガルドランの指が、手のひらごと胸に潜り込んできた。鍛えて硬くなった手のひらの皮が蠟でも塗ったようにつるつると胸を撫でさすり、柔らかいままの突起にたどり着く。

「――…ぅ、くっ」

「この前の、痕はほとんど残ってないな。…ああ、ここだけ引っ掻いた痕がある。それに腕の傷も…。治りかけを掻いてしまうのは、おまえの癖か?」

胴衣をはだけていやらしい仕草で胸をまさぐりつつ、声だけは精霊使いのように深く落ち着いた響きで聞いてくる。

「…痒く、なったから…」

息を詰めながら言い訳するカレスに、ガルドランは小さく笑って頷いた。

「それで、痛みがなくなって物足りなくなった?」

「……」

「ここを、苛めて欲しくて来たんだろう?」

「…そう…、だけど」

抱かれたくて来たわけじゃない。だからこういうのは無しにして欲しいと、胸から脇腹へと伸びはじめた男の手を、カレスは両手で押し留めた。

「痛みはやろう。おまえの気が済むまで、いくらでも存分に。だけど代わりにおまえを抱かせてもらう。それから俺がつけたもの以外、傷を作るのは無しだ。治りかけを無理やり引っ搔いて悪化させるのもな。それが交換条件だ」

「交換条件…」

それもやはり『気晴らし』の一部なんだろうか。

「互いに必要なものを与え合う。それならいいだろう？」

必要、と言われてカレスの心が揺らぐ。冷えていくばかりだった心の片隅がほんの少しだけ温かくなった。

領主の主席書記官。鉄の自制心を持った仕事人間。真面目で情緒不足。個人的につき合うには面白味に欠ける――。

政庁内でのカレスへの評価はだいたいこんなものだ。他にも『傲慢』『生意気』『気取っている』等々。他人がカレスに持つ印象はたいてい負《ふ》の方向に傾くことが多く、良い印象を持たれることは少ない。『生意気な若僧』というのが一番多くささやかれている陰口である。

気晴らしでも何でも、こんな自分を必要だと言ってくれるなら、目の前の男の好きにさせてもいいと思った。

いつの間にかガルドランの手には鯨の髭でできているという、象牙色の小さな鞭が握られていた。

「欲しいんだろう？　これが」

細くしなりのある先端で胸の中心を撫で下ろされると、腰のあたりに痺れが走る。

カレスは全てから目を閉じて、小さく頷いた。

「どうして、腕を縛る？」

前と違い、今夜は抵抗するつもりのなかったカレスは、不思議に思って男を見上げた。

「こうしないと無意識に鞭を避けようとする。腕や手に傷がつくとまずいんだろう？」

答えには予想外の気遣いが含まれていた。一見、傍若無人に見える男の、こうした心遣いに気づくたび胸がざわめく。

カレスはライオネルとエリヤがそういう関係になったとき、あらゆる文献《ぶんけん》を漁《あさ》った。そこで同性同士で愛し合う関係は古来からあることも、性交時には用心しなければならない注意点があることも知った。

初めての夜も、それ以降も、ガルドランは大胆にカレスの身体を拓いた。けれど乱暴だったり、後遺症が残るような心無い抱き方は絶対にしなかった。

今夜もガルドランは鞭を使うためにカレスの腰にまたがって動きを封じたが、体重をかけすぎないようさりげなく気を遣っている。

なるべく傷を残さずに効率良く痛みを感じさせるには、どこを責めれば一番良いのか。男は小刻みに打擲《ちょうちゃく》を与えながら相手の反応を注意深く見守り、与える痛みの限界を見極める。

あまり連続で打ち続けてもいけない。息を詰めすぎて酸欠になる前に小休止を入れる。

隻眼の公爵は驚くほどの気遣いを見せながらカレスを責めた。その気遣いに気づく余裕など、このときのカレスにはなかったのだけれど。

「おっと…、想像以上に皮膚が薄いな」

少し出血してしまった傷口を、ゆっくりと舐め上げられてカレスの口から呻き声が洩れる。

「い…あ、あぁ――…っ」

吸血性の軟体動物のように弾力のある舌が傷に吸いつき吸い上げ、ぬめぬめとした唾液の跡を残して胸を這いまわる。

唾液の跡が夜気に触れて乾くと、肌に薄い膜が張ったようになる。熱を持ちひりひりと痛みが走る傷の上をさらに鞭打たれて、舐め上げられて、また鞭が振り下ろされる。

そうやって何度もくり返されるうちに、カレスの息は全力で走ったあとのように弾み、額から流れる汗で栗色の髪はしっとりと濡れていく。

「痛い、痛…い……」

髪だけでなく全身がぐっしょりと汗で濡れる頃、ようやくカレスの唇から哀願が洩れはじめる。

青白かった頬には赤味が差し、琥珀色の瞳からは涙がひっきりなしにこぼれ落ちて、救いを求めるように自分を責める男を見上げた。

「もう、嫌だ。もう…赦して」

それまでひと言もなくカレスを責めていたガルドランの力が、ふっと抜けた。

下肢を押さえつけていた巨体が退くのを感じ、代わりに頬に暖かな手のひらが添えられて目尻の涙を拭われる。その仕草が、まるで子供の頃ライオネルの父に与えられた愛撫のようで…。

「赦して…、――ゆるして…くれる?」

哀願が少し舌足らずな幼いものになる。

「ああ」

迷いのない男の言葉にカレスは得も言われぬ救いを感じた。たとえ一時でも、これほどの安堵と癒しを与えてくれるのなら、代償で〝気晴らし〟として抱かれることも受け入れよう。

相手は性欲解消と気晴らしのために、カレスの身体を利用しているにすぎない。

それさえ忘れなければ、どんなに甘い愛撫も唇接けも、全ては耐えるべき責め苦になる。

横向きにされ片脚を持ち上げられ、後孔に指をねじ込まれてかきまわされて、首筋やこめかみにキスされたり髪を梳《す》き上げられたりしながら、カレスはそんなふうに思う。

ぴちゃぴちゃくちゃくちゃと粘着質のいやらしい音を立てながら、排泄器官に男の性器を突っ込まれるのも、そのまま何度も揺さぶられ続けるのも、極まった男の欲液を何度も体内に注がれるのも。

注がれてもまだ解放されず再び抽挿と揺籃《ようらん》をくり返されるのも。――全部受け入れることが償いだと、カレスは自分に言い聞かせ続けた。

頭の先から真珠《しんじゅ》色の闇に溶けていくような感覚は、

フライシュタットで過ごした子供時代の、のんきで幸福な午睡《ひるね》のような眠りだった。

短い自失から醒めると、互いの体液に湿った敷布に投げ出したままの腕を持ち上げられた。

細い腕に残る少し色素が沈着《ちんちゃく》した傷痕に唇を寄せて、ガルドランがそっとつぶやく。

「…痛みが欲しくなったら、こんなふうに自分で傷を作る前に俺のところへ来るんだ。いいな」

風に当たって消えていく泡のように再び混濁《こんだく》しはじめたカレスの意識に、男の言葉が沁み込んでくる。

「――…ん」

公爵邸の扉を叩く前に、これで最後だと己に強く言い聞かせたことも忘れて小さく頷いたのは、頭をくしゃりと撫でまわす温かくて大きな手が、なぜだかどうしようもなく心地よかったからだった。

‡ 罠と謀略 ‡

カレスはこれまで自暴自棄や自堕落《じだらく》という言葉とは無縁の生き方をしてきた。いい年をして自己を律することのできない類の人間など、最も軽蔑する対象でしかなかった。

それがどうだろう、この数カ月の己の自堕落ぶりときたら。

自分がライオネル以外の同性と肉体関係を持つようになるとは思いもしなかった。

以前のカレスはライオネルに対して、ただ抱きしめたい、抱きしめられたいといった程度の淡い欲求しか持っていなかったのに。

隻眼の公爵ガルドラン＝ルドワイヤとの生々しくも奇妙な肉体関係は、そろそろ二月《ふたつき》になろうとしている。

彼の言葉を鵜呑《うの》みにしたわけではないが、あの夜以来、公爵邸への訪《おとな》いは十日に一度が五日に一度へと変わり、気がつけばずいぶんと頻繁《ひんぱん》に通うようになっていた。

‡

十月の第二旬中日。

過去の証書や書物が収められている資料庫へ向かうため、カレスは西翼の北回廊を足早に歩いていた。

採光があまり良くないせいで通路は薄暗い。

ノルフォールの秋は夏よりもずっと短い。涼しくなったと思う間もなく、すぐに冬将軍の到来が間近となる。十月も半ばになると、石造りの城の中は外よりもよほど寒い。

謁見《えっけん》の間《ま》と領主の執務室および私室のある東翼だけは、何度か改築されているため多少は過ごしやすいが、城館の大部分は百五十年以上も前に建てられたもので、内乱や隣国からの侵略の恐れなど、その頃の情勢を反映して建物全体が暗く閉塞《へいそく》感に満ちている。

カレスが今歩いている西翼北回廊など一度も改築されていない。堅牢であることだけは確かだが、濃灰色の石壁はいつもどこか湿り気を帯びていて、冷気に拍車をかけている。

溜息の出そうな陰気な通路の円柱の合間から、そのときちらりと金色の光が視界を過った。

「あ…、リオ？」

北の大庭園へと続く茂みに見え隠れする光を追って、カレスは元来た方へ身を翻した。本館と西翼を繋ぐ西回廊に出たとたん、射し込んだ陽光に目を細め、金色の髪の行き先を追う。

西回廊は冬でも緑を保つ常盤木《ときわぎ》の濃い緑色の茂みが品良く配された小庭で、中央にある薔薇色大理石の水盤からこぼれ落ちる飛沫《ひまつ》に、傾きかけた午後の陽射しがきらきらと輝いていた。庭全体を照らし出す光の波紋は、四方を囲む回廊の天井に反射して幻想的な空間を作り上げている。

ここは城館の中でも数少ない、カレスの好きな場所だった。

「リオ？」

周囲に人気がないのを確かめてから、少し離れた茂みに隠れたライオネルに「何をしているのか」と声をかけかけて、息を呑む。

……唇接《キス》、していたのだ。

相手の姿はライオネルの均整のとれた身体にすっかり覆い隠されていた。それでもかすかに見える黒い脚衣に、真っ青な上衣。喉元を包む白い飾り襟《えり》に、フェルス人特有の青味を帯びた黒髪が映えている。

強く抱いたら折れてしまいそうな細腰の持ち主の名はエリヤ。ライオネルの最愛の恋人。

エリヤの腰と背中にまわされた腕の力強さ。深く重ねられた唇。誰がどう見ても恋人同士の逢瀬《おうせ》だ。

エリヤが少し抗う。ライオネルはそれを封じ込め、癖のない黒髪を梳き上げて耳元に何かささやいた。

うつむいていたエリヤの頬が染まり、愛《いと》しそうに金色の頭を抱きしめ返す。

「……――ッ」

恋人同士の甘ったるい仕草に、カレスは後頭部を殴られたような衝撃を受けた。

彼らが身も心も繋げ合った恋人同士だということは嫌というほど思い知っている。それでも、こうして目の前に突きつけられると、視界が狭《せば》まり足下が揺らいだ。同時に、いつ誰が通りかかるかも分からない場所で、他人に見られたら確実に非難されるだろう行為をしているライオネルに、言いようのない怒りが湧き上がる。

――あれほど口を酸っぱくして言い聞かせてきたのに、どうしてこんな場所で、あんなことをしてるんだっ！

未だ政庁内に不穏分子《ふおんぶんし》を抱えている現状で、もしも公にその関係が暴露《ばくろ》されたら、恰好の攻撃材料になることは間違いない。

数年前ノルフォール領主の座を争った従兄たちは、

未だに根強くライオネルの後釜《あとがま》を狙い失脚させる機会をうかがっている。ライオネルの地位が揺るぎないものになり、人々の偏見が和らぐ日が来るまでエリヤとの関係は知られないようにしてくれと、何度言ったか分からない。それなのに。

怒鳴りつけようと足を踏み出しかけたカレスは、五年前に犯した過ちが脳裏を過り、身動きできなくなった。

——この怒りは本当にふたりの身を案じる心配からくるものか。それともただの…嫉妬だろうか。

自分の気持ちを持て余しているうちに、危機感のない恋人たちは姿を消した。

残されたカレスは虚脱感に襲われ、右手で目を覆いながら円柱に寄りかかった。項垂れて大きく息を吐いた、そのとき、

「この回廊は昔から、恋人同士の逢瀬によく使われてきた場所だったが」

背後から聞こえてきた声にぎょっとして振り向く。

「我らが領主殿のお相手ほど、難儀な者は聞いたことがない」

ゆったりとした足取りで近づいて来たのは、これ以上ないほど最悪な人物。ギゼルヘル・ハーン伯爵だった。

「フェルス人で、しかも男」

カツンカツンと靴音を響かせて近づく姿は、今日も嫌味なくらい隙なく着飾っている。

「……」

「家臣や領民がこれを知ったら、どう思うだろうね？」

伯爵はカレスの目の前で立ち止まると、さも心配そうに腕を組んでみせた。その仕草がわざとらしい。

——だからあれほど注意しろと言ったのに…！

カレスは内心の怒りと焦りを噛み殺し、体勢を立て直した。

「お久しぶりです伯爵。今日はどのようなご用件で？」

「ふふ、君も相変わらずだね。その高慢な態度が許されるのも今日までだ」

「…何のことでしょう」

伯爵は後ろ手に組み、顎を反らし、横目でカレスを睨《ね》めつけながらわざとらしく踵を返した。

「フライシュタットなんぞという片田舎《かたいなか》からやって来たあの若僧が、由緒あるこのノルフォールの領主に収まったことを、どれだけの人間が認めていると君は思っているのかね」

「……」

「どう思っているのかと聞いているんだ！」

「先代様のご指名であることは、皆様承知されているかと――」

「そんなことを言っているのではないっ！　君の義理の兄だか親友だか知らないがね、あの若僧が歴史あるノルフォール侯爵家の名に泥を塗るような真似をしているのを、どう言い繕うつもりだと訊いているんだ！」

「……先例のない改革に抵抗はつきものです。多くの領民はライオネル様の政策を歓迎しておりますが？」

「ふん。あくまでしらを切るつもりか。たった今あの茂みの陰で、我らが領主殿がいったい何をしていたのか、ここではっきり言ってみせようか？」

かまをかけられている。ここでひるめば思う壺だ。

カレスは鉄壁《てっぺき》の無表情を崩さず、背筋を伸ばした。

先ほどの一幕はふたりの関係を知っていたカレスだから判ったのだ。ほとんど茂みに隠れていた。遠目に見ただけで接吻《キス》していたと見抜けるはずがない。

――うろたえるな。

「何をご覧になったのか存じませんが、無責任な噂を流されては伯爵ご自身の品位まで疑われかねないかと」

「相手の名はエリヤ。フェルスの戦災孤児だったのを引き取って、今は東翠邸で寝食を共にしている。共にしているのは住まいだけでなく、寝台もだろう？　彼らが肉体関係を伴ったおぞましい男色行為に耽《ふけ》っていることなど、見る者が見れば一目瞭然《いちもくりょうぜん》だ。先ほどは接吻と抱擁《ほうよう》だけだったがね。私は彼らがあられもない恰好で乳繰《ちちく》り合っているのを目撃したこともあるのだよ。もちろんそんなものは見たいとも思っていなかったが。——おや、顔色が変わったね」

カレスは思わず頬に指先を当てた。手足も頬も血の気が引いて、ぼんやりとした温みにも似た痺れに覆われている。

「…いつ……?」

訊ねても仕方のない問いが唇からこぼれた。

問題なのはライオネルを憎んでいる伯爵が、彼を陥れる絶好の口実を手に入れてしまったことなのだ。

「私は不本意ながら政の場から遠ざけられているが、領内での発言力はまだまだ侮《あなど》れないものがあると自負しているんだが。どう思うかね」

言外に醜聞《しゅうぶん》を言いふらすと脅されて、カレスの視界が闇に染まる。

暇を持て余した貴族や、同僚《どうりょう》の出世を嫉む官吏が何よりも好むものは他人の醜聞だ。たとえ事実無根の噂であっても、それで自分より上位の人間の足を引っ張ることができれば愉快でたまらないのだろう。

そして噂は、ときに人生を狂わせる力を持つ。

ライオネルとカレスへの積年の恨みを抱えた伯爵が、それをためらう理由はない。

「何が、…お望みなのですか?」

地制官長への復帰か、年金の増額か、もしくはライオネルの退位か。どれも受け入れ難いが、どうにかしなくてはならない。

カレスは慎重に言葉を選んだ。

「私の力が及ぶ範囲であれば、便宜《べんぎ》を図らせていただきます」

「私は常々、君のその高慢な鼻っ柱をへし折ってやりたいと思っていたのだよ。君は私のことを無能だと思っているのだろう。私を見るときいつも内心では馬鹿にしていただろう？　澄ました顔で己の有能ぶりを見せつける君のその態度が、どれほど勘に障ったことか。たかがあの若僧の友人だというだけで重用されていい気になって、いくつもの役目に手を出して。嘴《くちばし》を突っ込んでは偉そうにご託を並べて、自分がいなければ政が立ちゆかないとでも思い上がっているんだろう？　そうだろう、きっとそうだ。君みたいな生意気な若僧が私は大嫌いだよ。どうにかしてひと泡吹かせてやりたいとずっと思っていたものさ――」

　ギゼルヘル・ハーンは私邸の一室で、どこか壊れたような繰り言を垂れ流していた。

　回廊での短い会話のあと、ライオネルの醜聞を他人に洩らさないことの条件として、カレスはこの邸宅に連れて来られた。

　言いなりになって見せたのは、とにかく時間をかせぐ必要があるからだ。最優先すべきは伯爵を口止めすることで、そのためにはどんな無体な要求にも従うつもりでいた。

　そうして油断させているあいだに、彼の足場を崩す弱みを握る。それしか方法がない。

『ふふ。ではとりあえず君を私の隠れ家に招待しよう。市井に埋もれた小さな家だが、いろいろと趣向を凝《こ》らしてある。きっと君も気に入るだろう』

　そう言いながら狡猾《こうかつ》な伯爵は実に見事な手際で、政庁内の誰にも会わないようにカレスを城館から連れ出したのだった。

　西陽が妙に眩しく感じる午後の市街を、馬車に揺られてたどり着いたのは、たぶん人目をはばかる目的で建てられた邸宅。建物は大人の背丈の三倍もある塀に囲まれ、鬱蒼と茂る常盤木に幾重《いくえ》にも覆われていた。

　小要塞のような外観と鋼鉄製の分厚い門扉を目にしたとき、カレスは初めて身の危険を感じたが、まさか命までは取られないだろうと高をくくっていた。

　屋敷に一歩足を踏み入れたとたん、背後で鉄扉《てっぴ》が鈍い音を響かせて閉じた。それきり周囲はシンと静まり返る。まるで真綿《まわた》を耳に詰められたような静寂《せいじゃく》が周到な防音によるものだと気づいたのは、窓ひとつない部屋に押し込まれてから。

背後から強く押され、大理石張りの床に倒れ込んだのに、音はほとんど響かない。磨き上げられた大理石の上、ところどころに得体の知れない染みを見つけて背筋に悪寒が走る。

ようやく、これはまずいと気がついた。今ここで、拷問《ごうもん》まがいの仕打ちを受けて命を落とすことになっても、自分の居場所を知る人間は誰もいない。

舌打ちする思いに追い打ちをかけるように、伯爵が毒の滴る繰り言をはじめた。

「人を精神的に痛めつけるのに、一番効率のいい方法が何なのか知っているかね」

胸倉《むなぐら》を摑み上げられ無理やり追いやられた椅子に腰掛けて、カレスは後退ることもできず懸命に平静を装い、汗のにじむ手のひらを握りしめた。

モザイクで彩《いろど》られた大理石の床を、鈍い靴音を立てながら行きつ戻りつする伯爵の姿には、獲物を嬲る捕食者の驕《おご》りが漂っている。

「これまで何人もの女性《にょしょう》に試してみた。皆、初めは生意気な口を利いてはいるが、すぐに別人のように従順になる。…男に試すのは初めてだがね」

ハーン伯爵はカレスの顎を摑み上げ、挑むように嗤った。

「君もすぐ、私の足下に跪いて許しを請うようになる。——フルース!」

指を鳴らす軽快な合図と共にひとりの男が現れた。

「この屋敷の下働き。最下層の住人だ」

伯爵はカレスに向かって紹介してから、男に向き直った。

「今日の相手は少し毛色が変わっているが、本来ならおまえなど影も拝めない高貴な方だ。丁寧にお相手して差し上げろ」

フルースと呼ばれた男は、「あぐ、うぅ」といった不明瞭《ふめいりょう》な返事をしながらカレスに近づいた。

焦点の曖昧な視線と、粗末な服がはちきれそうな巨体。傍に寄られただけで強烈な雄《オス》の体臭が鼻を突く。

耐えきれず椅子を蹴立ててカレスは後退った。倒れた椅子が床に当たって甲高《かんだか》い音を立てる。

まるで悲鳴のようなその音に反応したのか、鈍重そうだったフルースの腕が目にも留まらぬ早さでカレスに伸びた。

「！　——ッ、放せ…！」

左の二の腕に続いて右腕を摑まれて、抗いが悲鳴に変わる。

「放せっ、何をするつもりだ！　放せ——ッ！」

目にした男の下腹部は、薄い布地を破らんばかりに盛り上がっている。そのままカレスの両腕を摑んで、部屋の中央に置かれた粗末な寝具まで引きずって行こうとする鼻息の荒さ。首筋にかかる嫌な臭いのする息の熱さに怖気が走る。

必死に抗うカレスの姿を、伯爵は脇に置かれた長椅子に優雅に腰を下ろしながら笑って見ていた。

明らかにカレスが抵抗する姿を楽しんでいるのだ。

身体をまさぐられる気色悪さに耐えきれず、カレスが男の目を狙って爪を立てようとすると、寸前で両腕を思いきりねじり上げられ縛られた。そうして寝台ではなく、床に直接置かれた粗末な寝具らしき物の上に転がされる。

そこまでされれば、伯爵と性欲だけでできているような目の前の大男が、カレスに何をしようとしているのか明らかになる。

——犯される。

雄牛のような男にのしかかられて、むせ返る体臭に吐き気が込み上げた。気色の悪さに涙がにじんだその瞬間、カレスの脳裏を過ったのはなぜか黒髪に隻眼の男の姿だった。

『痛みが欲しくなったら、俺のところへ来い』

——彼にされるのと、同じだと思えばいい…。

相手が違うだけ。心を伴わない行為であることは同じ。

そう自分に言い聞かせてみても、湧き上がる本能的な汚辱感《おじょく》はどうしようもない。

早くも脚衣を脱ぎ捨てたフルースの、脂肪が折り重なって張り出した腹部と、そこを覆う陰毛から目を背ける。どこもかしこも垢染みて汚れた身体と、そこから漂う嫌な臭い。

剛毛に覆われた両脚。そのあいだに勃《た》ち上がった醜い肉塊。そのどれもが、カレスを初めて抱いた隻眼の公爵と、どう見ても同じ機能を持つものとは思えない。

「嫌だ、止め…っ」

拒絶はほとんど本能的なもので、身体が痙攣《けいれん》のように震える。脚衣をむしり取られ、脇腹を腕で押さえつけられて容赦なく脚を割り拡げられた。

きつく縛られているせいで腕から肩のあたりが痛み、ろくに抵抗もできない。

それでも必死に上体をよじると、フルースはその動きを利用してカレスを軽々とひっくり返した。

うつ伏せにされ、脂肪に包まれた巨体に背中を押さえつけられて悲鳴が洩れる。異臭を放つ汗ばんだ肌が、濡れ雑巾《ぞうきん》にでも張りつかれたような不快感と、生理的嫌悪感をかき立てる。肌が壮絶に粟立《あわだ》つ。

カレスは必死に首を振った。

「触るな！　止めろ、そんなところを――…ッ」

ビクビクと脈打つ男根を後蕾に押しつけられて、たまらず仰け反った首筋に、容赦なく指が喰い込む。

「ぁ…、ぅあ――…」

何の準備も施されていない狭い場所をこじ開けながら、ぬめりを帯びた肉棒が容赦なく埋め込まれてゆく。

覚えのある痛みと圧迫感に、カレスは必死で力を抜こうとした。抗えば抗うほど自分が辛くなるだけ。いくら経験があるとはいえ、乱暴にされれば命をも落としかねない繊細な場所なのだ。くびれのあたりまで性器を押し込まれた時点で、抵抗することはあきらめた。

なるべく大きく息を吸って、吐いて、ひたすら余計な力を抜くことに専念する。

「はっ…、はぁ…――っ」

背後からのしかかられ、脇の下から肩を抱き込むように固定されてずり上がることもできないまま、ぐいぐいと男根をねじ込まれる。尻に男の陰毛を感じるまで深く差し込まれて、カレスは必死で喘いだ。

あまりの圧迫感にほとんど息も継げない。耳元に男の湿り気を帯びた臭い息を激しく吹きつけられても、顔を動かすこともできないまま、荒々しくはじまった抽挿に耐える。

獣の交尾のように忙しなくあからさまな腰の蠢きと、相手を思いやる気配など微塵もない粗暴な動きに、頭の先から砂に変わり崩れてゆくような妙な感覚が広がる。

犯されて揺さぶられるたびに、ボロボロと崩れ落ちてゆく無機物の自分。物のように扱われることで感情が鈍磨《どんま》してゆく。

次第に虚ろになっていくカレスの表情など気にもせず、ただひたすらに己の性欲に従うフルースのさもしいまでの腰の動きは、端から見れば哀れなほど滑稽に見えただろう。

「ヴー…ッ、ぐぁ…っ」

濁った呻き声と同時にぶるぶると腰が震え、ひときわ強くカレスの後蕾に欲棒を押し込んだ。

しゃくり上げるような肉塊の痙攣を体内で感じたその瞬間、カレスは自分の中に男の淫液がぶちまけられたのを知った。

粘膜に染み込む汚れのイメージに、精神《こころ》のどこかが壊れそうだ。取り返しのつかない汚濁にまみれてゆく自分。

一度ではどうやら満足しないらしい男に、体位を変えて二度三度と犯され、後孔からあふれ出た淫液がひざ裏まで伝う。下肢の感覚が麻痺してきた頃になってようやく、下劣《げれつ》な見物に徹していたギゼルへル・ハーンが楽しそうに指示を下した。

「もう抗う気力もないだろう。フルース、腕を自由にしてやれ」

カレスはそれを、どこか異国の言葉のように感じていた。

縛めを解かれても、痺れて痛む腕に抗う力は残っていない。それでも血の通う感覚にほっとする間もなく、再び正面からのしかかられた。

汗にまみれた上半身をぴたりと押しつけられ、男の太った腰を挟むよう拡げられたカレスの両脚は、ひっくり返った蛙《かえる》よりも無様で無惨な恰好になる。

フルースはカレスの上半身にはほとんど興味を示さず、着衣もそのままでひたすら腰を振ることに没《ぼっ》頭《とう》し、粘膜の摩擦《まさつ》にのみ快感を求めていた。

仰向けで、横向きで、背後から。あぐらをかいた男の性器の上に腰を下ろす恰好で。

伯爵は途中でカレスの口をも犯すことを要求したが、急所を噛まれることを恐れたフルースが首を横に振ったため、それだけは免れた。

それ以外は、ほとんどありとあらゆる体位で犯された。

下肢から伝わる抽挿の激しさとあまりの苦痛に思考が散漫になってくると、次第に、どうして自分がこんな目に遭っているのか…。そんな疑問が、溝に嵌まった車輪のように空まわりしはじめた。

なぜ、誰のせいで…?

考えるな。

かすむ思考の向こう側から金の髪をなびかせて、幼いライオネルが両腕を拡げて駆けてくる。

初夏のフライシュタット。緑の草原。

風に揺れる草の中で星のように瞬く白い花々。

両親に見捨てられて、いじけて萎《しお》れて枯れそうだったカレスを力いっぱい抱きしめてくれた、幼いけれど頼もしい両腕。

あの暖かさと優しさを、どうしても忘れることができない。

『どうしたの？　どこか痛いの？　僕がなでてあげるよ、だから、…泣かないで――』

あの瞬間、カレスは心に決めた。この人のためなら何でもしよう。命をかけても構わない…、と。

だからこんなことは平気だ。全然、平気なんだ…。粘液をかきまわす、耳を覆いたくなるほどいやらしい音が、自分のどこの部位で立てられているのか考えたくはなかった。

初めてなわけでもない。汚されたことを嘆いてくれる恋人がいるわけでもない。…だったら、少しも構わないいじゃないか。

僕の身体なんてどうなっても。

むしろ、なかなか尻尾を掴ませなかったギゼルへル・ハーンという、箱の中の腐った林檎《りんご》を取り除く機会が、ようやくめぐってきたことに感謝しなくては。

あまりにも陰惨《いんさん》な時間を耐えるため、カレスは懸命に強要されている行為に意味を見出《みいだ》そうとした。

この痛みも屈辱も、きっと無駄にはしない。

ライオネルにとって獅子身中《しししんちゅう》の蟲《むし》である伯爵を排除する好機。そして自分にとっては、償いになる。

償い…。その言葉を思うたび、カレスは砂楼《さろう》が波に呑まれて崩れてゆくような虚しさを覚える。

人ひとり。嫉妬に駆られて死なせかけた愚かな罪。その代償が、こうして身体の内側までぐちゃぐちゃに汚されることなら、受け入れるしかない。

そう思い続けてきたけれど。あとどれくらい辛さに耐えたら、犯した罪が赦されるんだろう。

あとどれくらい痛みに耐えて、人としての尊厳を踏みにじられることに耐えたら、どれだけ孤独と寂しさに耐えて、傷つけられることにも耐えたなら、リオ…、貴方は僕を赦してくれるだろう。

罪を犯した事実は消えなくても、いつかは赦されたいと願ってきた。

――ずっと願ってきた。……けれど、本当は解ってた。そんな日は決してこないことを。

カレスが欲して止まない〝赦し〟とは、唯一無二の存在としてライオネルに愛されることなのだ。

現実は、その座はエリヤが占めてしまった。

だからいくら祈っても願っても、カレスの求める赦しが得られることはない。本当はそのことを、

「……僕は…知ってた」

あきらめの言葉は吐息よりもかすかな音で、誰の耳にも届かなかった。

思考は床にこぼれた水銀粒のように、捕まえようとすればするほど逃げて行く。必死に追いかけて掬い上げても、容赦のない抜き差しと揺さぶりにぽろぽろとこぼれ落ちてしまう。何度か無意味な抵抗をくり返したあとで、カレスはついに、考えることも感じることも止めてしまった。

「今、どんな気分だね？」

垢だらけの男に途切れなく性器を突っ込まれ、大量に精液を注がれて。叫び続けた喉が嗄《か》れ果てた頃、ギゼルヘル・ハーンが問いかけてきた。

カレスの視線は虚空を漂うばかりで、かけられた言葉の意味もろくに掴めていない。自分が壊れた人形になったような気がしていた。

「男なのに、男に犯されるという気分はどんなものだ？」

声も出ない状態のカレスに向かって、しつこく問いかける意地の悪さ。目の前で行われた人間性を否定する行為を心底楽しんでいる、その品性の下劣さ。それを伯爵は自覚していない。

ギゼルヘル・ハーンにとって、カレスがライオネルの有能な右腕として地位を築いてきた五年間は、逆に失意と恥辱《ちじょく》、嫉妬と焼けつくような怒りに満ちた年月だった。

年若い頃から当然のように得ていた畏怖《いふ》や尊敬、降り注ぐ賞賛。かしずく多くの人々。彼の歓心を少しでも買おうと、平身低頭で接する者がどれほど多

かったことか。

彼はどこにいても、権力の中枢を握る要人として遇されてきた。それが当然だったのだ。それなのに、あのフライシュタットの田舎者が乗り込んで来てから全てが狂ってしまった。

その元凶である憎い片割れをこうして目の前でいたぶることは、伯爵にとって当然の権利だった。

ハーン伯爵の底冷えのする悪意にさらされたまま、カレスは静かに目を閉じた。一度頭を小突かれた気がしたけれど、意識は冥い水底に落ちて行く小石になった。


カレスは真っ裸で、崩れかけた貯水槽の底を歩いていた。

腰のあたりまである澱んだ水は氷のように冷たく、得体の知れない汚物の浮かんだ水の中は、身を切るほど冷たくて嫌な臭いが充満している。寒くて心細くて、せめて乾いた場所に行きたいのに、身の丈ほどの壁はカレスが手をかける端から崩れてしまう。

巨大な水槽の縁《ふち》にライオネルとエリヤが佇んでいた。カレスは助けを求めかけ、己の姿に気づいて身を屈めた。

裸で傷だらけで、下半身は強姦者《ごうかん》の淫液で汚れきっている。

『汚い…』

脳裏に響き渡る自分の声に、思わず濁った水溜まりの中に身を伏せた。

――冷たい…、寒いよ…。

カレスは泣きながら、そこから這い出ようと藻掻いた。壁はさっきより倍も高くなっている。

もうライオネルたちの姿は見えない。

――置いていかれる。忘れられてしまう。

崩れかけた壁に爪を立ててよじ登ろうとしても、石壁はぼろぼろと崩れ続け、何度も冷たい汚水の中に堕ちる。

——何でもするから、ぼくを置いていかないで！

幼い子供に戻って、本心を叫ぶ。

——お願いだからっ、ぼくを…してっ！

叫びのあまりの惨めさに、息が止まる。そのまま救いのない闇に呑み込まれかけたとき、

『ばかだなぁ…。新しい傷を作る前に、俺を訪ねろって言っただろ』

冷たく澱んだ水底に堕ちてゆく幻影の中、かすかに聞き覚えのある声が聞こえた気がした。


「…さむ……」

身を切るような寒さと痛みで目覚めたのは、凌辱の痕がそのまま残る寝具の上だった。

部屋の中には誰もいない。ぼんやりと灯る明かりだけが、汚れきった身体の上に生気のない陰影を作りだしている。頭が割れるように痛い。

カレスはゆっくりと身を起こし、無惨に拡げられたままの両脚を見つめた。油の切れた蝶番《ちょうつがい》のように軋む脚のつけ根は、手を添えてやらなければ閉じることもできない。触れた肌の冷たさに、どれだけ放っておかれたのか想像がつく。

「下衆《げす》が…」

フルースになすりつけられた唾液と欲望の汚液が、身体の外側にも中にもそのまま残っている。全身から立ち昇る嫌な臭いに我慢できず、視線をめぐらせて、何か身体を拭くようなものがないか探した。

汚された服の替えはおろか、布も、水すら見当たらなかった。

「…当然か」

さんざん凌辱し尽くした相手に布一枚掛けることなく、裸のまま放っておくような奴らだ。

あきらめて立ち上がろうとして、全身を貫《つらぬ》いた痛みのひどさに息が詰まる。這うようにして汚れた寝具から離れ、壁に飾られていた高価そうな掛け布を乱暴に引き剝がす。繊細な刺繍の施された絹布《けんぷ》を、

腹いせも兼ねて裂き、身体の汚れを拭った。

乾いてこびりついた汚れは拭くだけでは取れない。内股の薄い皮膚を血がにじむほどごしごしと強くこすってから、くり返し苛まれた場所に手を伸ばした。

痺れて感覚のないそこをそっと拭うと、ひりつく痛みと共に奥からぬめりがあふれ出た。糸を引く粘液に壮絶な嫌悪感が湧き起こる。何度も拭って、ようやく欲望の残滓が途切れると、カレスは立ち上がろうとして、——無様に転んだ。

「くそ…っ」

あきらめて床を這い、脱ぎ捨てられたままの服をかき集める。

身に着けたままだった胴衣の裾には、汚れがこびりついていた。しわだらけになった上衣を羽織《はお》り、前をかき合わせて汚れを隠す。脚衣は、初めに遠くへ投げ飛ばされたせいで汚されずに済んだが、前立てが破れて釦が飛んでいた。

他人に見られてもかろうじて不審がられない程度に身仕舞いを整えると、腰のまわりを左手で庇いながら、壁を伝って立ち上がった。震える足で扉までたどり着き、凌辱の現場となった部屋を出る。

全ての音を吸い尽くす厚い絨毯《じゅうたん》敷きの廊下を、壁伝いに何度も転びながら進んで、ようやく屋敷の外へ出ることができた。

「監禁《かんきん》してまで、いたぶる気はないのか…」

それでも周囲に注意を払いながら、神経質なまでに手入れされた中庭を通り抜け、外門にたどり着く。鎧《よろい》のように厳めしい門に手をかけると呆気なく開き、カレスは心底安堵した。

ここまで誰にも会わなかった。追ってくる様子もない。

——口止めもせず逃がすってことは、僕がこのことを誰にも言わないと、…言えやしないと思い込んでる証拠だ……。

普通はそうだろう。政敵の目の前で同性に凌辱されたなどと、ノルフォールで生まれ育った人間なら、死んでも知られたくはないだろう。

——だけど、僕は違う。

「ついに墓穴《ぼけつ》を掘ったな…。ギゼルヘル・ハーン」

カレスの唇が笑いの形に歪んだ。

長いあいだ、悪性の腫瘍《しゅよう》のように鬱陶しくて仕方なかった伯爵。金と権力の亡者《もうじゃ》となり、ライオネルの行く手を阻み続けるのなら、どんな手を使ってでも——たとえ自分がどんな目に遭っても構わないと思っている。

その覚悟を伯爵は知らない。

そのことがカレスの切り札になる。

——首を洗って待っていろ、ハーン伯爵。

遠からず訪れる伯爵の破滅に思いを馳《は》せることで、カレスは何とか意識を保ち、歩き続けた。

富裕層の邸宅が建ち並ぶ街路を二、三歩歩いてはよろめき、壁に手を着きながらなんとか進む。

しばらくして大通りに出ると、ようやく寄合馬車を拾うことができた。普段なら気にもならない馬車の揺れに、込み上げる吐き気を必死に堪える。

窓の外、空は夕映えの名残《なごり》でウルカント山の天辺《てんぺん》辺りだけがかすかに明るい。街は濃い夕闇に包まれ、蜜色の街灯が灯りはじめる。

時刻はそれほど遅くない。普段であれば政庁内で働いている頃だ。伯爵の私邸に連れ込まれていた時間は四、五タール程度か。

寄合なので車内にはカレスの他にふたりの女性が乗っている。カレスが窓から視線を戻すと、向かいの女性が顔を背けて布で鼻を覆い、眉をひそめながらもうひとりの女性に何か小声で話しかけた。しかめられたふたりの表情から、カレスは自分がひどく汚れていることを思い出した。

『ひどい臭いだ…』

何年か前、黒髪のフェルス人の子供に向かって投げつけた言葉を思い出す。

ひどいことを言った。…本当にひどい言葉だった。

改めて思い知る過去の自分の愚かさに、項垂れて顔を伏せた。

馬車が中央広場の前で停まると、ふたりの女性はそそくさと降りてしまった。そこが目的地だったからなのか、カレスが発する臭いに耐えられなくなったのかは分からない。

申し訳ないと思う。けれど今、徒歩で帰るのは無理なのだ。

カレスは己の下肢に鼻を近づけてみた。自分でも分かるほど嫌な臭いが漂っている。

ふいに、隻眼の公爵ガルドランに初めて抱かれた夜を思い出した。

あのときの方が今日よりも惨い体位を強いられたはずだ。けれど目覚めたときには、頭の先から爪先まできれいに清められていたし、身体も今とは比べものにならないほど楽だった。

もしかして…、もしかしたら、ガルドランは最初から、ものすごく気を遣ってくれていたのかもしれない。

二月近くも奇妙な肉体関係を続けていて、カレスはようやくその可能性に気づいたのだった。

決まった道しか走らない寄合馬車に無理を言って進路を変えてもらい、ようやく自宅に戻ることができた。

「旦那様…っ、どうなさったのです…!?」

出迎えたウィドは、主の悲惨な姿にひどく驚いて駆け寄ってきた。そしてすぐにカレスから漂う異臭に気づき、何かを察したようだった。

「ドブに落ちた…。御者に礼金を弾んでやってくれ」

「かしこまりました」

ウィドはすぐに金を払って駆け戻り、ふらつくカレスの身体を支えた。

「止《よ》せ、汚れが…」

「すぐに湯浴みの用意をいたします。——お医者様をお呼びした方がよろしいでしょうか?」

「必要ない。湯だけ多めに用意してくれれば、あとは自分でやるから…」

「薬湯《やくとう》をご用意いたしましょう」

殺菌効果のある薬湯と、炎症止めの膏薬。鎮痛《ちんつう》と鎮静をうながす精油を湯殿《ゆどの》に準備してから、ウィドはカレスをうながした。

「ご気分が悪くなりましたらすぐにお呼びください。飲み物と着替えはこちらにご用意しました。新しい布もたくさん置いておきますので、必要なだけお使いください」

余計な詮索など一切せず、ウィドはてきぱきと動いた。

「ウィド…、このことは誰にも…」

「口外したりいたしません。旦那様が嫌だと仰《おっしゃ》るのなら、お医者様も呼びません。その代わり、わたくしにお世話させてください。…ウィドは旦那様の従僕なのですから」

「こんな目に遭った僕を、軽蔑したりしないのか…?」

「するわけありません。さ、汚れたままでは気持ちが悪いでしょう。早く身体をお清めしましょう」

「湯は、ひとりで使える…」

「――わかりました。わたくしは控えの間におりますので、何かありましたら声をおかけください」

誠実で忠実な従僕に背を押されたカレスは、暖かな蒸気《じょうき》の立ち昇る湯殿に足を踏み入れた。

たっぷりと満たされた浴槽から湯を汲《く》んで、汚された場所を濯いでいく。今にも倒れそうなほど疲れきっていたけれど、こんな惨めな姿は、たとえ忠実な従僕にも見られたくはない。

何度も意識を飛ばしかけながら、それでも全身を三度、強姦者の性器をねじ込まれた後孔とその奥は、薬湯で五回も洗い清めた。

フルースに汚されたそこに自分の指を差し込んで、必死に中の残滓を掻き出しながら、逆に心は凪《な》いだ水面《みなも》のようだった。

最中にはあれほど嫌悪し、羞恥と怒りで憤死しそうだったのが嘘のように。

——あれが大したことじゃなかった証拠だ。

心と身体を人としての尊厳ごと踏みにじられた衝撃で、一時《いっとき》感情が摩耗《まもう》しているだけの状態を、カレスはそう結論づけた。

隻眼の公爵に抱かれたときの方がよほど動揺していた。…いや、あれで慣れたのか。僕は、思ったより打たれ強いらしい。

両手で機械的に、くり返しくり返し身体を清め続けながら、カレスは自分に言い聞かせた。

こんなこと、大したことじゃない。女人みたいに身籠《みご》もるわけでもないし、怪我は時間が経てば治る。どうせなら伯爵自身に犯された方が、醜聞の材料として使えたのに…。そうだ、あいつが僕を犯している場面を誰か別の人間に目撃させれば、失脚させる一番の切り札になる——。

ぶつぶつと独り言をつぶやきながら、六度目に後孔を清めようとしたとき、湯殿口からウィドの心配そうな声が響いた。

「旦那様、あまり長く湯にあたると身体に毒です」

「…あ……」

ようやく湯も身体も冷め切っていることに気がついた。

「おひとりで手が足りないようでしたら、お手伝いいたしますが」

「いや…、もう上がるよ」

湯気の消えた湯殿からようやく上がったカレスは、あまりの具合の悪さにぼんやりとした無表情になる。苦痛に顔をしかめる気力もないのだ。

ふらつきながら濡れた身体を拭い、ウィドが用意した薬油類を塗りたくってから、夜着を着込んで湯殿を出た。

「お部屋までわたくしの肩に摑まってお歩きくださ い」

待ち構えていたウィドの言葉に、冷えきっていた胸の奥がほんの少しだけ温まる。

「お食事は？」

「……無理だ。今夜は胃の腑が何も受けつけない」

言ったとたん、ウィドの目許の気配が揺らいだ。まるで泣く寸前のように。

「…明日はちゃんと食べる。だからそんな情けない顔をするな」

雇って半年にも満たない、初老の従僕が見せる真摯な気遣いにカレスは救われた。

熱いくらいに暖められた寝室に送り届けられ、短い昼のあいだに目いっぱい陽に当てられて、ふかふかに調えられた寝台に潜り込む。柔らかく清潔に整えられた寝具が発する繊維の香りを、カレスは大きく吸い込んで、息を吐くと同時に眠りに落ちた。

何も感じない、何も考えない。

そして、夢も見ない。

鉛《なまり》の海に堕ちていくような眠りだった。

もしもこの夜、ウィドの誠実な心遣いがなかったら、カレスの心はもっと早くに壊れていただろう。


翌日。

昼を過ぎてから登城したカレスは、まず一階にある領主執務室へと向かった。扉を開けたとたん、

「カレス。昨日はいったいどうしたんだ。仕事を残したまま、何も言わずに帰ったりするなんて」

執務机の脇に立ったまま書類を睨みつけていたライオネルは、カレスにちらりと視線を向けてから、眉根を寄せて再び書類に目を落とした。

普段あまり見ることのない険しい表情にたじろぐ。

昨日、ハーン伯爵に捕らえられて城館を出るとき、怪しまれないよう『私用のため帰宅する』と伝言を残しておいたはずなのに、きちんと伝わらなかったのだろうか。

「……ぁ」

カレスは口を開きかけ、うまく声が出ないことに気づいて一度咳払《せきばら》いをした。そのわずかな隙に言い訳を考える。しかし、カレスが何か言うよりライオ

ネルの方が早かった。

「残された下官たちが慌てていた。それに、任せていた護岸《ごがん》工事の件はどうなってる?」

彼がこんなふうに苛つくのは本当に珍しい。もとはと言えば貴方が、他人目も気にせずエリヤと抱き合ったりするからだ。とっさに飛び出しかけた言葉をカレスがなんとか呑み込んだのは、それが正当な怒りなのか嫉妬のせいなのか、判断がつかなかったからだ。

「…僕がいないあいだに、何か問題が?」

ようやく出た声は少しかすれていたけれど、ライオネルは気づかないようだった。

「先日上げてもらった報告書に不備が見つかった。それをもとに進めていた計画がいくつか中断する羽目になりそうだ」

机の上の書類を忙しなくめくってから、ライオネルは自分を落ち着かせるように大きな溜息を吐いた。

「最近おまえらしくない不手際が多いように感じる。どこか具合が悪いのなら精霊使いに診てもらってきちんと治すべきだし、そうでないのなら、もう少し気を引きしめて欲しい」

差し出された書類を受け取り、指摘された不備を確認したカレスは、声から表情を消して頭《こうべ》を垂れた。

「……申し訳、ありませんでした」

指摘された箇所《かしょ》は、確かに自分の詰めが甘く判断を誤ったことが原因だ。そのことは認める。けれど、と割りきれない思いが瀝青《れきせい》のように胸底に溜まる。

「今後、注意してくれればいい。…んだが——何か、他に言いたいことがありそうだな」

素直に謝ったカレスの口調に、何か含みを感じたらしい。表情を改めたライオネルにうながされて、カレスは今後のことを憂《うれ》い、ひと言釘を刺すことにした。

「僕からも、貴方にひとつ注意があります」

これは彼を守るための忠告だ。決して嫉妬や怒りからではない。震えはじめた指先を強く握りしめて、己にそう言い聞かせる。

「何だ？」

「他人目のある所、特に城館内で、エリヤ殿と仲睦まじくするのは止めてください」

これまで何度も口にした言葉を、かつてない強さで告げると、ライオネルは驚いて両眼を見開いた。

「…どうしたんだ、急に」

「——昨日、西翼北回廊の中庭で」

それだけで己の失態に気づいたのか、ライオネルは「あ…っ」と小さく息を呑み、ばつが悪そうに視線を逸らした。

「見られていたのか」

「ええ」

僕だけでなく、最悪の人物にも。けれどそのことまで告げる気はない。言えば、伯爵を仕留める計画が狂ってしまう。

「確かに人気のない場所だったとはいえ、城館内で昏接けしたのは用心が足りなかったな。すまない。今後は気をつける。だからそんなに怒らないでくれ」

ライオネルは己の失態を素直に認めて、幼馴染みに詫びた。書類不備を注意された意趣《いしゅ》返しだとか、穿《うが》った見方をして意固地《いこじ》になることはない。

こうした切り替えの速さと、己の非を認められる度量の広さがライオネルの魅力であり、領主としての優れた資質でもあった。

「怒っていません」

「嘘を吐くな。おまえは昔から怒ると表情が消えるんだ」

「怒っていません。呆れてるだけです」

素っ気ない物言いに、ライオネルは苦笑しながら小さく肩をすくめて話題を変えた。

「そういえば少し顔色が悪いようだな。最近の不調も昨日の帰宅も、どこか具合が悪いせいとか、そういう理由じゃないのか？」

「……いいえ、昨日は私用、今日はたまたま体調があまり良くないだけで、どこかが特別悪いというわけじゃありません」

「そうか。それなら互いに気を引きしめてがんばるとするか」

カレスの肩に軽く手を置いて微笑むライオネルのひと言で、先刻からのわだかまりが流れ去る。いや、以前のカレスなら流し去ることができた。けれど今はもう無理だ。

カレスの表情が硬いままなのに気づいたライオネルが、肩に置いた手に力を込めて言い重ねた。

「私も皆も、おまえのことを頼りにしている。おまえがいなければ、領内の政は立ちゆかないからな」

その励ましの言葉が、今のカレスには重すぎた。

「…分かっています」

頷き、もう一度昨日の不在を詫びてから、

「不手際のあった報告書は、すぐに調べ直すよう手配します」

やりきれない気持ちを抑えてライオネルに頭を下げ、三階にある書記官室へと向かった。

カレスに与えられた執務室はふたつある。領主《ライオネル》の補佐役として傍に控えている必要があるときは一階の部屋を、下官吏に指示を下し、彼らの質疑を受けたりする場合は三階を使う。

目の前に伸びる長い階段を登りながら、思わず溜息が洩れた。胸には切なさ、身体には痛み。

ギゼルヘル・ハーンの脅迫《きょうはく》から、ライオネルを守りたいと思うのはカレスの勝手だ。

ライオネルのためにできることなら何でもしたい。協力する。端から見れば盲目的なほど彼に従ってきたのも、カレス自身がそうしたいと望んだからだ。

誰に強制されたわけでもない。

だから昨日カレスの身に何が起こったのか、自分の軽率な行動によってカレスが何を犠牲にしたのか、気づきもしないライオネルに落胆するのは間違っている。

階《きざはし》を一段踏みしめるごとに、昨日さんざんに嬲られた身体の節々が悲鳴を上げる。どこもかしこも鈍痛と鋭痛《えいつう》が入り交じり、だるさと下半身の傷による発熱で意識がぼんやりとしてくる。

だめだ、しっかりしなければ。気を引きしめろと注意されたばかりじゃないか…。

体調がこれほどひどいことにライオネルが気づかなかったことが、悲しくてやる瀬ない。裏切られたような理不尽な想いが胸に渦巻くのは、きっと心のどこかで期待していたからだ。

カレスの姿をひと目見たとたん、何があったのか気づいてくれるライオネルを。

昨日姿を消したのはなぜか。カレスがどんな目に遭ったのか。それが誰のためであったのか——。

ライオネルはどんな顔をするだろう。己のためにカレスが意に添わない性交を強要されたと知ったら。

激しく嘆いてくれるだろうか。優しく抱きしめてくれるだろうか。…不法鉱山から救出されたときの、エリヤのように。

まぶたを強く閉じたカレスの唇に、自嘲の笑みが込み上げる。

——分かっている。そんなのは都合のいい幻想だ。ただの妄想。

恩着せがましくどんな目に遭ったのか訴えるつもりは微塵もない。知られて同情されるのもごめんだ。だってそれは、僕の欲しいものじゃないから…。

辛い現実が押し寄せる。

僕はどうやってもエリヤのようには愛されない。僕が必要とされるのは、リオの役に立つ能力があるからだ。

もしも自分が他人より優れた記憶力や、物事に対する理解力を失くしてしまったら。何百万もの人々の暮らしを守る領主の補佐役としては、使い物にならないほど凡庸《ぼんよう》な人間になってしまったら。そのときライオネルはどうするだろう。

現実味を帯びた可能性について、カレスはそれ以上、恐くて考えられなかった。

「相変わらず青白い顔して…、どうした？　何があったのか？」

その夜、気力だけで一日の執務を終え、自宅には戻らず直接公爵邸を訪ねたカレスをひと目見たとたん、隻眼の大男は気遣わしげに訊ねてくれた。

声と同時に伸ばされた大きな手を、カレスは無意識に避けてしまった。

怯えたように首をすくめて少し後退るカレスの、いつもと違う様子に気づいたガルドランは、改めてそっと両手を近づけた。臆病な小鳥に触れるように、慎重に。

「大丈夫だ。何もしない」

羽毛が舞い落ちるよりも静かに栗色の髪に触れ、それ以上カレスが怯えないことを確かめてから、冷え切った身体をゆっくりと抱き寄せる。

「何があった？　誰に何をされた？」

暖かな腕に抱かれ、耳元でささやかれた甘い美声に、カレスは不思議な気持ちで男を見上げた。

どうしてこの男には判るんだろう。何も言っていないのに。服の上から昨日の出来事が判るような傷など、ひとつも見えないはずないのに…。

「おいで」

カレスが何も答えないのに、ガルドランの表情はどこか辛そうだった。そのまま抱きかかえられるようにして、充分に暖められた寝室に連れて行かれる。

「何か飲むか？　腹は減っていないか？」

椅子ではなく柔らかな鞍嚢《クッション》を敷き詰めた寝椅子にカレスを横たえて、ガルドランはいそいそと世話を焼きはじめた。

「そのままだと窮屈だろう。着替えを用意してある」

なんだかいつもと違う男の様子に、カレスは戸惑いながら首を振った。

「あとで構いません。どうせ脱ぐんだし…」

「声がかすれてるな。酒は止めておこう。飲みやすい薬湯を持ってきてやる」

そんなのいらないと断る前にガルドランは小さな鈴を揺らし、現れた召使《めしつか》いに用意を言いつけた。召使いは品良くカレスから視線を外したまま静かに退室し、すぐに茶器を載せた銀盆《ぎんぼん》を手に戻ってきた。

「ほら、身体が暖まる」

湯気が立ち昇る茶杯《カップ》を差し出され、飲みやすいよう背中に腕をまわされた。病人か幼い子供にするような態度に、カレスはなぜか意地になり茶杯を持とうとしなかった。口元に寄せられた白い花びらのような陶磁の器《うつわ》を、頑なに拒絶する。

拗《す》ねた子供のように唇を引き結んでいるカレスを見て、ガルドランは小さく笑った。それから自分でお茶を口に含むと、目を伏せているカレスを上向かせて唇接けた。

「…うん」

差し込まれた舌と一緒に、温かい液体が口内を潤す。少し甘く、花の香りのするお茶だった。

こくん…と飲み込むのを確認してガルドランの唇が離れる。

「自分で飲むまで、くり返させてもらうが？」

「……」

カレスは憮然としたまま茶杯に手を伸ばした。

「なんだ、俺は口移しでも構わなかったのに」

「ばか」

ガルドランは寝椅子の傍にひざを着いて、カレスが薬湯を全部飲んでしまうのを静かに見守っていた。

「――…なんだか眠くなりました。少し寝んでいいですか？」

薬湯を飲んでしばらくすると、とろりとした眠気に襲われてカレスは訊ねた。

「ああ、ゆっくり眠るといい」

低く艶のある男の声と共に、まぶたが手のひらで覆われる。蜜柑《みかん》色の灯りを遮る手のひらの暖かさと、与えられた暗闇にカレスは安心して眠りに落ちた。

すうすうと寝息を立てながら深く眠っているのを確認して、ガルドランは栗毛の青年をそっと抱き上げ寝台に移した。

青白い頬、落ち窪んだ眼窩《がんか》に落ちる影。起きているときは気丈に見えても、寝顔にはこれほどにも脆《もろ》い部分が顕れる。

たぶんこれが、この青年の本当の姿なのだろう。

ガルドランには、ほんの少しだが精霊使いの素養《そよう》がある。相手の心が視えるのだ。

心を読むのとは少し違う。話をしていて相手のささいな仕草や、他の人間なら聞き逃してしまうような、わずかな言《こと》の葉《は》から意味を汲み取る。会話の合間にふ…と情景が浮かぶこともある。それはたいてい、相手の心を占めている心配事の原因だったり、喜びの理由だったりする。

今夜訪ねて来たカレスをひと目見て感じたのは、圧倒的な悲しみだった。青黒い悲哀の色は、目に見えて触れられるほど濃厚にカレスの全身を覆っていた。

ガルドランを見上げる琥珀色の瞳には、棒で打ち据えられ捨てられた老犬よりもなお深い、悲しみとあきらめが宿っていた。

どんな目に遭えば、あれほどの傷を身の内に抱えるようになるのか。

そもそも最初に酒場で助けたときから、その危うさが気になっていた。それに自分から痛みを求める、その理由も。

世の中には痛みを快楽として楽しめる類の人間がいる。彼らは拘束されたり言葉で嬲られたり、実際に痛みを伴う仕打ちに酔い痴れる。そういう性癖《せいへき》の人間は確かに存在する。

けれどカレスのそれは違うのではないか。

ガルドランは眠るカレスのまぶたにかかった髪をそっと払い除《よ》けながら考えた。

彼を初めて見たのは聖夏至祭の園遊会会場だ。

小綺麗な顔をした青年。それが最初の印象だった。

美貌という点では、横にいた領主ノルフォール侯の方がはるかに勝っているだろう。彼が太陽だとすればカレスは月。それも三日月のように尖《とが》っていて、淡く硬質な光の。

それでもガルドランは、カレスの癖のない栗色の髪が風に揺れ象牙色の頰をかすめる様や、時々伏せられる琥珀色の瞳と憂いのある風情に目を奪われた。

もう一度逢いたい。

最初は特別な想いからではなく、旅先で見つけた好みの宝飾品を、もう一度手元でじっくり見てみたい。そんな気安い気持ちに似ていた。その宝飾品を購入するか否《いな》かは、また別の話だと思いながら。

治安の悪い北区の下層街をふらふらと歩いていた栗毛の青年を見つけたとき、ガルドランは迷わず彼のあとを追った。質の悪そうな酒場に入り込み、まわりの険悪な空気にも気づかないでいるその無防備さを、呆れながらも見守った。

案《あん》の定《じょう》、争いに巻き込まれた挙げ句ならず者に乱暴されそうになったのを、さすがに見兼ねて助けに入ったとき。

あのときの、カレスの無礼さときたら！

思い出すたび苦い笑いが込み上げる。

見た目の端麗さや第一印象で受けた儚さと違って、なんとも生意気な口を利く気の強い青年だと思った。吐瀉物《としゃぶつ》を浴びせられた上に、助けたことの礼も言ってもらえない。さすがに腹が立って、自分よりもひとまわりも年下だろう小生意気な青年をなんとかへこませてやりたいと思った。

——そして今は、ひどいことをしたと後悔してる。

あの晩、誘って来たのはカレスの方だった。それで呆気なく騙《だま》された。

こんなに潔癖《けっぺき》そうな顔をしているくせに、いやらしい奴だ。それほど男に抱かれたいのなら思いきりひどく抱いてやる。そう思って責め抜いた。

自分の判断が間違っていたことに気づいたのは、二度目の夜。下肢に手を伸ばしたとたん、同性との関係に慣れているとはとても思えないほど怯えられて。前にガルドランがひどく扱った事実を省《はぶ》いても、彼の反応は初心者のものだった。

まさかあの夜が初めてだったとは。知っていたらもっと違う抱き方をした。……いや、抱いたりしなかった。もっと時間をかけて心を解きほぐしながら、彼に寄り添う方法を考えたはずだ。

今となっては遅い。

それでもカレスは心に抱えた鬱屈を晴らすため、ガルドランに鞭打たれに来る。ガルドランにしてみればあまり歓迎できる展開ではないが、カレスがそれによって心の均衡《きんこう》を保っていることに気づいてからは、初回の乱暴を詫びることもできないまま、あえて彼の望む役まわりを演じてきた。

「ん…、ぅ…う――」

苦しそうな呻き声に我に返ると、カレスが窮屈そうに喉元をまさぐっていた。

「いい子だ。恐いことは何もない」

喉元の釦をゆるめてやりながら、眠るカレスがうなされるたび、いつも言い聞かせてきた言葉を与える。

「いい子だ…」

頰に手を添えてなだめてから、静かに抱き起こして上衣と肌着を脱がせ、柔らかな夜着に替える。

上半身を温かく整えてから手早く脚衣を取り去り、確認の意味を込めて下肢のあいだをのぞき込んだ。

「やはり…」

ろくな手当てもされないまま赤黒く爛《ただ》れた粘膜と、腿の内側の痛々しい擦過傷が目に飛び込んできて、ガルドランは奥歯を嚙みしめた。拳を強く握りしめ、湧き上がるやり場のない怒りに耐える。

いったい誰に犯られたんだ、と揺り起こして問い詰めたかった。それでも、辛そうに眉を寄せて眠る姿を見てしまうと、嫉妬に似た怒りより保護欲の方が勝《まさ》ってしまう。

人差し指の背を唇に含んで眠る、幼い仕草がいじらしい。

「こんなにされて、俺が気づかないとでも本気で思っているのか…！」

たぶん思っているのだろう。

これほどひどい傷を抱えながら、それでも鞭打たれに来る青年の心に巣喰う闇の深さと大きさに、ガルドランは柄にもなく途方に暮れてしまった。

‡

目覚めたとき暁《あかつき》の気配はまだ遠く、隣に横たわる大きな影は静かな寝息を立てていた。

身体を包むのは柔らかな夜着。それに昨夜からずっと続いていたはずの、脳髄《のうずい》に響くような後孔からの痛みが治まっていることに気づいて、カレスはなんだか泣きたくなった。

手当てされたということは、そこを見られたということだ。

みっともない…。そう思ったとたん、ぽろりと涙がこぼれた。

雫が敷布に落ちて小さな音を立てる。すぐに鼻が詰まって変な声が洩れはじめ、そんな自分に驚く。

「っ…ぅ、——う…っく」

「…どうした？　どこか辛いのか？」

目を覚ましてしまった男へ、違うと首を振る。

口元を手で覆い必死になって涙を止めようとした。けれど冷静になろうとすればするほど涙はあふれ続け、喉の奥が痙攣のようにしゃくり上げはじめる。

「無理に堪えようとするな。泣くのは恥ずかしいことじゃない。ほら、好きなだけ泣け。喚《わめ》いても構わんぞ」

訳知り顔の言葉に反発する間もなく、広い胸許に抱き寄せられた。背中にまわった両腕が大切な宝物でも扱うように、ゆっくり優しい慰撫をくり返している。

「うっ…く、ふ…っ、ぅ…っ」

「いい子だ。おまえは本当にいい子だ…」

愛玩《あいがん》動物に向けるような他意のない慈しみの言葉が降り注ぐ。きっと、夜中に突然泣き出した自分をなだめるため、そんなふうに言ってくれているにすぎない。

ガルドランは何も知らない。

それなのに、何も知らない男のそんなささいな言葉と仕草にカレスは救われた。荒野で、待ち望んでいた慈雨を得た旅人のように――。

‡　落陽　‡

赤や黄金《こがね》色に染まった桂《かつら》や山毛欅《ぶな》の葉が景気良く降り積もり、日中でも吐く息が白く見える季節になると、無理にでも食べなければという意思に反してカレスの食欲はみるみる落ちてきた。

加えて夏の終わり頃から呑むようになった酒量が、ここ数日はさらに増え、そのせいで元々痩せていた身体がさらに薄くなっている。

顔色の悪さは早朝の光のせいだけではない。薄い靄に覆われたようなくすんだ肌色に癖のない栗色の髪が落ちかかり、薄青い影を落としている。

足下から冷気が這い昇る晩秋。例年この季節は苦手だが、今年は特にひどい。

半年前、東翠邸を出てから雇った従僕のウィドがあれこれ気をまわし、日々の食事を少ない量でも栄養が足りるよう工夫しくれるおかげで、なんとか健康を保っていられる状態だった。

ウィドは毎朝夜明け前に市場に出向き、鮮度の良いもの、少しでも味の良いもの、そして高価でも薬効のあるものなどを吟味《ぎんみ》して買い求めて来る。

秋口頃からカレスが一度にたくさん食べることができなくなってからは、少量を何度も供する方法に変えた。

カレスは従僕のそうした努力に気づいていたが、だからといって失くした食欲が戻るわけでもない。皿の上に盛られた心尽くしの朝食は、半分以上残っている。

「旦那様、このミネストラは私の自信作です。せめてもうひと口召し上がってみてください」

叱責《しっせき》覚悟の面持ちで勧められ、カレスはぼんやりと窓の外に向けていた視線を戻した。

「ああ…」

頷いてひと匙《さじ》口に運んでみたものの、それ以上はどうしても入らなかった。

いつも以上に食欲がない理由は、早朝に届いた一通の招待状にある。

差出人の名は、ギゼルヘル・ハーン伯爵。

招待の意図は明らかだ。指定された時刻は政務を終えてからでも充分間に合う。日中カレスが姿を消して、周囲に不審がられるのを避けるためだろう。

カレスは椅子の背に体重をかけ、指を組んで考え込んだ。

『重臣に対する脅迫』『拉致《らち》、暴行』『同性との不埒な肉体関係』

どれが一番伯爵の体面を傷つけ、足場を切り崩す絶好の口実になるだろう。一番効果的なのは伯爵自身がカレスを犯し、その場面を第三者に目撃させることだ。

同性同士の特別な関係に対する北部の人々の偏見を、このさい最大限に利用させてもらおう。偏見をなくそうと努力しているライオネルには申し訳ないけれど…。

目撃者は誰がいいか。普段から公正で正直であることが知れ渡っている人物がいいだろう。しかしあまり地位が低くては、いざ証言というとき握り潰される心配がある。できればもうひとり、ノルフォールの政治に直接関与しない中立の立場で、けれど有力な人物が欲しい。

「…ウィド」

「はい、なんでしょう」

「あとで一通、手紙を届けてくれ」

「分かりました。どなた宛てでしょうか」

「カラティア通りに仮住まいしている、ルドワイヤ公爵へ」

‡

凌辱されるのが判っている場所に足を運ぶのは、気持ち的にずいぶんとくたびれる。揺れの少ない御番馬車に乗り込んだカレスは溜息を吐き、窓枠《まどわく》から外の夕闇を眺めた。

領主の居所であり政庁でもある城館を出てゆるやかな坂道を下りはじめると、眼下にノルフォールの夜景が広がる。横切る木立に見え隠れしながら、薄《はく》暮《ぼ》ににじむ街灯の光が初冬の寒気の中、ちらちらと瞬いていた。

されるがままだった前回と違い、今回はハーン伯爵の私邸にカレスが到着してからきっかり一タール後に訪ねてくれるよう、謹厳実直《きんげんじっちょく》の士として名高いヘリカ・ヘルノス子爵に頼んである。

子爵は先のノルフォール侯治領時代、真面目な性格のせいで冷遇されていた家臣のひとりで、ライオネルが領主になってからは法整備の場面で活躍している。

重用されているからといって、特にライオネルにおもねることもなく、自分を冷遇していたかつての上官や同僚に恨み言を言うでもなく、日々淡々と誠実に職務を果たしており、その安定した為人《ひととなり》は多くの家臣に一目置かれている。

姿勢を正し、ほとんど白に近い頭髪を後ろに流している姿を、森の賢者梟《ふくろう》にたとえる者も多い。

そのヘルノス子爵は、昼間カレスがハーン邸への訪問を頼みに行くと、礼儀正しい質問をしてきた。

「どういった理由からでしょうか」

「込み入った用件で話し合いに行くのですが、相手が興奮して会合そのものが破綻《はたん》する恐れがあります。ある程度の時間が過ぎたら、第三者に顔を出してもらうのがいいと思いますので」

「…ふむ」

子爵の顔に納得の色が広がる。ギゼルヘル・ハーンの腹黒さは、白髪の古梟もよくよく思い知っているようだ。

ヘルノス子爵の了承《りょうしょう》を取りつけて、カレスはひと安心した。あとは現場を目撃した子爵が、万が一口封じされそうになった場合に備えて助力を頼んでおいたガルドランが、きちんと時間どおりに駆けつけてくれれば問題ない。


「ガルドラン…」

馬車の揺れに身を任せたまま、隻眼の公爵の名を口の中でつぶやいて、カレスは目を閉じた。

彼の腕の中で無様に泣き出した夜から五日が過ぎていた。

あの晩カレスは泣きながら寝入ってしまい、結局何もしなかった。ガルドランはそれに不満を言うでもなく、翌朝はいつもよりかいがいしくカレスの世話を焼こうとした。食事を摂れと言い、傷の手当てをさせろと言った。

カレスは彼の態度を不思議に思いながら、それでも腕の中で大泣きしたせいで何かが抜け落ちたのか、今までのように意地を張ったり抵抗する気力も起きず、男の好きにさせた――。

あの日の奇妙な穏やかさを思い出すと、胸が引き絞られたように疼く。彼には無理な要求ばかりしている。今回のことも、あとでさぞかし呆れられるだろう。…いや、あの男は僕が他の男に凌辱されたからといって軽蔑はしない気がする。

怒られるような気はするけれど。

ギゼルヘル・ハーン伯爵も、まさかカレスが己の凌辱場面を第三者に目撃させるほど、無謀だとは思っていないだろう。

伯爵の価値観からすれば同性に犯されるような男は、男としての尊厳や誇りを奪われた恥ずべき存在であり、そのことを他人に知られたりしたら、全てを捨てて隠者《いんじゃ》になるほどの屈辱だろう。

相手を失脚させるために、カレスがそこまで自分を犠牲にするとは考えないはず。そこが狙い目だ。

——残念だったな。貴様を道連れにできるなら、僕はもう自分がどうなっても構わないんだ。

…そう、いっそ死んでも。

リオのために命を落とす。それは甘美な幻想だった。カレスが死んで、初めてライオネルはその原因を知る。

そうして少しでも嘆いてくれたら、僕は満足できる。エリヤのときほどではなくとも、僕の亡骸《なきがら》を抱いて『すまなかった』と、『気づいてやれず、苦しませてすまなかった』と。

涙の一粒でも流してくれたら…。

…ちがう。本当は心底後悔して欲しい。取り返しのつかないことをしてしまったと、悔やんで欲しい。

僕が死んでから真実に気づいて、苦しんでくれたら。

自分がエリヤよりも健康な身体で生きているあいだは、決して叶わない虚しい願望。

ライオネルのために命を落として初めて、彼の心を取り戻せる。たとえそれがほんの一時、一部分にすぎなくても。エリヤを失うことに比べれば大したことではなくても。

自分の死を嘆くライオネルを想像するのは、うっとりするほど魅惑的なひと時だった。

好きな人が自分のことで苦しむ様を想像することが楽しいなんて、とんでもない悪趣味だという自覚はある。けれど、もう何年も当てのない恋心を抱えたまま無明の闇をさまよい続け、希望の見えない現実を生きるカレスにとって、その空想はどんなに強い酒よりも心を酩酊《めいてい》させ、そして偽りの癒しを与えてくれるものだった。

その夜、ハーン邸を訪ねたカレスを出迎えたのは、驚いたことに伯爵ひとりではなかった。

「よく来たね。先客が先ほどから待ちかねている」

前回、下男フルースに乱暴された部屋よりずっと広く、調度品も豪華な部屋に通されたカレスは、そこで伯爵の他に四人の男に囲まれた。

前の典部官長ヨアヒム・アルノー子爵。御寝番《ねずのばん》という形骸《けいがい》化《か》した名ばかりの役職に就き、莫大な年金を享受していたユドゥク男爵とラハエラ男爵。それに『領主の寝室の蠟燭番』という、甚《はなは》だ非生産的な肩書きを持っていたダン・グレア男爵。

四人とも見覚えのある顔だ。共通項は、無能なくせに莫大な年金を領庫から支払われていた。にもかかわらず、それを当然と考えていた恥知らず、という点である。

逆に、ハーン伯爵を含めた五人の男たちがカレスに対して抱いている共通項は『恨み』だろう。

五人ともライオネルが領主の座に就き、カレスがその右腕として采配を揮うようになってから、閑職《かんしょく》にまわされ政庁内での発言力と年金を削り取られている。

その彼らが何の用で…と、問うほどカレスも初《うぶ》ではない。

カレスの頭の先から爪先まで、舐めるような視線でじろじろと品定めしている四人がここにいる理由は、下男フルースの代わりを務めるために違いない。

「最低な屑野郎どもだ…」

うつむいて吐き出したつぶやきは、伯爵の合図にかき消された。

「服を剥いで、拘束具を着けろ」

両腕は背中で固定され、両脚には囚人《しゅうじん》につけるような鉄輪《かなわ》が嵌められた。そこから伸びた二本の鎖《くさり》はそれぞれふたりの男が握っている。

窓ひとつない密閉された室内。毛足の長い絨毯の上にカレスは全裸で跪くよう命じられた。ひざ立ちの状態で姿勢を正すよう強制される。うつむくことは許されない。

「身体にこんな傷痕をつけているとは、お堅い書記官長殿は案外危険な遊びがお好きらしい」

前回と違い全裸にされたことで、カレスの胸に散る無数の傷痕が男たちの好奇の視線にさらされた。

最後にガルドランに鞭打たれたのは、もう十日以上前になる。

五日前に彼を訪ねた夜は性的な接触はいっさいなく、ただひたすら甘やかされて過ごした。そのせいでほとんどの傷は治りかけている。

「これは、鞭の痕だろう？　被虐《ひぎゃく》好きの商売女がこんな傷をよくつけていたっけ」

ユドゥクとダン・グレアが意外そうにささやき合った。

「なるほど…。どうやら前回のあれが初めての体験、というわけではなかったのだね」

ハーン伯爵が心底残念そうにつぶやく。

「残念だ。実に残念だよ。どうりで、あのフルースに犯されたにしては精神的打撃が少ないように見えたわけだ。女と手も握ったこともないように見える君の潔癖な面構えを、あれで叩き壊してやれると思った、私の考えが甘かったわけだな…」

伯爵はそう言ってカレスを貶《おとし》めた。

「この傷をつけた相手が誰か聞いてみたいね。まさかあの金髪の若僧じゃあるまい？」

枯れ枝のように痩せ細ったラハエラの神経質な声音に、カレスはさすがに怒りの目を向けた。

この場にいる奴らにライオネルとの仲を邪推《じゃすい》されるのは、耐えきれない屈辱だ。

「貴様らみたいな屑とあのひとを一緒にするなッ」

それまで唯々諾々《いいだくだく》と従っていたカレスが、ライオネルの名を出されたとたんいきり立ったことに、男たちは息を呑んだ。

「ほ…、麗《うるわ》しい主従関係…いや義兄弟の絆かね？」

嗤う男たちの中、ハーン伯爵だけが何かに気づいたように、したり顔で頷きながら一歩進み出た。

「君は、あの金髪のライオネルのこととなると、ずいぶん必死になるようだね」

「——…」

「ふふ。考えてみれば、自分の身体を差し出すことで彼を守ろうとしてるんだ。確かに生半可な気持ちではないんだろうね」

うつむいたまま答えないでいると髪を鷲摑《わしづか》まれた。

仰向かされた目の前は、ちょうどハーン伯爵の腰のあたり。

「金髪のライオネルは、君の涙ぐましい想いを知っているのかね？」

ここで動揺すれば不利になると解っているのに、カレスの瞳は無様に揺れた。どうしてこんなところでこんな奴らに、最も触れられたくない傷を暴かれなければならないのか。

「顔色が変わったね。はは、すぐに泣き顔に変えてやる。さあ、愛しい『ライオネル様』のために精一杯奉仕するんだ」

何をさせられるのか最初は分からなかった。目の前で伯爵の脚衣がゆるめられ、前立てから現れた性器を目にしても、まだ理解できない。

ガルドランとの関係では、一度も要求されたことがない行為だったからだ。

覚悟することもできないまま、顎のつけ根を強く摑まれて口をこじ開けられる。痛みに顔をしかめていると、両側の奥歯に綿の塊のようなものを詰め込まれ、さらに細い輪のような口枷《くちかせ》で固定された。

伯爵が手を離しても口は大きく開いたままになり、飲み込めない唾液がだらだらと唇からこぼれて喉を伝う。

万が一にも噛みついたりできないよう、装着具合を確かめたハーン伯爵が、ぽかりと空いた粘膜の穴に雄の欲棒を押し込んだ。

積年の恨みを晴らすために。憎い相手を穢すためだけに——。口を閉じることも、両腕で抗うこともできないまま口腔を男性器でいっぱいにされて、初めてカレスは戦いた。

これほど忌まわしい行為があるだろうか。

人間性があまりにも乏しい、軽蔑している男の性器を無理やり挿入された汚辱感と吐き気で、側頭部のあたりがねじられたように痛み出す。

「うっ——…、うう——…っ」

嫌な臭いと苦みが鼻腔と口腔に広がる。苦しくて気持ち悪くて涙があふれ出す。

前回は見物に徹していた伯爵が今夜はどうして淫欲の宴に加わる気になったのかは分からない。それでも両手でカレスの頭を固定して腰を前後させている姿は、まさしく発情期の雄そのもの。嫌がらせだけの行為でない証拠にカレスの口腔内の肉塊は堅く勃起《ぼっき》して、先端からはぬるぬるとした体液がにじみはじめていた。

「舌を動かせ。もっと、舐めるように」

そう言われても息を継ぐのに精一杯で、男を満足させるような奉仕などできるわけがない。

「君の胸に傷をつけた相手にも、こんなふうに口でしてやったことがあるか？」

口腔での奉仕をガルドランに要求されたことなどない。これが初めてだ。まさか自分が、他人の性器を口に含む日が来るとは思わなかった。

「あの金髪の若僧のものは？」

カレスは一瞬、ライオネルのそれを口にする場面を想像しかけて、大切な何かを汚してしまいそうな切なさに呻いた。下卑た男たちに凌辱されるのとは別の忌避《きひ》感に襲われる。

リオへの想いを、こんな浅ましい行為で汚されたくはない。口を固定している妙な拘束具さえなければ、絶対、こいつの汚らしい男根なんて嚙み千切ってやるのに…。

「それとも、尻専門だったのか」

カレスの苦痛など端《はな》から無視した言葉と共に、汗ばんだ手のひらで腰のあたりを撫で上げられた。

頭部を固定されているせいで姿を見ることはできない。それでも声で分かる。酸化した脂のような、胸の悪くなる指遣いの主はラハエラ男爵だ。男爵は脇腹から腰にかけてしごくように撫でまわした。

「体勢が悪い。伯爵、寝台に移って少し腰を下ろしてもらえますかな。脚をこうして、そう…それでいい。ほら、もっと腰を上げるんだ」

寝台に横たわったギゼルヘル・ハーンの下腹部に屈み込むよう押しつけられ、改めて口に含まされる。両腕は前で縛り直されたが、胸元よりも上には上げられないよう、足首から伸びる縄と複雑に繋がれた。

肘を着いてギゼルヘル・ハーンの股間に顔を埋めると、自然に腰が上がる。その腰を摑んだラハエラ男爵がカレスを叱った。

「もっと両脚を拡げて腰を振ってみろ！　どうせいつもやっているんだろう？」

言葉で嬲りながら、後孔に指を差し込もうとする。

「——ぅ、…っ！」

なんの潤いもないまま繊細な粘膜を抉られ、反射的に上げようとした頭を強く押さえつけられる。苦しさで背中が波打つ。

「ラハエラ殿、そこは女のようには濡れませんからこういった物を使うんですよ」

脇で順番を待っていたユドゥクが、笑いながら怪しい膏薬を差し出して見せた。

「おお、なるほど。——うむ、だいぶ滑りが良くなってきた」

「どれどれ、…ほほう。我らが書記官長殿の此処は、ずいぶんと使い込まれているようですな」

「見かけによらず淫乱なようですよ。ほらもうこんなに腰をもじもじさせはじめた」

「それはその膏薬のせいでしょう。ラハエラ殿もお人が悪い」

後蕾に塗り込められた軟膏は滑りを良くすると共に、カレスの体内に猛烈な掻痒《そうよう》感をもたらしていた。

その痒さは、ラハエラの男根が押し入って来たときの摩擦で一瞬だけ薄れ、動きが止まるとぶり返す。悪趣味な軟膏のせいで抽挿がはじまるとカレスは快感に悶えた。それは地獄の苦しみだったけれど、救いでもあった。

「感じて来たようだ。内《なか》がうねるように収縮している。これはたまらん…」

カレスの背後で腰を振り続けるラハエラが、息を弾ませながら感想を述べた。

「前回うちの下男が、十回以上も突っ込んで掻きまわしていたからな。それでずいぶんと解れたのじゃないかね」

「おやおや、あの巨漢がですか。よく壊れなかったものだ」

「どちらにせよ、普段のあの澄まし顔をこんなふうに歪ませることができるとは、この上なく清々《すがすが》しい気分だ」

カレスの上顎や歯茎《はぐき》にまで、欲望の肉塊から滴る体液を塗りつけながら伯爵は満足そうにつぶやいた。

「たまたま領主の親友だったというだけで権力を得て、いい気になっているからこんな目に遭うんだよ。男に突っ込まれてよがる気分がどんなものか、ぜひ聞かせてもらいたいものだ」

しばらく抜き差しをくり返され、ひときわ強く唇がめくれ上がるほど男根を押し込まれたあと、喉奥に直接嫌な臭いのする粘液を注がれた。胃の腑に落ちて行く粘った生温かい感触に、痙攣のような嘔吐感が迫《せ》り上がる。

伯爵の醜い欲棒が唇から離れたとたん、カレスの胃は激しく収縮しながら、たった今注がれた汚液を吐き出した。

「——…ッ、ぐふ…っ、うっ…ぅ——」

「ははは、伯爵の子種はお気に召さないらしい」

アルノー子爵が笑いながら囃《はや》し立てると、

「では、次は貴殿が挑戦してみるといい」

「望むところですな」

子爵は言いながら、嬉々《きき》としてカレスの唇を犯しはじめた。

ヨアヒム・アルノーが達する前に、後ろを犯していたラハエラ男爵がカレスの腹腔内に己の欲望を吐き出した。続けてユドゥク男爵が待ちかねたように挑みかかり、アルノーとほとんど同時に射精する。

体勢を変えようと誰かが言い出し、女のように組み伏せてみようと別の誰かが答えた。

それからカレスは全員に正常位で犯された。

仰向けにされ、のしかかってきた男の腰で両脚を押し拡げられ、か弱い女性のように為《な》す術《すべ》もなく蹂躙《じゅうりん》される。

無理やり飲み込まされた精液のせいで、自分の口から生臭い嫌な臭いが立ち昇る。その息がのしかかる男の胸に当たって、また自分に返ってくる。揺さぶられ突き上げられるたび、未だ閉じることを許されない唇の端から唾液がこぼれて伝い落ちる。

何という屈辱だろう。

リオのためでなければ到底耐えられない…。

ライオネルのために——。

そう考えただけで、いつもの酸のような酩酊感がカレスの神経を侵しはじめた。彼のために傷つくことが、傷つけられることが愉快で仕方ない。こんなに苦しくて辛いのに、満足感すらあることが不思議でたまらない。

精神的にも肉体的にも。

痛めつけられることが救いになる。

人としての尊厳までも踏みにじられて、嬲られて、貶められて、そのことにどこかで安堵している自分がいる。ひどい目に遭えば遭うほど、『ここまでされれば、もう赦してくれるかもしれない』。そんなふうに期待する。

傷ついた自分を抱え、泣きながら詫びるライオネルを想像するだけで、拷問に等しかった時間がどこか甘美なものに変わる。それは、死に至るほどの猛毒の甘さであったけれど——。

歪《いびつ》な思考が、崩壊寸前の心を庇う防衛機能のせいだとしても、その毒を呑むことでカレスはなんとか正気を保つことができたのだ。


吐いても吐いても、濁液をくり返し注ぎ込まれる。上からも下からも大量に淫液を注がれ続けた。

「君はあのライオネルにずいぶんと入れ込んでいるようだがね、彼は君が思うほど、君のことを考えているのかい？」

男たちの精液と唾液にまみれてよく聞こえないカレスの耳に、闇色のささやきが注ぎ込まれる。

「だってそうだろう？　彼は自分にとって役に立つ人間だから、君を優遇しているだけじゃないのかね？」

それはカレスを混乱させるための、ただの嫌がらせの言葉だと分かっている。普段なら逆恨みの戯言として、強引に聞き流すことができたはず。けれど、今のカレスには致命的だった。意思では制御できない震えが広がり、肩が大きく揺れる。胸が痛い。まぶたの奥が惨めさに潤んでゆく。

カレスの動揺を目敏く見抜いたハーンは、さらに追い打ちをかけた。

「あの金髪の坊やには、他に大切にしている人間がいるんだろう？　たしかエリヤと言う名前の黒髪の青年だ。彼が現れてから、君はないがしろにされている」

「……ッ」

荊《いばら》のような言葉で鞭打たれるたび、カレスの身体はひくり、ひくりと痙攣をくり返した。

嫌がらせだと、ただの言葉嬲りだと言い聞かせても、心の中の一番触れられたくなかった場所を露骨に抉りまわされて、どうしようもなく弱っていく。

止めてくれ…！　もうそれ以上、聞きたくない。

そう叫んで耳を塞ぎたかった。けれど口枷が嵌められたままの唇は言葉を発することもできず、腕は痺れて持ち上げることすらできない。代わりに涙が流れた。

「ノルフォール侯は二十年近くも共に過ごした君よりも、あの黒髪の青年の方を大事にしているだろう？　まあ、若者が家族より恋人を大切にするのは世の常だ。彼と君は血の繋がった本当の兄弟というわけでもないし…、ああ、そんなに辛そうな顔をして、可哀《かわい》想《そう》に」

心にもない慰めの言葉と共に、ハーン伯爵はカレスの前髪を鷲摑んだ。

生え際から何本か髪が抜ける感触がする。それを痛いと感じる気力すら、もうどこを探しても見つからない。

——ガルドラン…、公爵。

ふ…と、山賊の頭領に似た大男の顔が、薄い雪片のように脳裏を過る。

どんなにひどくして欲しいと言っても、貴方はいつも優しかった。鞭打つときにも気遣ってくれていた。最初の夜の出来事ですら、こいつらのやり方に比べたら——。

……変だ。どうしてこんなときにあの男のことを、思い出しているんだろう。

「可哀想に、こんなに泣いて…。普段の鉄面皮《てつめんぴ》はどうした？　人を小馬鹿にした、いつものあの冷たい視線で儂《わし》を睨み返してみたまえ！」

泣き顔を嗤いながら見下ろしていたギゼルヘル・ハーンは、いたぶる己の言葉に激昂したのかカレスの顔に再び荒い仕草で性器を擦《なす》りつけた。

喉奥まで醜い肉塊に犯される瞬間を、どこか他人事のように感じながら、カレスは伯爵の情報収集力と観察力に痺れるような眩暈を感じた。

彼の言葉を、全て言いがかりの妄言《もうげん》だと退けることができない。そこには、カレスが身をもって思い知っている事実が含まれているからだ。

――早く来てくれ、ヘルノス殿。公爵…ガルドラン。早く…。

僕がリオを信じられなくなる前に。

愛されない。ただそれだけの理由でこんな奴らの讒言《ざんげん》に惑わされ、彼を信じられなくなる前に……。

お願いだから、早く…――。

もう何度目かも分からない挿入を後孔に感じながら、カレスは祈るような心地で力なく目を閉じた。

‡　初冬の薄陽　‡

その日、早い時間にやって来たライアズ家の従僕に手紙を渡されたとき、隻眼の公爵は、珍しいこともあるものだとつぶやいて顎に手を当てた。

手紙には、今夜臥竜《がりゅう》の刻《こく》にファス（神聖な掟《おきて》）通りに建つギゼルヘル・ハーン伯爵の私邸を訪ねて欲しいと書かれており、『時間厳守』『妙な事を頼んで申し訳ない』と簡潔に結ばれていた。

栗色の髪の青年が閨《ねや》での行為以外、自分に何かを頼んでくるなどこれまで一度もなかったことなので、ガルドランはその場で従僕に了承の意を伝えた。

手紙を持ってきた従僕は朴訥そうな初老の男で、返事を聞いたあと、ガルドランの顔を見上げて何か言いたそうな素振りを見せた。

「どうした、まだ何か気になることでも？」

「あの…、うちの旦那様は、最近こちらをよくお訪ねになっているのでしょうか？」

「なんだ、あいつ従僕に行き先も告げてないのか。ああ、そうだ。四、五日に一度は訪ねて来てる。悪所に出入りしてるわけじゃあないから心配するな」

「そう、ですか」

明らかにほっとした様子の従僕を見下ろして、ガルドランは微笑んだ。

「あいつ、家ではどんな様子なんだ？　やっぱり飯はあまり食わんのか？」

「ええ、はい。そうです。夏の終わり頃から特に食が細くなってしまって。毎日献立《こんだて》を工夫しているのですが、なかなか…」

そこまで言って、従僕はハッとしたように口を閉じた。

「申し訳ありません、なれなれしい物言いをいたしました」

「いや、あいつにこんないい従僕が仕えていると分かって安心した。おまえ、名は何という？」

「はい、ウィドと申します」

「そうか。ウィド、これからもカレスによく仕えてやってくれ」

朴訥な従僕は深く頭を下げると、公爵の屋敷を去って行った。

そして臥竜の刻。

ガルドランは指定された時間に指定された邸宅を訪れ、扉前で家僕と押し問答している白髪の紳士と遭遇した。

「失礼。こちらに来訪中のカレス・ライアズという者に会いに来たのだが」

白髪の紳士と押し問答中だったハーン家の家僕は、突然現れたガルドランの偉容に思わず二、三歩後退りながら、「またか」と顔を歪めて言い放った。

「先ほどから申しておりますとおり、当お屋敷にそのような名前の方は見えておりません」

同じようにガルドランの姿に驚いていた白髪の紳士は、木で鼻をくくったような家僕の物言いに食ってかかった。

「そんなはずはない。書記長官は確かに来訪しているはずだ。なぜそのような嘘を吐かれる？」

「存じ上げません」

しらを切りながらもどこか怯えを含んだ家僕の態度。これは怪しいと察したガルドランは、腰に帯びた大剣に手をかけた。

「な、何をなさいます…」

「ここで押し問答をしていても埒があかない。カレス・ライアズがいないと言い張るならそれでもいい。だが中には入れてもらおう」

ガルドランはひるむ家僕の肩をグイと摑み、体格差に物を言わせてそのまま強引に邸内へ踏み込んだ。強引な態度は公爵位にあればこその力業《ちかわざ》である。

「だ、誰か――…、ヒッ…」

奥に向かって大声を出そうとした家僕の首筋に、すらりと引き抜いた大剣の切っ先を向ける。

抜き身の刀身は夜空を横切る稲妻《いなずま》のような青白い光を放ち、生半可な覚悟では正視すらできない。

「俺の手が滑る前に、主人の許へ案内しろ。騙そうとしても無駄だ。俺はそれを見抜ける」

首筋をちくりと針の先ほど突いて脅すと、家僕は観念してそろそろと歩きはじめた。

「こ、ここです…」

さほど大きくはない邸宅の、ほぼ真ん中に位置する部屋の前で立ち止まった家僕は、うわずった声を出した。

冷や汗を流しながら目だけで振り向いたその首筋に、ガルドランが軽く指先を当てると、哀れな男は一瞬でくたくたと床に崩れ落ちてしまった。あとから黙ってついて来ていた白髪の紳士が目を丸くする。

「いったいどうやったんです？　――まさか貴方は、精霊使い…？」

見開いた目が『とてもそうは見えない』と訴えている。

「気脈に衝撃を与えただけだ。訓練すれば誰でもできる。俺のは真似事だよ。どう見たって精霊使いには見えないだろう」

　肩をすくめてみせたガルドランに、白髪の紳士は正直に頷いた。

「ええ、そうですね」

「はっきり言う御仁だな」

『精霊使い』と称される人物は、たいてい物静かで細身の外見をしている。大気や大地、自然界のあらゆる事象から生命の秘密を得る術を獲得しているためだろう。人でありながら、どちらかというと植物に近い印象をまとう者が多い。

　ガルドランは誰が見ても、肉食の大型獣を彷彿とさせる容貌である。繊細な印象の精霊使いからはほど遠い。

「どうせ俺は、頭の中まで筋肉詰めにでも見えるのだろうよ」

「いえ…、失礼いたしました。正直なのは私の長所であり短所でもあるのです。申し遅れましたが私の名はヘリカ・ヘルノス」

　ヘルノスが重ねて正直な自己紹介を述べると、

「俺の名はルドワイヤだ」

「…公爵でいらっしゃいましたか。非礼をお詫びいたします」

　打てば響くようなヘルノスの反応に、ガルドランは頷きながら刀身を納めた。

「ではヘルノス。君もここへ、カレスを迎えに来たのだな」

「そうです。この屋敷の主は何かと問題の多い人物なので、頃合を見て来て欲しいと頼まれました」

「俺もそうだ」

　ふたりは同時に、シン…と静まり返った重厚な扉を見つめた。中からは物音ひとつ聞こえてこない。耳に綿を詰められたようなその静けさが、ガルドランの心に嫌な予感を生む。

「行くぞ」

　剣の柄《つか》に手をかけたまま扉を押して、そのまま一気に開け放った。小さな前室を走り抜け、寝室らしき部屋に踏み込むと、天蓋から垂れ下がる紗に覆われた寝台の上で、複数の人間が息を呑み跳ね起きるのが見えた。

慌てて身繕《みづくろ》いする物音に続いて、次々と寝台を飛び降りて来る全裸の男たち。脇を走り抜けようとした彼らを、ガルドランは易々《やすやす》と遮った。

「公爵！　逃がしてはなりませんっ」

ヘルノスは大声で注意をうながしながら、自らも扉の前に立ちはだかって逃げ道を封じた。

ひと目で今の今まで淫らな行いをしていたと判る、性器を剝き出しにした情けない恰好の四人の男を、ガルドランは手にした大剣で威嚇《いかく》しながら部屋の隅へと追い詰めた。刀身は鞘に納められたままだが、それを手にした大男の猛々《たけだけ》しさは男たちを怯えさせるのに充分だった。

抵抗する隙など与えず、四人の男をあっという間に縛り上げてから、急いで紗幕に覆われた寝台へと近づく。天蓋から垂れる薄布を一気に払い除けたとたん、むっとするほどの臭気が立ち昇る。

蜜蠟の灯りに照らされた寝台の上。

そこに、目を覆いたくなるほど悲惨な状態の青年が横たわっていた。

いくつもの鬱血。押さえつけられてできたのだろう首の痣。汗に濡れた癖のない栗色の髪が、破れた扇のように血の気の失せた頰に貼りついている。

「──カレ…ス……ッ！」

生々しい暴行の痕。虚ろな表情で横たわるカレスを見て、ガルドランは眩暈がするほど強い衝撃を受けた。戦場の直中《ただなか》にあっても感じたことのない衝撃に思わず足下が揺らぐ。

白濁に汚され尽くした顔面、胸から腹、そして脚のつけ根。半ばうつ伏せた状態で大きく割り拡げられていたその両脚のあいだに、尻を剝き出しにした初老の男がいた。

「無礼者がっ、せっかくいいところで…」

突然の闖入《ちんにゅう》者に驚いて身体を硬直させていた男が、

調子の狂った悪態を吐きながら腰を引こうとした。

ぬるり…と、赤黒い男根が抜け落ちる。

ずるずると引き抜かれた老人の性器から滴り落ちた白い粘液が、糸を引いてカレスの後孔と繋がっているのを目にした瞬間、それが目の前を赤く染めるほどの怒りだと気づいた。

その瞬間、ガルドランの下腹から脳天にかけて熱い気の塊が駆け上がる。噴きこぼれる岩漿《がんしょう》のような激情だった。

何をしていたのか。

カレスが何をされていたのか、聞くまでもない。

「うぉぉ――――ッ！」

青い炎のような怒りを身にまとい、ガルドランは大きく一歩を踏み出した。

――もう人の命は奪うまい。二度と剣で人を傷つけまい。

五年前、目の前で親友を亡くしたときに立てた誓いを破るほど、大きな怒りに衝き動かされていた。


「公爵！　いけないっ」

寝台から転がり落ちたギゼルヘル・ハーンに、本気で斬りかかろうとしたガルドランの腕に、背後から取りすがって止めたのはヘルノスだった。

「ハーン伯爵はノルフォール侯爵家に縁ある方！」

「…離せ……っ」

「いくらルドワイヤ公爵とはいえ領外の方がお手討ちになどしたら、いらぬ騒動を巻き起こすことになりますっ」

「離せッ――！　こんな痴《し》れ者《もの》を庇うのかっ!?」

「どうか、ご辛抱《しんぼう》を…っ」

自分よりも頭ひとつは優に大きい身体に取りすがって、ヘルノスは必死に言い重ねた。

「邪魔をするなっ、退け…！」

「堪えてください！」

抜き身の剣に触れる勢いでヘルノスにすがりつかれて、さすがにひるむ。その隙に無様な四つん這い姿で逃げようとしていた伯爵に気づいたガルドランは、ヘルノスを押し退けて一気に間合いを詰めようとした。そのとき、寝台に乗り上げていたガルドランのひざ頭に弱々しく手が伸ばされた。

「……ぅ…」

乱れに乱れた敷布。その波間の、影のひとつに埋もれそうなほど薄い身体が小さく震え、見上げる瞳が何かを訴えていた。

「…カレス――…!」

あまりにも惨い姿にハーンの存在など吹き飛んだ。

他人の一方的な欲望に汚された肩に手を寄せると、痣だらけの肌は冷えきって小さく震えている。何度も見慣れていたはずの裸体が今はひどく頼りない。

ゆっくりと抱き起こし、口中に嵌められていた忌々《いまいま》しい口枷を引きずり出してやると、カレスは息も絶え絶えになりながらかすれた声を絞り出した。

最初は唇がうまく動かず要領を得なかったが、何度かくり返すうちに、ようやく意味が摑めた。

「ここで…見たことを、……証言して、欲しい…」

助けてもらって、最初の言葉がこれか。

それでガルドランは理解した。カレスは最初から自分がこうなることを覚悟していたのだと。

たぶん今朝、ガルドラン宛ての手紙を書いた時点で判っていたのだ。こんな目に遭うと判っていて、それでもここにやって来た理由が何なのか。

問い質したかったが、今は手当ての方が先だ。

ただ単に性欲処理の対象にされたと言うだけでは説明がつかないほど、カレスに対する扱いはひどかった。

髪の中にまで男たちの精液がこびりつき、寝台の上にも下にも嘔吐の跡が残っている。

抱き上げたカレスの口の中には白い粘液が溜まったままで、投げ出された両脚のつけ根には、強く摑まれたせいで痣になったいくつもの指跡と、大量の白濁が付着している。

いったい何度蹂躙されたのか、閉じきれない後孔からはカレスの弱々しい呼吸と共に、血の色混じりの粘液が糸を引きながら滴り落ちていた。

「…くそ…っ」

ひどい汚れだけ簡単に拭き取ると、ガルドランは自分の着ていた上衣でカレスの身体を包み込んだ。

足首まで覆い隠された丈の長い上衣の中で、身を強張らせていたカレスがふっと息を吐いて力を抜く。

そのまま気を失ってしまう前にと、ガルドランは急いで傍にあった酒を手のひらに注いで唇に当てた。もちろん自分で毒味をしてからだ。

「カレス、これで口を濯ぐんだ」

カレスはその言葉に素直に従い、最後にひと口飲み込んだ。それで少し意識がしっかりしたらしい。

ガルドランが抱き上げようと腕に力を込めた瞬間、慌てた様子でまだ強張りの残る唇を開いた。

「公爵…、少し、待って…。ヘルノス殿…!」

「はい、書記官長」

よほど自制心が強いのか。こんな状況でも落ち着いた様子で近づいて来たヘルノスに、カレスはかすれた声で告げた。

「……彼らの、暴力行為を公表して…欲しい」

自分の名を出して、何をされたのか表沙汰にすることで、彼らの政庁内での立場を完全に失墜《しっつい》させることができる。どうしても失墜させたい、と。

「貴方は…、そこまで覚悟して」

ヘリカ・ヘルノスはカレスの真意を察すると、目を閉じて大きく頷いた。

「承知いたしました」

「もういいだろう」

一刻も早くカレスを避難させ、手当てしたくて焦れていたガルドランは、改めてカレスを抱き上げた。

「ここのあと始末はわたくしがお引き受けいたします。公爵は早くカレス殿を安全な場所へお連れしてください」

首尾良くギゼルヘル・ハーンを縛り上げたヘルノス子爵の年長者らしい落ち着いた言葉に頷いて、ガルドランは忌々しい部屋をあとにした。

もろい硝子細工を運ぶより慎重にカレスを抱えて、表に待たせてあった馬車に乗り込む。馬車はガルドランの身体に合わせた特注品だ。ゆったりとした造りの座席にカレスを抱えたまま腰を下ろした。

動き出した馬車の揺れが身体に障るのだろう、カレスは外套の中で辛そうに顔を歪め、何か言いたげに唇を動かそうとしている。

「行き先は俺の屋敷だ。もう何も心配はいらない。安心して眠れ」

声をかけても目を閉じようとしない。どうしたんだと問う前に、ようやく声が出た。

「公爵…」

「何だ」

「さっきの、証人の件…」

「そのことなら、もちろん協力してやる。いいからもう眠れ」

あの場にいた凌辱者たちの罪を暴き、償わせるためならいくらでも協力しよう。

しかし、カレスの狙いはそこにはない。

そのことに腹が立つ。どういう経緯か知らないが、自分の身体を犠牲にしてまで政敵を追い落とそうとするカレスの心理が分からない。方法なら、もっと他にいくらでもあるだろう。

「…ありがとう。ルドワイヤ公爵である…貴方が後ろ盾になってくれたら、奴らの証拠湮滅《いんめつ》工作も抑制《よくせい》できる…。領外の人にこんな事を頼むのは筋違いだとは思うけど、リオ…、ライオネルのためにも、この機会に奴らを…徹底的に潰しておきたいんだ」

長い時間をかけ、かすれきった声で切々と訴え続ける。

「奴らが僕にどんなことをしたのか、全部ばらして構わない…。むしろ…そうした方が、奴らは立ち直れなくなるから——」

うわごとのようなささやきが意味するところ。

それは、カレスがフライシュタット侯ライオネルのために、自らを餌《えさ》にしたということだ。

フライシュタット侯について、言葉を交わしたことはないが領主としての評判は聞いている。若く、改革の理想に燃えた人物らしい。その分、先代から残る旧臣勢力の抵抗も強いようだ。

これまでガルドランの耳に入ってきた評判は概《おおむ》ね良好だったが、その印象も今日で崩れた。

フライシュタット侯は、カレスが己の犠牲にして彼を守ろうとしたことを知っているのか。まさか、知った上でこんな非道な真似をさせたのか。

込み上げる怒りのせいで、抑えても肩が震える。

「……――」

「公、爵…」

「解った！　おまえの言うとおりにしてやるから！　それ以上無理してしゃべるな」

了承しなければ、いつまでも懇願《こんがん》し続けるだろうことは容易に想像できた。

問い詰めるのも、叱るのも、あとでいくらでもできる。今は彼の心と身体を休ませたい。


これ以上無理をさせれば壊れてしまう。

そんな不安が過るほど、腕の中でまぶたを閉じたカレスは傷つき果て、今にも脆く儚く崩れ落ちそうだった。

男たちの行為は、好奇心に駆られた残酷な子供が虫の手足をもぎ取り、羽をむしるのに似ていた。

カレスの身体を玩《もてあそ》んだ理由は、性欲よりも意趣返しの意味合いが強いと思われる。日頃の鬱憤《うっぷん》晴らしに強姦を選んだ理由は、それが最も人の魂を傷つけると知っていたからだろう。

ガルドランは傷ついたカレスを迷わず自邸に連れ帰り、ライアズ家の朴訥な従僕ウィドには『しばらくのあいだ、主人を預かる』とだけ伝えた。

蒼白になったノルフォール領主が駆けつけて来たのは、それから数刻後のことである。

「ヘルノス子爵から報せを受けました。カレス・ライアズを保護してくださったとのこと、心よりお礼申し上げます」

家令に案内されてやって来たノルフォール侯ライオネルは、馬車の中でも走っていたのかと思うほど息を切らしていた。

焦るライオネルとは対照的にガルドランは腕組みをして扉の前に陣取り、値踏みする視線で金髪の青年を静かに見下ろした。

「ノルフォール侯ライオネル」

「そうです。ルドワイヤ公爵閣下ですね。カレスから度々お話をうかがっております」

「そうか。俺は貴殿の話をあれから聞いたことなど一度もないが」

素っ気ない返答にライオネルは驚いて公爵を見上げた。改めて上背《うわぜい》のある男の姿に圧倒されながら、どこか棘《とげ》のある言葉に違和感を覚える。

『どういう意味か』と問い詰めかけて、今はそれどころではないと思い直す。


「それで、…彼の具合は？　怪我はひどいのですか？　いったいどうしてこんなことに？」

「ヘルノス殿からどこまでお聞きかな？」

ガルドランが訊ねると、金色の髪の貴公子は顔を歪めた。

たぶんいつもはきれいに整えているのだろう艶やかな金髪が、今は乱れて波打ち、額に落ちかかっている。吐く息が白くなる季節に外套も羽織らず、室内着のまま荒い息を吐いて肩を揺らしている。

「ギゼルヘル・ハーン以下四名の元官吏が私怨《しえん》を理由に、カレスに、……乱暴を働いた、と」

目を伏せ、拳を握りしめながら言い募る声は怒りに震えている。その姿は心底カレスの身を案じ、彼の身に降りかかった災難を嘆いているように見えた。とても事前に知っていたようには思えない。

ガルドランは渋々と腕組みを解いて身体の向きを変え、ライオネルが館へ立ち入るのを許した。

石造りの家が多いノルフォールには珍しい、木の温もりを感じさせる邸内を奥へと導きながら告げる。

「傷の手当てはひととおり済んでいるが、今は眠っている。たぶん今夜は目覚めないだろう」

「病人用の馬車を用意しました。すぐに館へ連れて帰ります」

「いや、それはお断りする」

公爵の物言いがあまりにもきっぱりとしすぎていたせいで、ライオネルは再び違和感に襲われて立ち止まった。

「なぜですか…?」

低めた声には公爵に対する不審感がにじんでいる。

ふたりの個人的な接点はこれまで一度もない。ライオネルにとって目の前の大男は、名前と出自、身分を知っているだけの赤の他人である。絡まれるような物言いをされる覚えはない。

しかしガルドランにとってライオネルは、いささか含みのある存在なのだった。

「リオと言う名に聞き覚えは?」

「……それは私の愛称です。家族や、ごく親しい人たちが使う」

「では、エリヤというのは?」

「私が後見《こうけん》になっている青年の名前ですが…」

それが何か？　会話の流れとは関係ない質問を訝しんで、ライオネルがきつい視線で見上げると、

「なるほど」

ガルドランは納得して頷いた。

――…ではやはり、この青年が『リオ』なのだ。

カレスが時々うわごとでつぶやく名前。

闇の中でガルドランに責められながら涙を流し、快楽と痛みの狭間で赦しを希う相手。あんなに何度も、何度も…。

どれほど「もういいんだ」と「苦しまなくていいから」と慰めを与えても、決して癒されない心の傷。

その傷の理由を、たぶんこの青年は知っている。

カレス・ライアズが過去に犯した罪とは何なのか。

今この場で訊いてみたい誘惑を、ガルドランは握

り潰した。

瘤《しゃく》に障るからだ。

眠るカレスが口にする名は、『リオ』と『エリヤ』のふたつのみ。

これまで三月近くも身体を重ねながら、ガルドランの名が呼ばれたことは一度もない。そのことに腹が立って仕方がない。

カレスが情交の最中に誰の名を呼ぼうが、初めは気にも留めなかった。それがいつの間にか、あの薄い珊瑚《さんご》色の唇から他の男の名が洩れることにひどく苛立つようになって…。

直接会ったことで、ガルドランの直感が告げる。

カレスが自ら身体を傷つけてしまうほど思い悩んでいる原因は、この金髪の貴公子にあるのだと。

重厚な造りの扉の前でガルドランは立ち止まり、声を低めて忠告した。

「身体の傷のこともあるが、精神的にかなり衰弱している。今夜だけでなく、数日はここで様子を見る方がカレスのためだと思う」

ライオネルは納得しかねる表情で公爵を睨み上げた。

「…とにかく、彼に会わせてください。話はそれからです」

「——…どうぞ」

ガルドランはどこか挑む調子で、普段は自分が使っている主寝室の扉を開いた。


眠り続ける栗毛の青年の顔は、古びた蠟細工のように生気を失っていた。

無意識にだろう、何かから身を守るように小さく丸められた身体。柔らかな枕に半ば埋もれた頭。

呼吸は浅く苦しそうだ。

ライオネルがそっと近づいてのぞき込んでも、閉ざされたまぶたはぴくりともせず目覚める気配はない。蜜色の淡い灯の下でも、落ち窪んだ眼窩に漂う疲労の色がはっきりと見てとれる。

東翠邸を出てから痩せはじめたことには気づいていた。自覚はないようだが、カレスは寂しがり屋だ。独りで摂る食事が味気ないせいだと思い、なるべく晩餐に招ぶようにしていたのに。

――何か、他に悩みでもあったのか…？

小さくつぶやいて、ライオネルはカレスの額にそっと指を寄せた。

生え際から優しく髪を梳いてやる。こんなふうに彼に触れるのも、ずいぶんと久しぶりだと気づく。

――こんなにやつれて…。公爵の言うとおり、下手に動かさない方がいいかもしれない。

今日の午後、執務室で別れたときから、さらにひとまわり小さくなったように見えるほどだ。

そういえば、ここ数カ月はエリヤのことで頭がいっぱいで、カレスへの配慮が少し足りなかったかもしれない。本当はとても寂しがり屋な人間なのに。会話は仕事のことかエリヤのことばかりで…。


ライオネルは眠るカレスの傍からそっと離れ、部屋を出た。

「確かに今夜は動かさない方がよさそうです。お許しいただけるなら、彼が目覚めるまで傍についていてやりたいのですが…」

態度を改めて頭を下げたのに、公爵の返答は予想以上に手厳しかった。

「心配は無用だ。彼のことは俺に任せて貴殿は城館へ戻りたまえ。事件の処理や痴れ者たちへの処遇は、貴殿でなければ采配できないのだろう？　彼は君のためにどうしてもあの痴れ者たちを失脚させたいと言っていたぞ。この機会を逃したくない、と」

「――…え」

絶句するライオネルに、ガルドランは追い打ちをかけた。

「カレス・ライアズは、自分が性的虐待を受けると知っていながら、君の立場を守るために、あの場所へ赴いたと言ったのだ」

「――どうして、そんな状況に…？」

「そんなことは俺の方が訊きたい」

このときガルドランは、カレスが脅迫されていたことをまだ知らない。その事実と原因を知っていれば、ライオネルに屋敷の敷居《しきい》をまたがせたりはしなかっただろう。

「カレスが身を挺《てい》して守ろうとした、君の『領主』という立場を磐石《ばんじゃく》にするために、今はやるべきことがあるだろう？」

重い巌《いわお》のような言葉で責められて、ライオネルは手のひらで両目を覆って呻いた。

あまりの衝撃に思考が消し飛ぶ。呻いてよろめいて、窓枠にすがりつき呼吸を整える。

「……分かりました。この件の処理が一段落するまでカレスを、どうかよろしく頼みます」

ようやく声を絞り出したライオネルは、悲痛な表情で一礼を残し、丘上の城館へと帰って行った。

⌖

当分のあいだ主寝室をカレスに譲ることにしたガルドランは、控えの間に自分用の寝台を運び込んだ。ノルフォール侯を追い返してしまうと、狭い室内を占領する寝台に腰掛け、ひとつ息を吐いてから髪を解いてわずかな開放感にひたる。頰に落ちかかる髪を無造作にかき上げてから立ち上がり、小部屋と主寝室を繋ぐ扉を静かに開け放した。

ひっそりと眠り続ける青年の脇に跪き、温かみの戻らない手を握りしめる。冷えた手のひらを両手で包み込み、祈りを捧げるために頭《こうべ》を垂れる。

額に触れた指先が、悲しいほど冷たい。

たまらなくなってその指先を口に含む。

――温めてやりたい。願いはただそれだけ。

中指の先に軽く舌を添え、爪先をわずかに唇で挟んでみる。そうしながら胸の内では一心に癒しの真言を唱えた。

癒しの真言は言霊《ことだま》によって大地や大気の精霊から力を借りる、太古から伝わる知恵のひとつだ。精霊使いの素養があるガルドランはそれで幾人もの傷を癒し、ときには命を救ってきた。

こんこんと湧き出る清水《せいすい》の風景を心に呼び込む。緑滴る水面。水面を渡る風、風に乗る白鳥《しらとり》。舞い落ちる白い羽毛。

柔らかな羽毛が降り積もるその中に、傷ついた青年を横たえてやる。

ふんわりとした和毛《にこげ》は暖かさと庇護《ひご》の象徴。その羽毛で卵を抱く親鳥のようにカレスを包んでやる。

大丈夫。もう誰もおまえを傷つけない。おまえ自身ですら、おまえを傷つけることはできない。

おまえは守られている。

それは強く優しい存在で、広く大きく果てもない。

「う…、ふ…――」

救出されてから初めて深い息を吐いたカレスの頬に、かすかに赤味が差しはじめた。浅く不規則だった呼吸が、深く落ち着いたものに変わる。冷たいままだった指先は、ガルドランの唇の熱が移ったように温もりを取り戻しつつあった。

「いい子だ…」

栗色の前髪を優しく梳き上げてそのまま額に手を置き、心からの言葉をかけてやると、繋いだままの手のひらをきゅぅ…とわずかに握り返された。

胸に新たな保護欲が湧き上がる。

守ってやりたい。もう二度とこんなひどい目に遭わせたくない。抱きしめて、甘やかして、幸せにしてやりたい。

そこまで考えて、ガルドランはそんな自分に驚いた。この歳になって、こんなにもひとりの人間を愛しく思う日が来るとは思わなかった。

「…ぅ、ん…」

眠りの中から素直に答えるカレスの、閉じられたままの目尻から涙が一粒こぼれ落ちた。

その瞬間、涙はどんな刀剣よりも深く強く、隻眼の公爵の胸を貫いたのだった。

‡

何度も、曖昧な目覚めをくり返したのを覚えている。

いつも逃げきれないモノに追いかけられる夢を見て、恐くて苦しくて、息が止まりそうになって、泥沼から抜け出すように目を覚ます。

目覚めるとぼんやりとした大きな影が必ず傍にいて、なぜかほっとする言葉をかけてくれる。恐いから眠るのはもう嫌だと思っても、極限まで痛めつけられた心と身体は睡眠を欲して、すぐに意識が朦朧としてくる。まぶたは膠《にかわ》で貼りつけられたようだ。

『眠りたくない…』

駄々をこねると、影が笑う。

「大丈夫だ、俺がずっとついていてやる。ずっと守ってやるから――」

目覚めているとき聞いたなら、あまりの嘘くささに眉をひそめただろう台詞《せりふ》。けれどこのときは真実の誓約《せいやく》みたいに聞こえた。

その言葉を聞いてからは悪夢を見なくなった。

そんな自分の単純さが何だか無性におかしくて、そして……悲しかった。

カレスがはっきりと目覚めたのは、午後の淡い陽射しが斜めに射し込む寝台の上だった。薄くまぶたを開けると、白く柔らかな掛布の上に放り出した手の甲を、鬱金《サフラン》色の光の筋が横切っている。

視界は思ったよりもしっかりしていた。

人の気配にゆっくり視線を動かすと、癖のある黒髪が目に映った。いつもはきっちりと束ねてある黒髪が今は無造作に解かれて半面を覆っている。そこから見え隠れする右目の惨い傷痕。

彼が眼帯を外しているところを、初めて見た。

——ひどい傷痕…。

額から耳のつけ根あたりまで斜めに走る裂かれたような傷。

眼球ごと抉られたのだろうか、破れた革袋を無理やり縫い合わせたようなまぶたの隙間から、硝子製の義眼が見える。まぶたの周囲もあちこち引き攣れて奇妙にねじれ、色素が沈着した部分が褐色《かっしょく》のまだら模様になっていた。

気の弱い女性なら、見ただけで悲鳴を上げそうだ。

——腕の良い精霊使いが、傍にいなかったのだろうか…。

近年、ル・セリア皇国周辺で大きな戦《いくさ》があったという話は聞かない。公爵位にある男が、なぜこれほどひどい傷を負ったのか。その理由《わけ》を、カレスは初めて知りたいと思った。

身体だけの関係とはいえ数カ月、何度も逢瀬を重ねながら、彼自身に対して興味を持ったのはこれが初めてだった。

祈りを捧げているかのように両手を重ね、目を閉じてうつむくガルドランの傷痕に手を差し伸べようとして、カレスはふ…とためらった。

遠い昔、生母に抱きつこうとして扇で振り払われ、できた額の傷痕がちくりと小さく痛み出す。

錯覚だと解っていても、小さな痛みの記憶はカレスの右腕を石に変えてしまう。

さらに五年前、自分の気持ちを優先するあまり、エリヤを苛めて疎んじて、最愛の人に頬を叩《はた》かれ遠ざけられた辛い記憶までもが甦って。

——差し出した手を、振り払われるのはもう嫌だ。

柔らかな掛布の上、冷えていく指先からカレスはそっと力を抜いた。

‡ 夜に咲く花 ‡

「カレス、ノルフォール侯が見舞いに来たぞ」

扉を小さく叩いて寝室に顔を出した隻眼の公爵が、腕組みをしながら不本意そうに告げる。

カレスは視線を逸らして小さくつぶやいた。

「……今は、会いたくない…」

領主を補佐する書記官長として、許されないわがままを言ってる自覚はある。けれど今朝方、政務のことが気になって無理に起き上がろうとしたとたん、慌てたガルドランに止められ、

『おまえの不在中は、ノルフォール侯がなんとかすると言ってた。とにかく回復するまで政務のことは忘れろ』

そう言われて、閊《つか》えが取れたように義務感が形《なり》をひそめ、代わりに奇妙な疑心暗鬼《ぎしんあんき》が芽生えた。

ハーンの私邸から救い出されて二日が過ぎた。

眠っているあいだに一度、ライオネルが訪ねて来たと報《しら》されたときも、嬉しさより拒絶感の方が勝っていた。凌辱の痕が残る自分を見られたと考えただけで、逃げ出したくなる。

『彼は君が思うほど、君のことを考えているのかい？』

『彼は自分にとって役に立つ人間だから、君を優遇しているだけじゃないのかね？』

ギゼルヘル・ハーンの哀れみに満ちた言葉が甦る。

そんなはずはない、あれは自分を混乱させようとした戯《ざ》れ言にすぎない。

頭では解かっていても、エリヤがノルフォールに戻って来てから、ライオネルの自分に対する態度がどこか配慮に欠けているのも事実。

それはエリヤを屋敷から追い出してライオネルの怒りを買い、信頼を失って以来、完全には赦してもらえていない証拠でもあった。

『あの子は好きなことに熱中すると、少しまわりが見えなくなることがあるから、その分あなたが補ってあげてね』

何年も前、皇都ラ・クリスタの大学に就学するために故郷フライシュタットを発つとき、ライオネルの母セシルはこっそりとカレスに耳打ちした。

あのときは、『そんなことありません』と笑って済ませたけれど。今なら分かる。母セシルの言うことは正しかったのだと。

ライオネルは心を向けた相手をとても大切に扱う。誰かを熱心に気遣うあまり他が疎かになるのは、多かれ少なかれ誰にでもあることだろう。

エリヤに出会うまで、ライオネルの一番はカレスだった。だからその分、誰かが寂しい思いをしてるかもしれないなんて思ってもみなかった。

ライオネルは父母よりも弟のリーヴよりも、カレスを一番大切にしてくれた。カレスの気持ちを誰よりもよく察してくれたし、思いやってくれたから。

けれど今、その場所はエリヤのものだ。

ライオネルはエリヤの気持ちを汲むのに精一杯で、カレスにまでは気がまわらない。まわっていないことすら気づかない。

結ばれたばかりの恋人同士などそんなものだ。恋人以外の他人への配慮が目減りするのは仕方ない。

経験豊富な大人たちなら、そう苦笑するだろう。

けれどカレスにはそんな経験も、心の余裕もありはしない。

初めて出会った五歳のときからずっと、一番の愛情を注がれてきたカレスは知らなかった。

それまで惜しげなく注がれていた愛情を他人に奪われたときの焦燥感と不安が、精神の均衡を狂わせるほどであることを。

それまでカレスを支えてくれていた大地が消える。幼い頃、母に振り払われてできた傷痕が大きな亀裂となって、カレスを足下から呑み込もうとする。

公爵の屋敷に保護されてからどこか鈍磨していた心に、恐ろしい現実感が押し寄せはじめた。

ここまでライオネルのために身を捧げても、彼は結局エリヤを優先する。厳然と横たわるその事実に自分はいつまで耐えられるのか…。

ライオネルに会うのが恐い。

彼と会って話をして、少しでもエリヤの話題になったとき、自分が正気でいられるかわからない。

恨んでしまうかもしれない。

——恨む？　自分で勝手に選んだ道のくせに？

でも、リオが城館の中庭でエリヤと唇接けなんてしなければ…。

それなら放っておけばよかったじゃないか。あとからグチグチみっともない。リオのためなら命も棄てる。そういう覚悟でハーン伯爵の許へ行ったんだろう？　だったら今さら泣き言を言うな。

たとえ感謝されなくても、払った犠牲を理解してもらえなくても、自分の惨めな恋心に気づいてもらえなくても、筋違いに恨んだりするな。

いい加減その醜い心根をなんとかしなければ、また五年前の二の舞を踏むだけだぞ——。

まるで自分の中にもうひとりの自分がいるように、ふたつの声がせめぎ合う。その苦しさから逃れるために、カレスは縛られてできた手首の傷に指先をさまよわせた。爪先が包帯に触れる寸前、肩に優しく手を置かれる。

「分かった。ノルフォール侯には俺から言い訳しといてやる」

見上げた視線の先、ガルドランは穏やかに頷いて見せると、部屋の外に待たせていたライオネルに返事を伝えに行った。

突然部屋に招き入れたりせず、カレスの意向をきちんと訊いてくれるガルドランの心配りに救われる。

厚い扉が閉まると部屋はシンと静まり返り、扉の向こうの会話はひそ…とも聞こえてこない。

静寂の中、ずいぶん長く待たされた気がする。

「やっと帰ったぞ」

戻って来たガルドランは、やれやれと肩をすくめて見せた。

「四、五日したら改めて来てくれと言っておいた。

それでいいか？」

カレスは小さく頷く。

公爵が何と言ってライオネルを追い返したのかは判らない。けれどそれに納得して帰ってしまったライオネルに、どこかで失望していた。

会いたくない、惨めな姿を見られたくない、醜い自分の心と向き合うのが怖い…。

それは事実だ。

けれど、それでもなお会いたいと、こんなときだからこそ傍にいたいと、拒絶を振り切って来て欲しかった。

わがままで自己中心的、支離滅裂《しりめつれつ》な要求に自分でも嫌気がさす。意識しないまま、手のひらで覆っていた手首の擦過傷に再び爪を立てようとした瞬間、そっと右手を押さえられた。

「自分を苛めるな。ノルフォール侯はずいぶんおまえに会いたがっていた。心配もしていた。俺が嫌がらせで会わせないでいるとでも思ったのか、もう少しで殴られそうになったぞ」

ガルドランは苦笑しながら、悪戯をとがめるようにカレスの指先をそっと摘んだ。

「…――」

――どうしてこの男は僕が一番欲しい言葉を、一番欲しいときにくれるのか。

涙が出そうになって、カレスは慌てて顔を背けた。

泣き顔なんかこれまでさんざん見られているはずなのに。だけどこんなふうに素面《しらふ》で面と向かって、めそめそしたところを見られるのは、なんとも…恥ずかしい。弱った心を隠すため、わざと素っ気なく、

「僕の指は、粘土細工じゃない」

ガルドランの大きな両手に捕らえられ、やわやわと揉まれたりさすられたりしていた右手について抗議すると、ガルドランは少し慌てたように解放してくれた。

「おっと、すまない。触り心地がいいものだから、つい、な」

つい、じゃないだろう。照れ隠しのつもりで男を睨みつけると、優しい瞳で見つめ返されて驚いた。

「何か欲しい物は？　喉は渇いていないか？　して欲しいことがあれば何でも聞いてやるぞ」

次々と差し出される厚意《こうい》を、どう受け止めていいのか分からない。カレスは上掛けの模様に視線をさまよわせ、ずいぶん経ってからようやく、礼も言ってなかった、と目を伏せて小さくつぶやいた。

「……助けてくれて、ありがとう」

ガルドランはちょっと目を見開き、それからひょいと肩をすくめてみせた。

「おまえを助けたのは二度目だが、礼を言われたのは初めてだな」

軽口で返したあと、そっとカレスを抱き寄せて、

「もう二度とあんな無謀な真似はしないでくれ」

そうささやいた。

その瞬間、カレスの冷え切った胸の奥底に小さな、けれど暖かな火が灯ったのだった。


目覚めた翌日には起き上がれるようになり、その二日後には、よろめきながらも立ち上がれるようになっていた。

隻眼の公爵と寝食《しんしょく》を共にするのは思ったより気楽だった。本来なら隣領ルドワイヤに城を持つガルドランの、ノルフォールでの仮住まいにすぎないにもかかわらず、この屋敷で働く使用人たちは驚くほど躾《しつけ》が行き届いている。皆、カレスが居心地のいいように気を遣ってくれ、それがとても自然で、押しつけがましさなど微塵もない。

カレスが用事を頼みたいときはすぐに応えてくれるし、放っておいて欲しいときは敏感に察してくれる。距離の取り方がうまいのだ。

怪我はガルドランが自ら手当てしてくれたから、他人に傷だらけの身体をさらすという恥ずかしい思いもせずに済んでいる。

ギゼルヘル・ハーンと四名の凌辱者たちについては、どのような処遇を受けているのかまだ何も知らされていない。

ガルドランに訊ねても、「過去の不正も含めて、厳しい詮議が行われているらしい」と言うだけで、詳しいことは教えてくれない。

たぶん最初にその話題を出した日の夜、一旦下がっていたカレスの熱が再びぶり返し、ひどい悪夢にうなされたせいだろう。

ガルドランの寝室で寝起きするようになって十日。そろそろライオネルが迎えに来そうだが、今夜も音沙汰はない。たぶん政務の方が忙しいのだろう。

迎えなど来なくても、自分から仕事に戻るべきだ。

心の隅に追いやられている義務感が時々そう叫んでいるけれど、催促《さいそく》がないことを言い訳に居心地のいいこの屋敷に居続けている。

十月も後半になると北部ではいつ雪が降り出してもおかしくないほど冷え込む。この日は朝から降り出した雨が午後になってみぞれ混じりになり、夕方にようやく止んだ。

カレスは緞帳《どんちょう》の下りた窓辺に立ち、冷たい雨に洗われてしっとりと黒ずむ夜の庭を眺めた。

透明な硝子に息がかかると視界はすぐに白くぼやけてしまう。指先できゅ…と拭ったとき、背後から声をかけられた。

「そんな薄着でいると、風邪《かぜ》をひくぞ」

自分の恰好を見下ろしてから、カレスは近づいてくる男をぼんやりと見上げた。

確かに薄い夜着に裸足《はだし》という恰好は、端から見れば震えが来そうだが、自分では不思議と寒さを感じない。

ここでの暮らしはまるで柔らかな繭《まゆ》に守られているようで、痛いとか寒いとか空腹感とか、そういった身体的な苦痛を感じることがほとんどない。ライオネルのことさえ除けば、何もかもが夢の中のようにふわふわして現実感が薄いのだ。

「調子はどうだ?」

「…うん。だいぶ、いい」

「散歩に出られそうか?」

散歩? みぞれあとのこんな寒々しい夜に?

疑問は、呆れ顔となって面に表れた。

「今夜は満月だから」

ガルドランはそれだけ言うと、首を傾げているカレスの寝間着《ねまき》をあっという間に脱がせてしまった。

代わりに、肌触りのいい綿の下着、最上質の山羊《やぎ》の毛を紡いで編んだ象牙色の胴衣に真綿織りの上着、毛皮で裏打ちされた胡桃《くるみ》色の脚衣を手際よく着せられる。くるぶしのあたりまでたっぷりある銀鼠《ぎんねず》色の外套を羽織らされ、さらに煉瓦色したふかふかの襟巻きを、器用な手つきで品良く巻きつけられた。

そこまでされても着膨《きぶく》れしない、自分の痩せた身体がなんだかおかしい。

「重装備だ」

「寒いからな」

足には厚手の靴下に厚底の革長靴を用意され、最後に左手だけ柔らかな皮の手袋を嵌めてもらった。

――右手は?

カレスの疑問は、ガルドランに連れられて外に出ると解けた。

やはり素手のままだった男の左手が、迷いもなくカレスの右手を摑み、そのまますっぽりと外套のポケットに押し込んだ。

雨上がりの石畳に、カツンコツンとふたり分の足音が響く。寝静まった深夜の街路。誰も見ていないとはいえ、いい年をした男同士が手を繫いで歩くというのはどうしたものか。

戸惑いは初めのうちだけで、すぐにどうでもよくなる。カレスは習い性になったあきらめの気持ちで視線を泳がせた。

空は濃い銀鼠色の雲に覆われていて、黒々と濡れた石畳には街灯の光がにじんでいる。吐く息が綿菓子のようにくっきりと白い。ふぅ…と息をするたび、目の前に現れるそれが楽しくて、カレスは手を引かれるまま歩きながら何度も深く息を吸っては吐いた。まるで、子供のように。

街灯の間隔が間遠《まどお》くなって足下が覚束《おぼつか》なくなった頃、ふわりと辺りの空気が変わった。

「カレス、ほら。満月だ」

ガルドランが指さした先、厚く天空を覆っていた雲の切れ間から真珠色の月が姿を現した。

真円の光は昼間とは違う力強さで世界を皓々《こうこう》と照らし、夜とは思えないほどくっきりとした影をふたりの足下に落とす。

世界全体が白金の靄に包まれたような、不思議な明るさに染まる。雨とみぞれを降らせた雲は、刻々と形を変えながら天空の月を横切り、風に流されていく。

石綿《いしわた》のようだった夜の雲が、満月の魔法で縁を真珠色に染める。影の濃いあたりは心を浮き立たせるような秘密を秘めていた。

厚い雲が千切れて流れると、紫紺の夜空が輝きだす。夜の大気全体が、まるで真珠の微粒子《びりゅうし》を含んだようにしっとりと光りはじめる。

「…すごい、……きれいだ」

幼子のように瞳を丸くして、カレスは周囲を見まわし空を見上げた。

フライシュタットを出てノルフォールに来て以来、自然の美しさに感嘆したのはこれが初めてだった。ずいぶんと長いあいだ、空を見ることもなく日々を過ごしていたことに気づく。

うっとりと空を見上げていると、再びガルドランに手を引かれた。さほど歩かないうちに周囲に甘い花の香りが漂いはじめ、誘われて視線をめぐらせると、街路に面した邸宅の庭木が光の雫のような黄金色の花を咲き零していた。

「ワトルの花だ」

花を指し示し、ガルドランがささやく。

鈍色《にびいろ》の幹、銀の葉に金の花。

小指の先ほどの毛玉のような丸い花房が、幾千となく連なり咲きこぼれているその様は、夜に生まれた光の具象。

満月の光を浴びて、この世のものとは思えない美しさだった。

雅《みやび》や風流になどまるで縁がなく興味のないカレスでも、その花の美しさは特別心に響いた。五年暮らして好きになれなかったノルフォールの街を、初めて好ましいと感じられた。

もしかしたら一緒にいる男のおかげでそんなふうに思えたのかもしれない、という可能性には欠片も思い至りはしなかったけれど。

「――きれいだ…」

そうして花や、夜空の美しさに気づくことはできても、うっとりつぶやく自分の横顔を見つめる視線には、最後まで気づけないままだった。

病み上がりのカレスが疲れを自覚するより早く、ガルドランは帰宅をうながした。

充分に暖められた寝室に連れ帰り、重ね着させた服を慎重に脱がせてゆく。最後に下着を取り去るとき、怯えられるかと心配したが、カレスはどこかぼんやりと身を任せたままだった。

他人事のようなその無頓着さが、少し恐い。

意に添わない性交を、複数の男たちに無理強いされたあとにしては反応が鈍いように思う。

無理強いと言えば、ガルドランが初めてカレスを抱いたのも、同意があったとはいえ、ほとんど強姦のようなものだった。

彼に対する愛情を自覚した今となっては、あの夜の行為は消し去りたい汚点《おてん》となっている。けれどそれは不可能だと分かるから、せめてできる限りの優しさで償いたい。

ぼんやりと立ち尽くす栗毛の青年を抱きしめたガ

ルドランは、眠りかけた子供を扱うように、そっと寝台に横たえた。

押し潰してしまわないよう注意深く身体を重ねると、カレスは少しだけ怯えた表情を見せた。

ガルドランが細心《さいしん》の注意を払い、ゆっくりと身体全体を抱きしめると、それ以上拒む気配はない。

湧き上がる愛しさに指先をかすかに震わせながら、癖のない栗色の髪を撫でつける。指先からさらさらとこぼれる髪の感触が心地よく、何度も何度もくり返すと、カレスは次第にうっとりと力を抜きはじめた。その身体を肩から二の腕、また肩に戻って今度は背中へと、波のように風のように形を変え、それでも絶えることなく愛撫を続ける。

愛しいという気持ちが指先からあふれ出して止まらない。

愛撫の手を受け入れてもらえたことに安堵しながら、半面、暴力によって負った心の傷の深さは量りかねた。

ガルドランはかつて生家である公爵家を出奔《しゅっぽん》し、十年近くも傭兵暮らしで過ごした過去を持つ。

幾度も戦渦《せんか》をくぐり抜け、そのたび略奪された都市や街、村々を目にしてきた。

だから性的暴行を受けた男女が受ける心の傷、その顕れ方を幾種類も見聞きしている。暴行を受けた者は、性的行為ばかりか日常の接触すら一切受けつけなくなる場合も多い。

カレスはガルドランに触れられるのを拒んではいない。このままうまくいけば、心の伴わない残酷な行為の傷口を愛情によって癒すことができるかもしれない。

指の背で、陶磁器のように滑らかな頬から目許をそっと撫でてみる。カレスは急所である目の近くに指先を寄せられて一瞬緊張したあと、それでも力を抜いて眩しそうに目を細め、ゆっくりとガルドランの首筋に両腕を差し伸べた。

初めてカレスの方からすがりつかれて、ガルドランの身体の芯に痺れるような悦びが駆けめぐった。

ゆっくりと唇を重ねてみる。

カレスの荒れた唇を舌で湿らせ、歯のあいだを割って温かな口内に潜り込ませる。舌に触れ、歯の裏を探り、もう一度舌を絡ませる。

嫌がっていないか、惨い記憶に怯えていないか。

全ての感覚を研ぎ澄ませてカレスの反応をうかがいながら、唇接けを続ける。

左手で抱えた首筋はしっとりと汗ばみ、熱く脈打っている。優しく撫で下ろし撫で上げ、何度も愛撫をくり返す手の下の、肋骨の浮き出た傷だらけの胸も温まって柔らかい。

自分以外の人間が触れた場所は全て清めるつもりで、額からこめかみ、目許、頰に唇を落とし、鼻の頭を甘噛みしてから改めて唇接ける。それから顎、首筋、鎖骨から肩、腕から指の一本一本に至るまで丁寧に舌と指で愛撫を続けた。

背中から足指のあいだまで全身隙なく舐め清めるあいだ、カレスは片時もガルドランの左手を離そうとしなかった。弱い場所を探られるたび仕返しのつもりなのか、男の頑丈な指を口に含んでは軽く噛む、ということをくり返していた。

‡

「力を抜いて…」

言葉と共に後孔へ強い圧迫感と熱を感じて、カレスはこの夜初めてぎゅっと身体を強張らせた。

寸前までの温かい湯にひたされたような心地よさから、一転して冷水に放り込まれた衝撃が走る。

「…あ、……」

怯えで視界が揺らぐ。目の前に覆い被さる胸板の頑強さに息が詰まりそうだ。

「ぃ…、や…っ」

「カレス、大丈夫。俺だ。嫌なら無理にはしない」

「ぁ…、——…公、爵？」

「そうだ。おまえの嫌がることはしない。ただ、奴らにつけられた痕を消したい、俺の全てでおまえを満たしたいんだ…」

かき口説《くど》かれて、カレスはぎこちなく力を抜いた。

「…ん」

嘘でもいい。たとえそれが、気晴らしの遊び相手への偽りの睦言でも。

カレスが小さく頷くと、一度は退きかけた熱い塊が再び後孔に押し当てられた。背中にまわされた両腕で軽く上体を抱き上げられ、波間に漂うような穏やかな揺籃をくり返されるうち、ゆっくりと男の性器が身体の内に潜り込んでくる。カレスのそこが収縮すれば辛抱強く待ち、少しゆるむと慎重に進む。

先にさんざん指で慣らされていたにもかかわらず、身の内に男の全てを収めるまで、気の遠くなるような時間がかかった。

それでもガルドランの所作には欠片も乱暴なところはなく、性急に事を進めてカレスを苦しめることもなかった。

逆恨みの凌辱者たちにさんざん傷つけられたその場所が、温かい別の何かで癒されていく。抉られ嬲られた記憶が柔らかな慰撫に塗り替えられる。

「は、ぁ…っ」

小刻みに抜き挿しをはじめられてしばらくすると腰のあたりに重いような痺れがまといつき、カレスは呻いた。

「カレス…、平気か？　辛くないか？」

「ん…」

気遣いを見せる男の胸にすがりついて小さく頷く。

「少し動くぞ。辛くなったらすぐに言え」

ガルドランは抽挿ではなく、緩やかに腰をまわしはじめた。

「あ…、あ…ぅっ」

少しずつ息が上がる。小刻みな刺激を間断なく続けられて、熱の幕に包まれたように意識が朦朧としてくる。そうして自我の鎧が溶けかけたとき、優しく問われた。

「ノルフォール侯とのあいだに、いったい何があったんだ?」

「な、…にを、——ぁ…っ」

カレスは汗と涙でかすむ瞳を男に向けた。

「そら、いい子だから吐き出してしまえ」

言葉と同時に少し強く揺すり上げられる。

「ゃ…め——っ」

体内に鬱積した悲しみや辛さを吐き出してしまえと、その揺籃はうながしていた。

「や、…だ。もう、そこは……それ以上は…、責めたら、あ、ぁあ…——」

片脚を持ち上げられ、ガルドランの逞しい左腕に抱えられて、わずかに深く掘削《くっさく》をくり返されただけで息も絶え絶えになる。

「だめ…! ダメだ——、だめ……」

ひどくて優しい男の首筋にすがりつき、カレスは泣きじゃくった。


この男に全てを打ち明けて、『赦す』と言って欲しい。

自分を抱くのは気晴らしにすぎないと言った男に、過去の罪を告げ弱さをさらし、惨めな想いを知られても。それでも誰かに『赦す』と言って欲しかった。

その誘惑に、…負けた。

「……五年前、リオは下層街でひとりの少年を拾って来た…」

ガルドランは揺籃をゆるめ、代わりに手のひらや指を使った愛撫を続けてカレスの話をうながした。

「…あの子はこの街のどこにでもいるフェルス難民で、僕にはただの薄汚い子供にしか見えなかった。あの頃、リオはまだ領主の座には就いてなくて、ただの候補のひとりにすぎなかった…」

フェルス難民はノルフォールでひどく疎んじられていたから、そんな子供を身近に置くのは領主選びの妨《さまた》げになると忠告した。だけどリオは耳を貸さなかった。

リオがエリヤを構い続けたひと夏のあいだ、僕はずっと不機嫌だった。苛々して、エリヤが鬱陶しくて、憎しみすら感じていた。初めはどうしてそんなにあの子が目障りなのか解らなかった。

…馬鹿みたいでしょう？　僕は自分の気持ちも解っていなかったんだ。

夏の終わりにエリヤが、うたた寝しているリオの手にキスするのを偶然見かけて、雷に打たれたみたいに気づいた。

——ようやく気づいたんだ。

僕もリオにキスしたい。抱きしめたい、抱きしめられたい。兄弟としてではなく、友達としてでもなく、…恋人として！

エリヤさえいなくなれば当然自分が愛されると、馬鹿みたいに思い込んでた。

だからエリヤを追い出したんだ。おまえが傍にいるとリオの迷惑になる。おまえは邪魔だ、って。

あの子は欲もなくて素直な子だったから、少しきついことを言ったらすぐに出て行ったよ。

夏の終わりだった。すぐに厳しい冬が来る、そんな中に身寄りのない子供を放り出したのに、僕は罪悪感すら感じなかった。あの子はまだたった十四歳だったのに。

ただリオの傍から追い払えたことで満足だった。

これでまた、リオの『一番』は僕だって。

だって十年以上も、誰よりも傍にいたんだ。誰よりも優先されてきた。だからリオに、エリヤがいなくなったのは僕の忠告を聞き入れたからだと教えたときも、自分が悪いなんて思いもしなかった。

撲《ぶ》たれたよ。

『あの子にもしものことがあったら、おまえを赦さない』…って。

あのとき、僕は、僕の全部を否定された気がした。

エリヤが見つかって、なんとか一命を取り留めて、僕がふたりの関係を認めて、ようやくリオは前みたいに接してくれるようになった…。でも、心の底では今も僕のことを赦していない。

「だってエリヤは僕のせいで死にかけて、一生治らない胸の病を抱えてしまったんだ」

カレスはすがりついていた男から身を引くように、涙に濡れた顔を両手で覆った。

「僕はもう、永遠にリオと元の関係には戻れない。愛して欲しいって望むことすらできない…！」

「そんなに自分を責めるな」

身をよじって顔を背けようとするカレスの動きに逆らわず、ガルドランは一旦自身を引き抜いてカレスの身体を裏返し、改めて後背位を取った。

相手の顔が見えなくなったことで、心の奥に埋まっていた悲痛な想いを吐き出しやすくなる。

静かに、けれど強く下肢を押しつけられて抽挿が再開される。時々抉るように腰をまわされて、カレスは再び呻きはじめた。

「あ、ぁあ…――…ぅ」

追い上げられ、背後から力強く抱きしめられて。何重にも積み上げてきた心の防壁が、ついに崩れ落ちた。カレスは枕を握りしめて叫んだ。

「どうして、あの子なんだっ！　僕の方が、ずっと前から愛してた。エリヤなんかよりずっと前から、ずっと、ずっと――、愛していたんだっ…！」

それなのにどうして？　好きなのに、誰よりも好きなのに！

血を吐くような悲鳴と共に涙が迸る。

何年も押し殺してきた恋心が、救いを求めた瞬間だった。

カレスは嗚咽をくり返して大きく肩を震わせたあと、もうこれ以上は耐えられないとばかりに男の楔《くさび》から逃れて正面に向き直り、厚い胸板に爪を立てた。

「ただ気づくのが遅かった！　それだけで…っ！」

息も止まりそうな激情に耐え、何度も何度もガルドランの胸を叩く。

ガルドランは黙ってそれを受け止め続けた。

「…ぅ、っふ…ぅ」

泣きすぎて目の前がかすみ、息が上がって眩暈がする。力を失って敷布の上に沈みかけた拳と身体を横抱きにされ、耐え難い孤独を埋めるようにガルドラン自身が入って来る。

「ん――っ、んぅ…っ」

絶え間なく抜き差しをくり返されて。積年の後悔と下肢から広がる快感が、嵐のように渦巻いて何も考えられなくなる。

激しさを増した揺籃の果て、体内に熱い飛沫が迸るのを感じた。そこにもうひとつの鼓動を感じながら、カレスも精をあふれさせていた。

それはカレスが生まれて初めて味わった、体中が白い光に満たされたような一瞬だった。

ガルドランの腕の中で息を整えながら、カレスはずっと涙を流し続けていた。止めようとしても止まらない。壊れた水栓《すいせん》のようにあふれて仕方ないのだ。

これほど身も世もなく泣いたのは初めてで、性交時の激情が去ってしまえば、さすがに恥ずかしい。


けれど、無理に嗚咽を堪えようとすると、今度は胸のあたりが詰まって余計に苦しい。

「っ…ぅ、――っく」

「我慢するな、泣いていい。ずっと放っておかれた気持ちのために、泣いてやれるのはおまえ自身だけなんだから」

ささやきは胸郭《きょうかく》を震わせ、顔を埋めたカレスに伝わる。

「心も傷つけば身体と同じで手当てが必要になる。ちゃんと嘆いて悲しんでやらなけりゃ、膿んで爛れて壊死《えし》しちまう」

だから泣いていい。辛かったと、認めて泣いてやればいい。

甘い美声は子供のようにしゃくり上げるカレスをなだめ慰め、泣き疲れて眠ってしまうまで子守歌のように耳朶をくすぐり続けたのだった。

‡　偽りの光　‡

ライオネルが迎えに来たとき、カレスはちょうどガルドランに髪を梳いてもらっていた。自分でできると言っているのに、ガルドランはどうしてもやらせろと言って譲らない。

「前髪が少しうるさいな。目にかかりそうだ」

俺が切ってやろうかと言いながら、人差し指でひと房掬い上げ、琥珀色のカレスの瞳をのぞき込むと、昨日までとは違う透明感を増した瞳が、ふ…と揺らいでまぶたが落ちる。

「カレス…」

誘うように薄く開いた珊瑚色の唇に接吻しようとした瞬間、扉の向こうから来客を告げる召使いの声が響いて邪魔された。

「旦那様、ノルフォール侯爵様がお見えになりました」

「…ちっ」

ガルドランは小さく舌打ちして身を起こすと、一緒に腰を上げようとしたカレスをその場に押し留めた。

「おまえはここにいろ」

「大丈夫。これ以上貴方に迷惑をかけるわけにはいかないし…」

自分の傍でもっと身体を休めろと勧めるガルドランに、カレスは首を振った。

「もう…ずいぶんと、落ち着いたから」

静かに告げて立ち上がると、カレスはガルドランが差し出した手を丁寧に断り、落ち着いた足取りでライオネルの待つ客間へ向かった。

「カレス…！」

十日ぶりに顔を合わせたとたん、両手を広げて駆け寄って来たライオネルに抱きしめられた。

「——カレス…っ」

息も止まるほど強く抱きしめられて、胸がトクンと高鳴る。

「辛い思いをさせて、すまない」

耳許でささやかれた悲痛な詫びの言葉に、またひとつ胸が高鳴った。

この人はどこまで知ってしまったんだろう。

「私のせいで…ハーンに脅迫されたと聞いた」

辛そうに食い縛った歯の奥から絞り出された声が、原因は己の軽率な行動のせいだと認めている。

苦境にあっても太陽のように輝いていたライオネルが、こんなにも強く後悔に苛まれ苦しむ姿をカレスは初めて見た。

「……ハーン伯爵、から…？」

「そうだ。奴は爵位を剝奪されて、あらゆる特権を取り上げられた時点で錯乱状態に陥った。それ以来、いかに己が領主の座に就くべき正当性があったかを蕩々《とうとう》とまくしたて続けている。その主張の中に…、私とエリヤが城の中庭で――」

ライオネルはそこで苦しそうに一旦唇を閉ざし、深い慚愧《ざんき》で暗く翳った瞳をカレスに向けた。

「…中庭で抱き合っているのを目撃して、それを盾《たて》におまえを脅したと。――…すまなかった」

再び苦しそうにまぶたを閉じたライオネルに強く抱きしめられて、安堵のあまり力が抜ける。

僕の行為は間違ってなかった。リオはこんなにも悔やんでる、哀しんでる、僕を心配してくれている。

僕はまだ、必要とされてる…！

「気にしないで…ください」

薄い微笑みを浮かべ、項垂れたライオネルの頰に手を添えたカレスの反応に、ライオネルは驚きを隠せない様子で顔を上げた。

「カレス？」

「――いいんです。もう、済んだことだから」

もう一度微笑むと、再び強く抱きしめられた。

「すまない、カレス…！　私のせいで、おまえにどれだけ惨い思いをさせたのかと思うと…っ」

後頭部にまわされた手がうなじに移り、引き寄せられる。そのままライオネルの肩口に頬を預けてカレスは目を閉じた。

これほど親密に触れ合うのはずいぶんと久しぶりだった。こうして温もりを感じると、彼がどれほど自分の身を案じてくれているかが分かる。

まるで昔に戻ったように。

そのことが嬉しくて、すぐ傍にいるガルドランの存在は意識から消え果ててしまった。

「いいんです、リオ…。貴方を守れるなら、貴方のために何か役立てたのなら、僕はそれだけで――」

言葉を重ねるうちに、堪えきれない嗚咽で喉が震え出す。カレスは子供に戻ったみたいにライオネルにすがりついて上着を握りしめた。

「リオ、リオ…！　だから僕を…赦して。お願いだから、どうかもう赦して…！」

五年前のあの日から、ずっと胸の奥で叫び続けていた悲痛な願いを告げる声は、今にも消えそうなほど細い。


「赦すって、いったい何を？　それは、私がお前に請わなければならないものだ」

心底不思議そうに首を傾げたライオネルを見上げて、カレスは唇を震わせた。

今なら告げられるだろうか。だからエリヤに嫉妬して、屋敷から追い出したのだと。

好きだったと。「好きだ」と、ずっと告白しても赦してくれるだろうか。

「リオ…、僕は――」

熱に浮かされて口走ろうとした瞬間、すぐ傍らでこの愁嘆場《しゅうたんば》を見守っていたガルドランの姿が視界の隅に映った。それで少し冷静になる。

「あ…」

いくらなんでも、こんな状況で口にすべきことではない。ライオネルも困るだろう。

「カレス？　大丈夫だ、もう何も心配いらない。私と一緒に帰ろう」

心配そうにのぞき込んだライオネルに、目尻ににじんだ涙を拭われ肩を抱き寄せられて。カレスはそのまま、十日間世話になった公爵邸をあとにした。

馬車に乗り込んだカレスは、見送るガルドランを一度も振り返らなかった。だから、男の瞳が獲物を寸前で横取りされた狼《おおかみ》のように、悔しさと情けなさに揺れていたことに、気づくことはできなかった。


ライオネルと共にコルボナ通りの簡素な自宅に戻ってからの日々は、カレスが夢にまで見た蜜月の日々となった。

ライオネルははじめ、一緒に東翠邸へ帰ろうとした。けれどカレスがそれを嫌がると、以前のように無理強いすることなく素直にカレスの意志を尊重してくれた。

政務が終わればエリヤの待つ東翠邸ではなく、カレスの許に帰って来てくれる。会話にはエリヤのエの字も出てこない。

食事を共に摂り、共に眠り、カレスの許から政庁へと出かけて行き、そして帰って来る。

端から見ればまるで恋人同士のように親密な時間が続く中で、カレスはライオネルに好きだと告げる機会を逸《いっ》してしまった。けれど、こんなにも満たされているなら今さら告白など必要ない、そう思うことで自分を納得させた。

ライオネルの愛情全てが自分に注がれている気がして幸せだったからだ。

ハーンに脅され、性の生け贄《にえ》になったことは無駄ではなかったと思う。こんなふうにライオネルの注意を自分だけに向けられるのなら、凌辱されたことなど大したことではない。

夢のような多幸感に包まれたカレスの思考はどこか歪だったが、自分ではそれに気づけない。

歪みが警告されるのは夜の夢の中。

置き去りにされる夢。騙される夢。裏切りの夢。

起きているときの幸福感とは裏腹に、眠りは辛く、寝覚めは最悪だった。

うなされて目覚めるたびに、カレスは隣室で眠るライオネルの傍へ忍び寄り、寝顔をのぞき込んで、『だいじょうぶ…』

そう自分に言い聞かせて寝台に戻る。

自分に対する気遣いは愛情からではなく、ただの同情にすぎないかもしれない。

そんな嫌な考えが浮かぶたび、無理やり振り払う。

凌辱されたことを盾に、恋敵《エリヤ》からライオネルとの時間を奪い取っているという罪悪感は、もしかしたら本当にエリヤより僕を選んでくれたのじゃないか。

そんな独りよがりな希望にすり替えていた。


半月ほどの療養中に、ギゼルヘル・ハーン以下四名の暴行犯に対する密室裁判が行われた。

水も洩らさぬ厳重な警備の中、城館の一室に集まったのは領主でありノルフォール侯爵家の当主であるライオネル、証人のルドワイヤ公爵とヘリカ・ヘルノス子爵、高位の精霊使いであるワルド・ワルス。そして司法官長グリモア・ロウ。

カレスはそれらの人々の前で己が受けた暴行の有り様を淡々と語り、証人であるガルドランとヘルノスがそれを裏づけた。

事件は速《すみ》やかに処理され、すでに爵位を剝奪されていた主犯ギゼルヘル・ハーンは生涯蟄居《ちっきょ》。他三名も爵位剝奪、家財没収《ぼっしゅう》および領外追放を命ぜられた。

裁判のあいだ中カレスは毅然《きぜん》とした態度をとり続けていたが、それを見守るライオネルの方がよほど苦渋《くじゅう》に満ちた表情だった。

ガルドランは他を圧する威風を漂わせながらも終始無表情で、カレスと彼を気遣うライオネルに射るような視線を向けていた。

その視線を強く感じながら、やはりカレスは振り向こうとしなかった。

裁判が終わり、ライオネルに守られるよう寄り添われながら部屋を出ると、ガルドランが何か言いたげに近づいて来た。

カレスは約束どおり証人として裁判に出てくれた公爵にひと言礼を言おうとしたが、声の届く距離になる前に素早くライオネルに視界を遮られ、まるで親猫に運ばれる子猫のようにさっさと城館から連れ出されてしまった。

「ルドワイヤ公爵には私から充分礼を言っておいた。あの場でおまえと公爵が言葉を交わすのは、あまりよいことではないからね」

証言内容を偽造《ぎぞう》したと疑われるかもしれないから。ライオネルはそう続けた。

「ええ…」

カレスは素直に頷く。ライオネルに逆らって幸せな魔法が解けるのが恐かった。

裁判のあとも二度ほど、ガルドランから誘いの手紙が届けられたが、どちらもウィドを通して断りを入れた。

ライオネルとの蜜月を過ごしている今このときを、誰にも邪魔されたくはなかったから。

‡

密室裁判が終わって数日が過ぎた。

悪しき旧弊の中心的存在であったハーン伯爵が失脚したことで、領主としてのライオネルの基盤はようやく堅固になりつつある。

フェルス難民問題では、これまでいくら調べても闇に包まれていた支給金の行方が明らかになった。

今まで故意にフェルス人の悪い噂を捏造《ねつぞう》、流布《るふ》していた組織も摘発《てきはつ》された。それにより、差別意識が強く救済に後ろ向きだった者たちの考えも少しずつだが改められつつある。

賄賂や不正、詐欺《さぎ》同然の契約《けいやく》が横行していた土地関係の問題も証拠が挙がるようになり、瀆職《とくしょく》官吏があぶり出されるようになった。

連日、瞳を輝かせて政庁内での変化を語るライオネルを見て、カレスは仕事に復帰すると告げた。

「——もう、傷はほとんど痛まないし、僕がいないあいだにずいぶんと政務が滞ってしまったでしょうから…」

「無理はするな。皆、おまえがいない分は補い合ってがんばってる。今までいかにおまえに頼りきっていたのか、身に沁みたようだ」

自分も含めてな、とライオネルは苦笑した。

「でも…」

おまえはもういなくても平気だ。そう言われたような気がして、カレスは血の気が引いた。

「でも、ずっと家にいても、余計なことばかり考えてしまって…」

昼間、何もしないでいると取り残されてしまう気がして不安になる。いつまでライオネルとの幸せな日々が続くのか、今日も自分の許へ戻って来てくれるだろうか、今夜こそ東翠邸へ帰ってしまうのではないだろうか…と。

特にうたた寝をしてあの悪夢を見たあとは最悪で、居ても立ってもいられなくなる。

誰かに助けて欲しくて、ふいに隻眼の公爵のことを思い出すと、今度はそのことに動揺してしまう。

「皆には迷惑をかけないよう気をつけますから…」

伏せた睫毛を震わせてカレスが訴えると、ライオネルは少し焦った様子で頷いた。

「あ、ああ……、そうだな。カレスさえ平気なら、明日にでも復帰してもらおうか」


ライオネルがカレスの復帰を了承したのは、そうしなければ却《かえ》って彼の精神状態が悪くなるのではないかと心配したからだ。

もちろんカレスが仕事に戻れば、皆の負担が減り、誰よりもライオネル自身が助かる。それでも、本当はもう少し、今回の事件で蜂《はち》の巣《す》をつついたような騒ぎになっている政庁内が落ち着くまで、カレスには休んでいて欲しかった。

カレスは元々、有能だが生真面目で堅苦しく、私的な会話にはほとんど加わろうとしなかった。そのため政庁内にあまり親しい人間がいない。

ライオネルの右腕として名前と顔だけは知れ渡っているだけに、今回の事件について興味本位の噂を流す人間も多い。

裁判の場で語られた真実が外部に洩れることはなかったが、事件直後のどさくさにまぎれて犯人たちの従者や小者などから噂が広まったのだ。人の口に戸は立てられない。切れ切れの断片しかない噂は都合良く粉飾《ふんしょく》される。

これまで孤高の態度を崩そうとしなかったあの書記官長が、どのように凌辱者の手に堕ちたか。

男でありながら同性に凌辱されたという事実は、北部の人間にとっては充分衝撃的な醜聞になる。それが自分たちの上官であれば尚のこと。カレスがこれまで他人に対して一線を引いた態度を取っていたことと相まって、恰好の噂話の種と、身勝手な憶測の温床となってしまったのだ。

もちろんライオネルはそうした噂を静めるべく手を尽くしているが、目の届かない場所で耳から耳へと伝わり、おもしろおかしく誇張《こちょう》される噂にはさすがに手を焼いていた。


ライオネルが心配したとおり、復帰した政庁内で、カレスは予想以上に心無い噂話に痛めつけられることになった。

大らかな気質のフライシュタットで育ったライオネルが領主になってからは、いきすぎた差別行為には罰則《ばっそく》を設けたり、意識改革を推《お》し進めたりしているおかげで少しずつ理解されるようにはなってきていた。とはいえ、同性愛関係が発覚しただけで身の破滅に繋がった先代領主時代と、その価値観に長く身を置いていた貴族たちの多くには、根強い差別意識が残っている。

カレスが複数の男に『汚された』という事実に過剰なまでの嫌悪感を表す人間の多くは、ギゼルヘル・ハーンの許で甘い汁を吸い、その庇護《ひご》を失ったことで政庁内での立場が危うくなってきた者たちである。彼らは現状への不満と不安を、カレスへの嫌悪感としてぶつけることで、なんとか自己を正当化しようとしているのだ。

カレスが近づいただけで不自然に距離を取る。カレスの触れた物に直接触れようとしない。

至る所でひそひそと交わされる噂話。

そうした噂や心無い態度でカレスが傷つけば傷つくほど、ライオネルはかつてない細やかさで気遣いを見せてくれる。

エリヤが待つはずの東翠邸には一度も帰らず、ずっとカレスの自宅で寝起きを共にしてくれる。だから耐えられた。


『エリヤが寂しがっているかもしれない』

何度もそう思った。けれど、「彼の許に帰っていいですよ」とは絶対に言いたくない。

ライオネルも自分たちのせいでカレスが凌辱されたことに負い目を持っているのだろう、決して自分からエリヤの話題は出さなかった。

嫌悪、同情、哀れみ、好奇。ときには思いやりと気遣い。政庁内で様々な感情にさらされて疲弊しながら、それでも政務を終えて自宅で過ごすライオネルとの時間は、カレスにこの上ない悦びと安らぎを与えてくれた。

数日後。さらにカレスを喜ばせる出来事が起きた。

「カレス、明日はおまえの誕生日だろう。ふたりきりでゆっくり祝おう。場所はおまえの家にして、誰にも邪魔されないように」

夕方、書記官室にやって来たライオネルはこっそりカレスに耳打ちして出て行った。

あまりの嬉しさにぼうっとなる。

エリヤのことでふたりの関係がぎくしゃくしてから、カレスは自分の誕生日を祝うこと自体を無視してきた。政務が忙しいことを口実に贈り物も断っていたし、ライオネルもそれで納得していた。

ふたりきりの誕生日。

その甘い響きに胸がコトコトと高鳴る。

食事はどうしようか。外に出るのは避けたい。

ウィドに頼んで特別な料理を手配してもらおう。酒もいいものを用意させて。

緊張を強いられ続ける日々の中で、久しぶりにカレスの顔に微笑みが浮かぶ。もしその微笑みを目にする者があったなら、カレスに対する『可愛気がない』という理由の陰口は、鳴りをひそめたに違いなかった。


翌日は朝から霧雨《きりさめ》の天気となった。

本来ならいつ雪になってもおかしくない季節だが、奇妙に生暖かい風が吹き込んでいるせいで北部には珍しい天気が続いている。

「旦那様、お料理の方はこれでよろしいでしょうか?」

「うん。もうすぐリオが帰って来る。そうしたらおまえは下階《した》で休むといい。あとのことは僕ひとりでできるから」

ふたりきりで、とリオは言った。

甘い一時を誰にも邪魔されたくはない。たとえそれが忠実な従僕《ウィド》でも。

ライオネルよりひと足早く政庁から戻ったカレスは、珍しく繻子《しゅす》の上衣に、瞳の色に合わせて琥珀が埋め込まれた帯留めを身に着けていた。普段あまり腕を通すことのない絹の中着がなんだかこそばゆい。

頬を上気させたカレスを見て、ウィドも安堵したのか嬉しそうだ。

彼に言って酒もたっぷり用意させた。

今夜はきっと楽しい夜になるだろう。


カレスより少し遅れてライオネルが到着すると、

ふたりは食卓に着いた。

卓上にはカレスの好物のアザミのつぼみに塩鱈《しおだら》と香草を詰めて煮込んだもの。珍しい銀紅魚《ぎんこうお》に木の芽添え。銀紅魚はこの時季ほとんど出まわらないものだが、ウィドが特別に取り寄せたのだろう。ライオネルには仔牛の香草焼きと魚介の羹《スープ》。林檎と胡桃の包み焼き。色とりどりの新鮮な果物。それぞれの杯に食前酒を注《つ》いでウィドが退室すると、互いの目の高さに杯を掲げる。

「おめでとう、カレス」

「ありがとう」

微笑み合い、杯を傾けようとした瞬間、門前に馬車の止まる音が響いた。気づいたウィドが応対に出たのだろう、扉の開け閉めの音に続いてすぐに居間の扉が叩かれた。

「旦那様、東翠邸からのお遣いの方がいらっしゃいました」

カレスの手が揺らいで杯の酒がわずかにこぼれる。

ライオネルは風の早さで立ち上がり扉に向かった。

「東翠邸で何かあったのか」

急いで扉を開け放つと、ウィドの背後には見慣れた従僕の姿。

「アルリード様より、急ぎライオネル様にお伝えするようにと言いつかってまいりました。エリヤ様がお倒れになったと…」

「何だとっ⁉」

ライオネルは使者に摑みかからんばかりの勢いで問い詰めた。

「いったいどうして！　何があったんだっ」

「三日前からお風邪を召しになっていたのですが、ご本人が大したことはない、ライオネル様には知らせるなと言い張っておりましたので、お知らせするのが遅くなりました。それで、…先ほどひどく咳き込まれまして、その…、少量ですが血を」

「血を吐いたのかっ‼」

ライオネルは真っ青になって額に手を当てた。

「カレス、すまない。私はすぐ東翠邸に戻る。これは誕生日の贈り物だ。本当はもっときちんと祝ってやりたかったけれど、……すまない」

自分のためにその身を犠牲にしたカレスの許を去ることに、後ろめたさが残るのだろう。ライオネルは心底申し訳なさそうに眉根を寄せ、美しい彫刻が施された平たい飾り箱をカレスに手渡した。

箱から手が離れると同時に、視線も心もカレスから離れてしまう。どちらも丘上の東翠邸で彼の帰りを待っているエリヤの許へ飛んでいるに違いない。

引き留めるべき理由をカレスは見出せなかった。

「いえ…。僕のことなど気にせず、早くエリヤ殿の許へ行ってあげてください」

カレスの身体の傷は癒えたけれど、エリヤが抱えた胸の病は一生完治することなく、いつまでも命の危険に怯えなければならない。

それだけで、カレスに勝ち目はない。たぶん最初から、そんなものはなかったのだ。


「すまない、カレス。本当に…すまない」

何度も詫びながらライオネルはエリヤの許へ帰って行った。

あとに残されたのは手つかずの祝い料理と贈り物。シン…と静まり返った居間に立ち尽くし、カレスは冷めていく料理をぼんやりと見つめた。

絹の慣れない肌触りが急に鬱陶しくなる。着替えようかと寝室に足を向け、思い直して立ち止まる。

「ウィド、せっかく用意してもらったのにすまないけれど…。手をつけてないから料理は施慈院へ届けて欲しい」

「…では、旦那様の分をお残しして」

「僕はもう食べないから、全部片づけてしまって構わない」

「旦那様…」

「食べたければ、ウィドも好きなものを食べていい。でも、僕はいらない——」

きっぱりと言い切って背を向けたカレスに、それ以上どう声をかけていいのか判らなかったのだろう。ウィドは黙って頭を垂れた。

寝室でウィドが後片づけしている音を聞きながら、カレスは意味もなく部屋の中を歩きまわった。身体を動かしていないと、何か恐ろしい考えに捕まりそうで立ち止まることができない。

——例えば、カレスとエリヤが同時に命の危険にさらされたとする。ライオネルがまず救いに行くのはエリヤで、見捨てられるのはカレスの方。それは前から判っていたことだ。今さら事実を突きつけられて動揺するのも情けない。

例えば孤立無援の場所。……そう、あの赤砂漠で遭難した場合。ひとりが犠牲になれば残りふたりは助かる、そういう状況に置かれたとしたら？

エリヤはきっと真っ先に自分が犠牲になると言い出すはず。そしてライオネルはエリヤを死なせるくらいなら自分が…、そう言い出すだろう。ライオネルが死んだりしたら残されたエリヤもカレスも絶望にのたうちまわることになる。エリヤが死ねばライオネルが絶望する。

エリヤとライオネル、どちらを亡くしても誰も幸せになれない。けれどカレスが死ねば、少なくとも一組の恋人同士は幸せになれる。

もちろんリオは悲しんでくれるだろう。でもエリヤを失うのに比べたらきっと大した事じゃない。

カレスが今この世からいなくなっても、半身をもがれるほど辛い思いをする人間はいないのだ。

「仕方ないじゃないか…」

たどり着くのが恐くて、目を逸らしてきた残酷な答えに捕まる。

どんなに待っても、尽くしても求めても、リオは決して僕をエリヤのようには愛してくれない。

……決して、彼の一番にはなれない。

換えのきかない唯一無二の存在にはなれない。

「ど…して」

何がいけなかったんだろう。

両手に顔を埋めて歯を食い縛り強く目を閉じる。問うまでもなく理由などわかりきっていた。

自分が醜く浅ましい心根の持ち主だからだ。

「旦那様、それではこれからユルドの施慈院までお料理を届けに行って参ります」

忠実なウィドが出かけてしまうと、家の中は恐いほどの静けさに包まれた。その静寂に追われるようにカレスは部屋を飛び出した。

外はもうすっかり日が暮れて、雨足もずいぶんと強い。大通りに出て街馬車を拾い行き先を告げる。

「グロリオ通りまで」

そこにはガルドランの屋敷がある。

今さら都合の良すぎる訪問であることは解っている。それでも今夜は独りであの家にいたくなかった。

裁判のあと、二度目の誘いを断ったとき、それでも隻眼の公爵はウィドを通して『気が向いたらいつでも来るといい』そう言ってくれた。だったら今夜訪ねても構わないはず。

自分が身勝手な行動を取っていることは百も承知だ。けれど今夜だけは独りでいたくない、――どうしても。

‡ 身喰《みぐ》い ‡

通い慣れた道を馬車に揺られてたどり着いたのは、冬でも常緑樹が鬱蒼と生い茂る庭先。

降りしきる雨の中、相変わらず衛士《えいし》もおらず鍵もかかっていない前門を細く開けて忍び込み、夜目にも白い敷石を踏みしめて歩く。

正面玄関までのわずかな道のりで、ずいぶん濡れてしまった。また男に小言を言われるかもしれない。

小さく笑いながら顔を上げると、木立のあいだから垣間見える扉前に見慣れない馬車が停まっていた。

ノルフォールではあまり見かけない形。扉と後板に繊細な飾りが施されているところを見ると女性用らしい。屋敷に乗りつけられたそれに、なぜか嫌な予感が走る。

カレスは立ち止まり、そこから一歩も動けなくなった。

雪解け水のような冷たい雨が降りしきる中、見えない『何か』に怯えてどのくらい立ち尽くしていただろう。まるで芝居の開幕を告げるように、扉が静かに開いた。

斜めに射し込む蜜色の光の中から現れたのは、カレスがこの屋敷に通うようになってから一度も目にしたことのなかった存在、——優美に黒髪を結い上げた貴婦人だった。

半身に光を浴びた女性の美しさは、遠目でも判るほど。

カレスは息を呑み、とっさに庭木の影に身をひそめた。すでに肌着に染み込むほど濡れていた身体が、木の葉からこぼれる露でさらに濡れる。

女性に続いて現れたのは当然ガルドランだった。

扉から馬車までのわずかな距離を指し示し乗車をうながす所作は、流れる水のように洗練されていた。カレスには見せたことのない優美な動きで左手は腰へ、右手は彼女の片手へと添えられる。

目の前でくり広げられてゆく親密な情景。

カレスは出る芝居を間違えた間抜けな役者のように、いたたまれない思いで呆然と立ちすくんだ。

振り向いた貴婦人の手がガルドランの頬にかかり、それに応えて屈んだ男の顔が、女性の華奢な影と重なる。

交わされる抱擁。彼女の耳許でささやかれているのだろう睦言。

彼女は愛しげに何度もガルドランの頬に触れてから、ようやく馬車に乗り込んだ。窓から差し出された手にうやうやしく接吻を落とすガルドラン。

走り出した馬車が見えなくなるまで、名残り惜し気に見送るその様は、どう見ても愛しい女《ひと》との別れを惜しむ男の姿である。

車輪の音が消えるまで立ち尽くしていたガルドランは、大きく肩を落として扉の中に入ろうとした。しかしふいに顔を上げ、カレスのひそむ茂みへと視線を向けた。

ガルドランの立つ場所からカレスの姿が見えるはずはない。

カレスは背丈ほどもある茂みの陰に身を隠していたし、玄関から洩れる光もここまでは届かない。

視線を向けていたのはわずかな時間で、ガルドランは思い直したように小さく頭を振り、そのまま扉の中に姿を消した。

辺りが再び闇に包まれる。窓辺から洩れる灯りは細く淡く、カレスの許までは届かない。

闇の中でカレスは独りぼっちだ。

そこにいることに気づく人間など誰もいない。

——当然だ。そんなふうに生きて来たのは僕自身の責任なのだから。

自嘲に頬を歪めてそっと後退る。カレスはゆっくりと屋敷から、そしてガルドランという存在から逃げ出した。

自分の足下だけを見つめてひたすら歩く。馬車に乗ることなど欠片も思い浮かばない。

負け犬のようにあの場を逃げ出したことの意味。ガルドランが女性と親しくしている姿を見ただけで、なぜ自分はこれほど動揺しているのか。寒さのせいでなく両手が無様なほど震えていることの理由。そうした全てのことを氷雨に打たれる辛さで誤魔化した。

どれほど動揺していても、気づけばきちんと自分の家に戻っていた。

冷え切って強張った手で扉を叩く。

「ウィド、開けてくれ…」

主人の不在に気を揉んでいたウィドは、矢のように飛び出して来た。

「旦那様…、ああ、旦那様！　心配いたしました。いったいどうなさなったのですか、そんなにびしょ濡れになって。とにかく中へ。着替えを…いえ、その前に湯浴みを」

かいがいしく世話を焼くウィドの為すがまま、カレスは湯を浴びて用意された着替えに腕を通し、暖められた寝室に戻った。

どこに行っていたのか。どうして濡れ鼠で帰って来たのか。カレスが答えたくないことをウィドはひとつも聞かなかった。

ただ黙って主を寝台に追いやり、大きな杯に満たした湯割りの蜜酒を手渡すと、カレスが全て飲み干すのを見届けてから、お辞儀《じぎ》をして静かに部屋を出て行った。

誠実な従僕が用意してくれた暖かさと静けさと闇の中でも、カレスは眠れなかった。頭の中は濡れた毛糸を詰め込まれたように混乱して収拾《しゅうしゅう》がつかない。

何かにひどく心をかき乱されていて、その原因を探ろうとすると胸が引き裂かれるように痛む。

痛みは、『触るな』『考えるな』という警告だ。

暖炉の熾火《おきび》に淡く浮かび上がる部屋の中、夜目はますます冴え渡り、胸の奥は今にも握り潰されそうなほど苦しい。

カレスは静かに起き上がり、ぼんやりと辺りを見渡した。寝台脇の小卓の上に飾り箱を見つけて、青白い手を伸ばす。

箱は数刻前、慌ただしく渡されたライオネルからの贈り物。今となっては毒に触れるような気持ちでその蓋《ふた》を開けてみる。

中には天鵞絨にくるまれた真新しいひと振りの短剣が収められていた。

柄と鞘に古代語を基にした精巧な意匠《いしょう》が凝らされたそれは、もう何年も前、まだライオネルとふたりで首都ラ・クリスタの大学に通っていた頃に、カレスが装具商で見つけたものだった。

宝石、服飾品の類にはまるで興味を示さないカレスが、唯一執着を示した逸品《いっぴん》で、珍しいことだからと、すぐにライオネルは店に入った。けれど展示されている物は非売品。新たに注文したとしても、作者は気難しい上に国内外からも評判を聞きつけた人々の予約で何年先までも一杯だと言う。

さらに、たかが短剣とはいえひと振りの値段も破格で、地方の小領主の息子が気軽に支払える額ではなかった。

あのときカレスはすぐにあきらめた。けれどライオネルはずっと覚えていてくれたらしい。

短剣はまるで自ら光を発しているように、薄闇の中から優美に浮かび上がる。手に取って鞘から引き抜くと、蒼紫色の刀身が現れた。露を弾くほど磨き込まれた鋼の色はそれだけで宝石のように美しい。

カレスは魅入られたように刃を見つめた。

今ここで剣を手にしたことが、まるで天啓《てんけい》のように感じられる。

それがライオネルからの贈り物だということにも、重要な意味があるのではないか。

カレスはゆっくり夜着の前を開いた。闇に浮かび上がる己の青白い胸肌に刃先を当ててみる。

ひんやりとした刀身の感触が得も言われぬ感覚を呼び起こし、夢見心地のまま、するりと軽い気持ちで一文字《いちもんじ》に刃を滑らせてみた。

すっぱりと肉が薄く割れる感触。少し遅れて痺れるような痛みと血があふれ出す。薄闇の中では黒い影にしか見えない生暖かな体液を指先で掬い、ぬるりとしたその感触に言い様のない安らぎを覚える。

しばらくは、あふれ出したひと筋の血が胸を伝い腹のあたりにまで届くのをうっとり眺めていた。けれど浅い傷からの出血は痛みのわりにすぐに治まってしまう。

「…つまらないな……」

今度は縦に刃先を走らせてみる。胸に十字の朱線が生まれ、新しい傷口から新しい血があふれだした。

それからカレスは出血が収まるたびに刃を走らせ、新しい傷を生み出していった。

赤い血が流れる様が心地いい。肉を裂く瞬間に感じる、ぴりりとした刺激。息を詰め、痛みに耐え、そのあとに訪れる奇妙な酩酊感に思考が乱れていく。

何かがおかしい。どうしてもうまくいかない。

いったいどこで間違ったのか…。

どうやったら元に戻るんだろう。

どんなに強く目を閉じても、ガルドランが美しい貴婦人に唇接けていた姿が脳裏に焼きついたまま離れない。

氷雨の中をずぶ濡れになって歩き続けても、どんなに強く頭を振っても、追い払うことができない。

奈落の底に落ちる、その寸前。ぎりぎりしがみついていた命綱が切れて、…カレスにはもう、すがるものが何もなくなってしまった。

ライオネルがエリヤの許に帰ってしまったことより、ガルドランが自分ではない誰かに唇接けしていたことの方が辛かった。

そんなことに、誤魔化しようがないほど動揺している自分が信じられない。

血で汚れた両手で頭を抱え込んで、首を振る。

——最初から気晴らしの相手だと言われてたじゃないか…。

恋人というわけでもない、好きと言われたこともない。自分だって都合良く彼のことを利用していただけだ。あの男に恋人が…、美しい女性の恋人がいたってことに、今さらどうしてこんなに衝撃を受けなければいけないのか――。

公爵位にあり、さらにあの年齢であれば当然結婚もしているはずだ。たぶん故郷に戻れば夫人と子供が待っているだろう。

そのことに、どうしてこれまで一度も思い至らなかったのか。

――…彼が、優しかったからだ。

胸が痛い。

息が止まるほど、どうしてこんなに辛い。苦しい。手の届かない胸の奥が痛くて苦しくてたまらない。

だから身体を傷つける。

肉の痛みを感じているあいだだけは、心を腐食《ふしょく》させる酸のような苦しみを忘れていられるから。

そうして冬の遅い夜明けが訪れるまで、独り遊びに没頭する子供のように、カレスは胸に浅く小さな傷を作り続けた。

「旦那様…。お目覚めでございますか？」

遠慮がちに扉を叩く音と共に、忠実なウィドが起床の時刻を知らせてきた。

「…うん。――仕度をして下りて行くから、部屋には入らなくていいよ」

カレスは少しかすれた声で答えてから、夢から覚めたように自分の姿を見下ろした。

赤黒く乾いて固まった血の跡。じくじくと血がにじみ続ける新しい傷口。両手も胸も、下腹のあたりまで、食餌《しょくじ》をしたばかりの肉食獣のような有り様だった。

一晩中夜気にさらされ、すっかり冷えて強張った身を起こし、割れるような頭の痛みに顔をしかめながら、血で汚れた夜着を脱ぎ、水差しで湿して身体を拭う。

服一枚をだめにして汚れを落とすと、まだ血の滲んでいる傷だらけの胸に、厚手の手巾《ハンカチ》をぞんざいに押し当てた。血で張りついた布の上から手早く肌着と上衣を羽織り、身支度を済ませると、汚れた夜着を暖炉に放り込む。小さな熾火に濡れた布は重荷すぎたのか消えそうになり、慌てて焚《た》きつけを足した。火勢を強めて布が燃え尽きるのを、カレスは用心深く見守った。

朝食は、特に身体の温まる献立が用意されていた。

昨晩の詫びも兼ねて出されたものを全て食べてみせると、ウィドはとても喜んだ。

「お顔の色が優れませんが、これだけ食欲がおありになれば心配はございませんね。昨夜、雨に当たられたので熱が出るかと気を揉みましたが、ようございました」

心底カレスの身を案じていたのだろう。安堵のあまりウィドは少し饒舌になり、主人の身体から立ち昇るかすかな血の臭いには気づかなかった。そして、あとでカレスが食べた物を全て吐いてしまったことにも…。

登城した政庁内でも、カレスの自傷行為《じしょうこうい》に気づく者はいなかった。カレスはいつも以上に無表情だったし、多少動作が緩慢《かんまん》なことを除けば特別変わった様子は見せなかったからだ。

その日、昼を過ぎてから姿を現したライオネルの方がカレスよりよほど憔悴《しょうすい》して見えた。

「リオ、…彼の、容態《ようだい》は？」

ふたりきりになったわずかな隙に、カレスはエリヤの様子を訊ねた。ライオネルは額を片手で覆うと小さく首を振って見せ、

「風邪をこじらせたんだ。もっと早く気づいていれば、あれほどひどくはさせなかったのに…」

深い深い溜息は、自分を責めている証拠。

そしてカレスにはその言葉が、

『おまえにばかり気を遣っていたせいで』

…そんなふうに聞こえてしまう。

ごめんなさい、僕のせいで。

エリヤだったらすぐにそう謝っただろう。そしてライオネルもすぐに「おまえのせいじゃないよ」と否定するはず。

解っているから逆にカレスは何も言えなくなる。謝ることが、「おまえのせいじゃない」――そんな許しを得るための言い訳のようで、ずるい感じがして仕方ない。

「今日はどうしても必要な案件だけ片づけたら、すぐに東翠邸に戻る。あとのことを頼んで構わないだろうか？」

「…ええ、大丈夫です。エリヤ殿についていてあげてください。病気のときはいつもよりずっと気弱になりやすいですから」

空虚な言葉を淀みなく連ねて、カレスは頷いた。

「――おまえは、もう…大丈夫なのか？」

肩に手を置かれ確認を取るように訊かれたら、首を縦に振るしかない。

「ええ、大丈夫です」

貴方から見て大丈夫に見えるのなら、きっと大丈夫です。たとえどんなに胸が痛んでも、辛くても、大したことじゃない。

カレスは強く自分に言い聞かせ、去って行くライオネルを見送った。

その日から政務に関すること以外、打ち解けた会話がほとんどない日々が続くようになった。

ライオネルは、自分では態度を変えたつもりはないかもしれない。

けれど今のカレスは、ライオネルに名前を呼ばれる回数や自分と会話するとき笑みを浮かべてくれるか否か、調子はどうかと訊ねてくれるかどうか、そうしたささいな変化が気になって仕方がなかった。

視線を先に逸らされただけで、自分の存在を否定されたような気がする。会話の途中でふいに黙り込まれると、責められているような心地に陥る。

元の状態に戻っただけ。

いくら自分に言い聞かせても、長年の恋心を自覚してから初めて与えられた蜜月の記憶がカレスを苦しめる。ライオネルの態度がよそよそしく感じられて仕方がない。

「おはようカレス。徴税方法についてラ・クリスタに問い合わせていた件はどうなった?」「護岸工事について苦情が挙がってるそうだけど私の許に報告が来ていなかった。書記官の管轄《かんかつ》のはずだが、どうなっているんだ」「そろそろ軍の連中とひと揉め起こりそうだ。しっかり見張っていてくれ」

肩を叩いて励まされても、以前のように喜ぶことができない。ライオネルはカレスのことを頼りになる書記官長としてしか見ていない。

そんなふうに感じはじめるともうだめだ。自分の存在価値や、生きている意味すらひどく曖昧になる。ギゼルヘル・ハーンに注ぎ込まれた毒が今頃まわってきたのかもしれない。

ライオネルは自分をどう思って傍に置いているのだろう。兄弟同様に育った仲とはいえ最愛の恋人を殺しかけた人間だ。恨んだことも憎んだこともあるはず。

『おまえのせいで、エリヤが——』

幻の声が聞こえるたびに強く目を瞑《つむ》って耳を塞ぐ。そうすると今度は別の声が聞こえてくる。

『ライオネルは君が思うほど、君のことを考えているのかい?』

『自分にとって役に立つ人間だから、君を優遇しているだけじゃないのかね?』

違う。そんなはずはない。必死になって否定しても、湧き上がる疑問は消せない。

——だったらどうして、ライオネルはおまえに素っ気ない態度を取るようになったんだ?

それは…、リオがまだ僕を赦してないから。そしてリオが赦してくれないのは、きっと僕の苦しみ方がまだまだ足りないせいだ。

根拠のない不安は精神《こころ》の均衡を欠きはじめた証拠

だが、自覚することもできない。眠れない夜が続く。食べた物は端から吐いてしまう。その上、一日一度は自分を傷つけて血を流さなければ安心できない。そんな状態がまともであるわけがない。

けれど今のカレスには救いを求めるべき人も、異状に気づいてくれる人もいなかった。

隻眼の公爵を思い浮かべない日はなかった。けれど、のこのこと出向いて行ったその先で、

『今日は恋人と過ごしたいからおまえは遠慮してくれ』

そう言われたら、いったいどんな顔をすればいいのか。不安なら、あの女性は誰なのかと直接訊いてみればいい。そう考えただけで身がすくむ。指先が震える。

拒絶されることを恐れるあまり、曖昧なままでいる方をカレスは選んだ。真実から目を背けていれば、少なくとも都合のいい夢を見続けることだけはできるのだから。

‡

昼間は冷静な大人の顔をして政務に励みながら、夜になると飽きもせず、カレスは無邪気な遊びに没頭する子供のように身体を傷つけ続けた。

——だってこれは償いだから。

エリヤが吐いたという血はどのくらいだろう？彼と同じだけ血を流せば、リオは赦してくれるだろうか。

傷口はすぐに熱い痺れに覆われ、そして重苦しい強張りに変わる。強張った肉の中に鈍い痛みが沈み込む。その痛みが心地いい。塞がろうとする傷口を無理に開いたり、わざと動かしたりするたびにぴりりとした刺激が走る。

くり返す自傷行為はカレスに慰めを与えてくれる。自分を傷つけ、その傷が醜くなればなるほど安心する。赦されるような気がする。

でもまだ足りない。全然足りてない。

時々『自分は少しおかしいのではないか』と思うことはあったが、狂気に蝕まれる不安より、ライオネルにふり向いてもらえない現実の方が苦しかった。

——僕のことを本当に赦してくれたら、エリヤじゃなく僕を愛してくれるはず。

くり返すたび、その考えはカレスの中で揺るぎのない強固なものになってゆく。

カレスは二十年近くライオネルの傍にいて、彼の〃一番〃だった。それなのにエリヤが現れたとたん、その場所は呆気なく奪われた。

自分がライオネルに選んでもらえなかった理由を何度も何度も考えた。たどり着く答えはいつも同じ。

——僕がエリヤにひどいことをしたから。

だからリオは僕を見損なって落胆して、前みたいに愛してくれなくなった。でも、僕がちゃんと罪を償って赦してもらえたら、昔みたいに〃一番〃にしてくれるはず…。

カレスにしてみれば筋の通った論理だが、——そこには無意識にねじ曲げられた部分がある。ライオネルがエリヤを選んだのは、カレスがエリヤを屋敷から追い出す前。

論理は最初から破綻《はたん》している。

けれどカレスはその考えにしがみつくことでしか、自分を納得させられない。

自分がリオに愛してもらえないのは欠けた——嫉妬で人《エリヤ》を殺しかけるような身勝手で醜い部分があるからだ。

そう考えなければ、自分がライオネルに選ばれなかった事実を受け入れることができない。

そして罪を償い赦してもらえれば、ライオネルに愛してもらえるはず。そう信じ込むことで心の均衡を保ってきた。

だからもっともっと苦しまないと。エリヤよりももっと。…エリヤは不法鉱山でどのくらいひどい目に遭ったんだろう？　胸の病ってどのくらい苦しいんだろう？　こんなふうに剣で突き刺すだけじゃ、ぜんぜん足りない…。だって最近あまり痛くない。血はたくさん出るのに、変だ。それにこの頃は血じゃなくてドロドロした変な色の液がにじむようになって、少しつまらない……。

子供のような考えを心の中でこねくりまわしながら、毎晩自分を切り裂き続けたカレスの胸は、数日が過ぎるとまるで踏み荒された泥土のような有り様になり、体重も急激に落ちはじめた。

「旦那様…、お医者さまに診ていただきましょう」

誕生日の夜から五日目の朝。寝室から出てきたカレスをひと目見たとたんウィドはそう宣言した。

「——…」

壁に掛かった鏡に映る自分の姿を改めて見直し、カレスはしばらく考え込んだ。顔色はまるで紙粘土《かみねんど》のような有り様で、ウィドがとんでもなく心配するのも無理はない。

「心配しなくていい。少し寝不足なだけだから」

言いながら洗面室に逃げ込み、さてどうしたものかと考えて、そこに飾られていた薄紅《うすべに》色の薔薇が目に留まる。花びらを摘んで揉み込み、にじみ出た紅色の汁を水で薄めて頬に塗ってみた。仕上げに唇へ少し濃いめに塗りつければ、血色の良い顔のできあがりだ。よほど間近で見ない限りばれないだろう。

さらに数日が過ぎ、日々は少しづつ現実感を欠いていく。

自分のまわりは透明な氷板で囲われてしまったようで、見るもの、触るもの、聞こえる音、そういった全ての刺激が他人事のようになった。

ぬるま湯にも似た無感覚に包まれてしまうと、逆に針の筵《むしろ》だった政庁内での勤めは楽になる。

カレスが触れた証書用の印爾《いんじ》を嫌味たらしく拭き清めてから運び出す官吏を見ても何も感じない。

相変わらずささやかれ続ける噂話も、遠くで飛び交う羽虫の音程度。

膿んだ傷を胸に抱えて半月。

表面は繕えても身心はボロボロで、ついに日中の政務にも影響が出るようになった。ぼんやりすることが多い、指示が不明瞭であると指摘される。

「やはり複数のそれも同性に、その…乱暴されたせいじゃないかね？　後遺症が出てきたのでは？」

「案外あっちの味を覚えてしまって、身体が疼いているとか」

「無責任なことを…、でもそういうこともあり得ますね。最近の書記官長殿はずいぶんと無防備な表情で、何というか妙な色気が出てきたように見受けられますよ」

「色気ときたか。そう感じる貴殿こそ危ないんじゃないかね」

「失敬な、私にそっちの趣味はありませんよ」

誰もがその理由を例の暴行事件と結びつけ、無節操な噂を振りまく連中はあとを絶たなかった。


数日後には冬至を迎える年の瀬の午後。

南翼の日当たりの良い一室で開かれた御前《ごぜん》会議の席で、カレスは一時《いっとき》世界との接点を失った。

「年明けからいよいよ軍司の内部改革および規模縮小を断行する。これに関しては一部の将軍や旗長らが長年根強い抵抗を見せていたが、先のギゼルヘル・ハーン逮捕で擁護派の結束が崩れた。この機会を逃すことなく速やかに軍部勢力を削いでいきたい」

「間違っても、叛乱《はんらん》なんぞ起こされてはたまりませんからな」

十名足らずの文官のみで構成された会議は、表向き冬のあいだに公庫から拠出《きょしゅつ》する小麦の量の取り決めである。しかし実際に話し合われているのは隣国への防衛地として肥大化したままだったノルフォール軍解体の方法であった。

隣国フェルスが滅亡してから十五年も経つのに、

戦闘に備えて養われている純戦闘兵が未だ大量に存在している。目的を失くした大量の領兵たちの存在はノルフォールの財政を圧迫し、治安を悪化させている。首脳陣にとって最も頭の痛い問題だ。

「どの旗軍隊を解体するかについては書記官長の方から発表してもらおう」

領主にうながされた書記官長は、視線を手許に落としたまま何も応えなかった。

「カレス？」

ライオネルが小声で名を呼んでも反応がない。

ざわ…と人々の視線が揺らいで書記官長に注がれる。それでもカレスは身動ぎもしない。

「…やはり……」

「——あんなことがあったあとだから…」

円卓に座した隣人同士で交わされたささやき声はライオネルのひと睨みで立ち消えたが、カレスは無言のままだった。ライオネルは厳しい表情で立ち上がりカレスに近づいた。

「カレス、どうした？」

静かに声をかけ手を置いた瞬間、ライオネルは服に覆われて分からなかった肩の薄さにぎょっとした。改めて背中に腕をまわし、手のひらにごつごつと当たる背骨の感触に息を呑む。

「…皆、ひとまず休憩《きゅうけい》にしよう」

ライオネルは宣言して、固まったままのカレスを抱えて立ち上がらせると、皆の好奇の視線から庇うように肩を抱き、そのままゆっくりと親友を部屋の外へ連れ出した。

「カレス、カレス？」

どうしたんだ？　どこか苦しいのか、と話しかけてもカレスはゆるく首を振るだけで何も応えない。

「しっかりしてくれ。いったいどうしてしまったんだ？」

領主用の私室に連れ込んで長椅子に座らせ、肩を強く揺すってみると、ようやく小さな応《いら》えが返る。

「な…んだか、眠くて…」

「――…なんだって!?」

ほっとすると同時に、答えのあまりの不可解さに、ライオネルは言葉を失った。

祖父の時代の、やる気のないお飾り官長ならともかく、そんな理由でカレスが大切な会議中に自失状態に陥ることなど有り得ない。

「す…みませ…、戻ります…」

今にも倒れそうなほどふらつきながら、それでも立ち上がろうとしたカレスを押し留めて、いいから休めと言い聞かせる。

「すぐに精霊使いを呼ぶ」

「…いりません」

立ち上がろうとしたライオネルの袖口を摑んで、カレスは嫌そうに首を横に振った。その指先が可哀想なほど白く強張り震えている。一瞬ためらったものの、この状態で聞いてやるわけにはいかない。

「だめだ、診てもらえ。これは領主命令だ」

それでも袖口を摑んだまま放そうとしないので、ライオネルは素早く上衣を脱いでカレスの許を離れ、扉の外に待機している衛士に精霊使いを呼ぶよう頼んだ。領主の典医であるワルド・ワルスはちょうどエリヤの治療のため東翠邸に泊まり込んでいる。次位の者を連れて来るよう指示したライオネルは、すぐにカレスの傍に戻り、

「精霊使い以外は、呼ぶまで誰も入って来ないようにしておく。会議が終わるまでここで休んでいるんだ。いいね」

声を和らげて言い聞かせると、カレスはあきらめたように力なく頷いた。その顔に痛みや苦しさを堪えている様子はない。ただ顔色がひどいことだけは気になった。しかし、皆を待たせているのでこれ以上長居もできない。

「会議が終わったら、一緒に東翠邸に戻ろう」

長椅子にカレスを横たえ自分の上衣をかけてやり、素直に目を閉じた栗毛をひとつ撫でてやってから、ライオネルは会議の場へと戻って行った。

日暮れ前にライオネルが私室に戻ると、カレスはきちんと椅子に座って待っていた。脇には上衣が丁寧に畳《たた》まれている。

「迷惑をかけてすみませんでした」

開口一番に謝り頭を下げる姿は、もういつものカレスだ。

「たぶん貧血だと思います。最近、少し寝不足気味だったので。体調管理も仕事のうちなのに、無様な姿をさらしてすみませんでした。二度とこんな失態はしません。許してください」

そう言って項垂れる親友の艶を失くした髪を見つめながら、ライオネルは眉をひそめた。

この部屋に戻る前に、精霊使いから報告を受けている。カレスが頑なに拒んだのであまり詳しい診察はできなかったと断りながら、診立てでは心身共に疲労が溜まっており、とても政務を続けられる状態ではないらしい。

「…それで、会議はうまくまとまりましたか？　誰か異議を唱えたり何か問題が」

いつもと変わらぬ口調で仕事の話をはじめようとしたカレスを、ライオネルは遮った。

「カレス、おまえしばらく休養を取れ」

「え…っ」

カレスは勢いよく顔を上げた。元から白い顔色が、これ以上ないほど蒼白く強張る。

「そ…んな、身体はもう平気です」

「無理だ。複数の官吏から最近のおまえは上《うわ》の空《そら》でいることが多いと苦情が出ている。それに」

「リオ、注意力が落ちていたのは謝ります。だから、いらないなんて言わないで。迷惑をかけないよう気をつけて、一生懸命がんばるから」

必死に言い募るカレスに痛ましさを覚えながら、ライオネルは言い聞かせた。

「何を言ってるんだ？　いらないとかそんなこと一度も言ってないだろう。私はただ、おまえの身体を心配してるんだ。おまえまた痩せただろう？　まるで骨と皮みたいだったぞ」

「――っ…、見たんですか…身体？」

「え？　いや、服の上からでも分かるだろう、そんなにギスギスに痩せてたら」

怯えたように胸の前を両手で庇うカレスの姿を怪訝に思いながら、ライオネルは手を伸ばしてそっとカレスの腕に触れた。

「…ハーンにつけられた痕を気にしているのか？　嫌がるのを無理に見せろなんて言わないから、安心しろ」

「ええ…」

「やっぱり独りにしておくのは心配だ。あんな事件のあったあとだし。おまえなんだか言動が妙だぞ。とにかく体重が元に戻るあいだだけでも東翠邸に戻って来ないか？」

「嫌です」

打てば響くような拒絶にライオネルが溜息を吐く。

「――カレス」

「あ…、ごめんなさい。でも本当に向こうの家の方が気楽なんです。ウィドもいるし、だから平気…」

「おまえがエリヤと顔を合わせたくない気持ちは分かる。私たちのせいで、…あんな目に遭ったんだからな。けれどあの日、中庭で唇接けしてたのは私の責任だ。あの子は何も悪くない。私を許してくれたように、エリヤのことも許してくれないか？」

ライオネルは東翠邸で病と闘う恋人のために、声を低めて許しを請うた。

「違います。それはもう、気にしてません」

カレスはとっさに否定した。ライオネルの口からエリヤを庇う言葉など聞きたくない。こんな話題はさっさと終わりにしたい、その一心で。けれどライオネルは納得しかねる表情で首を傾げた。

「それならどうして？　おまえが私に身贔屓《みびいき》されてるという噂は、ハーンが失脚した時点で気にする必要はなくなったじゃないか」

一旦口をつぐんだライオネルは、ふ…と思いついた様子でカレスの腕に置いた手のひらに力を込めた。

「もしかしておまえ、昔エリヤにひどいことを言ったのを、まだ気にしてるのか？」

「――…」

表情を変えない自信はあった。けれど触れられた腕から、正直な気持ちが伝わってしまったらしい。ライオネルはやっぱりそうかと小さく息を吐いた。

「あの子はおまえのことを受け入れている。それにエリヤが不法鉱山で病気になったのは私が至らなかったせいで、おまえのせいじゃない」

思いもよらない方へ会話が進みはじめて、カレスは拳を握りしめた。喉が干上がる。何度も唾を呑み込んでから出た声は、ささやきのように細かった。

「でも…あのときリオは、僕を許さないって――」

「それは…」

腕を掴んでいたライオネルの手が外れる。続いて驚き困惑したような溜息が落ちた。

恐くて顔が上げられない。うつむいたままのカレスの肩に、改めてライオネルの手が置かれた。

「…それを、ずっと気にしていたのか」

溜息に納得と申し訳なさが混じり合う。

「すまなかった。あのときは私も言いすぎた。おまえはいつだって私のことを考えてくれていたのに。エリヤのことだって悪気があったわけじゃなく、私の外聞を慮ってのことだろう？」

――違う。小さく頭を振ってカレスは目を閉じた。

悪意はあった。でもそれをどう言えばいい？

貴方を愛しているからエリヤが憎かったと正直に告げたら、貴方はどんな顔をするだろう。それでも僕を赦せる？

「リオ…僕は」

「カレスがいたから、私みたいな人間でもこんなに難しい領地《ノルフォール》を治めてこれたんだ。祖父の許で腐敗しきっていた家臣らを少しずつでも更生できたのは、おまえの強い正義感と潔癖な理念のおかげだ」

ライオネルはカレスの肩に手を伸ばした。

「カレス…、おまえは私にとって必要な人間なんだ」

「リ…」

「エリヤとは別の意味で、私が領主として生きてゆくためには、この先もおまえの力が必要なんだ。だから身体を治して、早く元気になって欲しい」

両肩を摑まれ熱心にかき口説かれて。

……けれどそれは、カレスの欲しい言葉ではなかった。

有能な右腕として必要とされたかったんじゃない。リオ、貴方は知らないでしょう。僕の本当の願いはね、エリヤみたいに、ただそこにいるだけで愛される存在になりたかったんだ。

「精霊使いが一年くらい休養した方がいいと言っていた。私もそう思う。ゆっくり静養して、…そうだな南に旅してみるのも悪くない。帰って来るまでには、くだらない噂は一掃しておくから」

「そう…ですね」

十日や一月ではない。一年もの休養を勧められたことで、『リオの役に立っているあいだは必要としてもらえる』という、カレスの中の最後の砦《とりで》が崩れ去った。

最大の政敵だったハーン伯爵とその派閥を追放した今、複数の男たちに凌辱されたという醜聞がつきまとい健康を害した人間など足手まといになるだけ。リオにとって必要なのは有能な秘書官長だ。今の僕では役に立たない。

必要とされていない——。

カレスは積年の想いを絶ち切るように、強くまぶたを閉じた。

「カレス？」

「分かりました。必要な引き継ぎを終えたら、しばらく政務から離れます」

「冬至祭には出席するといい。あれは心身を癒してくれる」

「はい」

素直に答えて静かに立ち上がると、肩に置かれていたライオネルの手が外れて宙に浮く。突然行き場を失った自分の右手に少し戸惑い、ライオネルはゆっくりと遠ざかる親友の背中を見つめた。

「カレス——……!」

少し焦ったような呼び声に、痩せた背中が静かに立ち止まる。

「書記官長の椅子は、おまえが戻るまでずっと空けておく。だから早く元気になって戻って来てくれ。おまえの姿が見えないと寂しくて仕方ないから」

瞳ににじんだ涙を隠すため、カレスは微笑みの形に顔を歪めて振り向いた。

「僕もです」

失くし物をした子供のような顔のライオネルをまぶたに焼きつけてから、カレスはゆっくりと扉を閉めた。

‡ 誓約 ‡

休養・静養とは心身を休めて健康の回復を図るためのものであるが、これまで唯一の張り合いであった『ライオネルのために』という目的を失くしたカレスにとって、無為《むい》に過ごす時間は逆に拷問のようなものになった。

数日で胸には新たに傷をつける場所がなくなり、傷は上腕から肘、腕へと広がっていった。

冬至の前日。忠実なウィドが供してくれる食事が、ついにひと口も喉を通らなくなったとき、カレスは遺言状《ゆいごんじょう》を書き上げた。

自分が身罷《みまか》ったときに支払われる一時金と年金の三分の一はウィドに。それだけあれば、ウィドは残りの人生を楽に暮らすことができるはずだ。もう三分の一は下層街の施慈院と救護院の運営資金に、残りの三分の一はフェルスの孤児たちへの教育資金に。

ウィドへの手紙には、カレスがずっと個人的に施慈院や救護院に寄付をしていたことは他言無用であると書き足した。

遺言状を書き上げて抽出《ひきだし》に仕舞ったあとで、「僕に何かあったときは、書斎机の中に覚え書きがあるから」

告げたとたん、誠実な従僕は涙ぐんでしまった。

「旦那様…。お願いです、どこかがお悪いのでしたらお医者さまに診ていただいてください」

肩を震わせ心配してくれる従僕の姿に、荒んだカレスの心は少しだけ温かみを取り戻した。


冬至の祭儀は年越しの祝いでもある。

年の晦日《みそか》から新年三日まで、人々は街で一番大きな精霊院に詣《もう》でて一年の厄《やく》を払い、新たな聖気を注いでもらう。

これが最後の勤めだからと、カレスはその朝、水を吸った砂袋よりも重い自分の身体を引きずって、なんとか精霊院にたどり着いた。

精霊院は南区に建つ巨大な円蓋状の建物で、正面門に至る真っ白な石畳がまっすぐに伸びている。

正門手前の下馬場で馬車から降りたカレスは、広大な石畳を、自分の影を踏むように一歩一歩踏みしめて歩いた。

領主のために施される特別な祈禱に間に合うようにと、人々は足早にカレスを追い越して行く。

正門前の階段の途中で祈禱の開始を告げる鐘が鳴り、周囲から潮が干くように人気が消える。

シン…と静まり返った正面門にようやくたどり着いたカレスは、そこに掲げられた一枚の絵を見上げた。

聖なる森と、聖別された場所に佇む精霊。金の髪をした精霊が差し出した指先に留まる一羽の黒雀《くろすずめ》。黒雀が差し出した嘴が精霊の唇にかすかに触れているその絵の作者は、エリヤ。

かつてライオネルに疎まれたと誤解したまま不法

鉱山に就労し、そこで病に冒されながら描いたもの。

絶望に打ちひしがれながら、それでもこれほど美しく無償の愛を差し出せる、エリヤの想いが伝わる一枚。

胸に走った痛みは切なさのせいか、それとも熱を持って腫《は》れ上がっている傷のせいなのか。カレスは力なくうつむいた。

「ライアズ書記官長ではありませんか」

ふいに声をかけられて目を向けると、見覚えのある城館の護衛兵が近づいてきた。

「儀式ははじまっています。先導いたしますのでこちらへどうぞ」

領主の身辺《しんぺん》を守る護衛兵の顔は知っていたが、しゃべるのは初めてで名前も知らなかった。

「静養に入られたと聞いて心配しておりました」

今日も顔色が優れませんね。何かありましたら声をおかけくださいと気さくに話しかけられて、カレスは不思議な気持ちになった。

「規則に口うるさくて堅苦しいばかりの書記官長なんていなくなって皆、清々《せいせい》しているんだと思っていました」

「私は先代の頃からお城に勤めておりますが、あの頃と今では比べものになりません。以前は人を騙して陥れ、不正を働く者が称賛され、能力や人格ではなく金や縁故《えんこ》で高い地位に就く者があとを絶ちませんでした。けれど新しいノルフォール侯が領主の座に就き、ライアズ書記官長が政務を執るようになって、眠っていた皆の良心が目覚めたのです。書記官長の無私無欲《むしむよく》な姿勢は、どんな規則や罰則よりも雄弁に規律を正す力がありますから」

護衛兵はカレスの歩調に合わせてゆっくり進みながら、言葉を重ねた。

「尊敬できる方にめぐり会った奉公人は幸せです」

これまでお伝えする機会がありませんでしたが、今日は幸運でした。護衛兵はそう言って微笑んだ。

「さ、こちらです。中は少々薄暗くなっておりますので足下にお気をつけください」

円形の建物をぐるりと囲む回廊を進んでほぼ半周。繊細な彫刻の施された扉は貴賓用のもので、カレスは導かれるままにそこをくぐり抜けた。

中は確かに薄暗かったが、それは光の届かない壁際だけで、巨大な天井は三分の一が総硝子張りになっている。広いドームの中心には天から射し込む陽光があふれていた。

床の随所に敷かれた檜《ひのき》と松《まつ》、そして杉の葉の香りが人いきれを緩和《かんわ》している。聖域内の濃密で清浄な空気に包まれてカレスの身体は少しだけ軽くなった。

「失礼、道を空けてください」

人垣をかき分けて進もうとする親切な護衛兵の腕に手を添えて、カレスは首を振った。

「僕はここで構いません」

ライオネルの傍まで行けば席が用意されているのだろうが、そこまでの気力が湧かない。立ち見の人々にまぎれた壁際で、カレスは儀式を見守ることにした。ここまで案内してくれた護衛兵は気遣わしげな表情を残し、持ち場へと戻って行った。

淡い蜜蠟の光。暖かく濃密な空気と雨後の森のように瑞々《みずみず》しい香りに包まれて、久しぶりに心が軽くなる。精霊使いの低く張りのある詠唱《えいしょう》の声を聞いていると、波にさらわれる砂細工のように意識が溶けていきそうだ。

しかし、いくらも経たないうちに額からじわりと汗がにじみはじめた。

背筋に嫌な汗が伝い下り、その感触に震えが走る。屋内は快適な温度に保たれているはずなのに、額の汗は拭っても拭ってもこめかみを伝い落ちるほどで、取り出した手布《ハンカチ》でしきりに汗を拭うカレスを、隣にいた女性が怪訝そうに見上げていた。

「皆さま、拝礼を」

精霊使いに朗々と響く声で告げられて一同は静かに礼をする。

悪寒と眩暈を堪えていたカレスは拝礼するのが遅

れた。皆が頭を下げたその先に、はるか前方に佇むライオネルと、その横にごく自然な様子で並び立つエリヤを見つけた。

――これまでは僕がいた場所。

でももう取り戻すことはできない。胸にあきらめが落ちてゆく。

今さら、何を感じろと…？

立ち尽くし、拝礼を終えた人々の陰に遅れて頭を垂れる。そのまま下げた頭は二度と上がることなく、カレスはゆっくりと床に崩れ落ちた。

「…誰か――」

「――衛生官を…」

頭上で飛び交う言葉に混じって空気が揺らいだ一瞬、懐かしい男の香りがかすかに鼻先をかすめる。

『たぶん錯覚だ』

それが、誰にも受け止められずに冷たい床上に崩れ落ちた瞬間、カレスが発した最後の意味ある思考だった。

背後で起きた小さなざわめきに、ライオネルは控えめに振り返ってみた。人々より一段高い壇上にいたため騒ぎの様子は見て取れたが、何が原因かまでは分からない。

人垣の一部が割れるのと、人より頭ひとつ優に抜きんでた長身の男がそこへ近づくのが同時だった。男は身振り手振りで駆け寄ってきた護衛兵に何か指示を出し、すぐ取り消すように頭を振ると、床に倒れた人間を自ら抱え上げた。

「ライアズ殿？」

「書記官長…！」

ライオネルの周囲から小さな驚きの声が上がる。男に抱え上げられたカレスは死人のようにぐったりとしてぴくりとも動かない。そのまますぐに人垣の向こうへと消えてしまった。

思わず腰を浮かしかけたライオネルは、典部官に式の最中ですと押し留められた。数千人が見守る儀式の途中で、席を立ち抜け出すことはできない。

「くそ、カレス…！」

心配するライオネルの肘にそっと暖かな手のひらが添えられた。

「ぼくが様子を見て来ます」

「いや…、エリヤは私の傍を離れるな。カレスのことは別の者に見に行かせる」

ライオネルはすぐに、倒れたカレスとそれを運んで行った男を追うよう衛士に指示を出した。それから人から見えないようそっとエリヤの指先を握って目を伏せた。

倒れたカレスを抱き上げ連れて行った大男の正体は、遠目でもはっきりと分かる。ルドワイヤ公爵だ。

ライオネルは公爵が苦手だったが、彼がついていればとりあえず安心はできる。とはいえ、式が終わったらすぐに追いかけてカレスを取り戻さなければ。

兄弟同様に育った親友を奪われ、そのままどこかへ連れ去られそうな予感に、ライオネルは握った指先に力を込めた。

⌖

ガルドランの仮住まいに、半年もの放浪《ほうろう》に痺れを切らした両親から、脅しと泣き言を連ねた手紙と共に迎えの馬車が届いたのは晦日の早朝だった。

半月ほど前に一度、従妹《いとこ》を差し向けられて帰郷をうながされたとき、年内には帰ると口約束したのを逆手に取られたのだ。

健康で闊達《かったつ》であるとはいえ年老いた両親をこれ以上心配させるのも大人げないと腹をくくり、ガルドランは帰郷の支度をはじめたところだった。

半年過ごした異郷の街には未練が残っている。

一度は手に入れたと思った『未練』はするりとガルドランの手から逃れ、そのまま逢ってもくれなくなった。

俺の何が気に入らない。不満があるならはっきり言ってくれ。

　揺すり上げて問い質したい気持ちをぐっと抑え、彼の方から歩み寄るのを待って一月半。最後に見たのは密室裁判のあと、金髪の貴公子の横で微笑んだ姿だ。ガルドランには見せたことのない笑顔を浮かべたカレスは、幸せそうだった。

　報《むく》われなくても伝わらなくても、それでも好きな相手の傍にいたいと彼が思うなら、ガルドランに無理強いはできない。

　無理をすれば歪む。歪みは人の心を蝕む。

　ガルドランの両腕は今もカレスのために差し出されているが、必要とされないまま虚しく宙に浮いている。逞しい両腕は過去に二度だけ差し出され、そして二度とも必要とされなかった。

　一度目は傭兵時代の親友。二度目は半年前に亡くなった妻。

「三度目の正直ってのに期待してたんだがな…」

　裾長の胴衣を腰の高い位置で留めるルドワイヤ風の衣装に着替え、癖のある黒髪を指でかきまわしながら溜息を吐いたそのとき、家僕が来客を告げにきた。

「ライアズ家のウィド殿です」

　ガルドランの胸のどこかがピンと緊張する。早朝の訪いは不吉な予感を孕んでいた。

「今朝、お掃除のため旦那様のお部屋に入ったら、こんなものが…」

　真っ赤な両目を潤ませたウィドが差し出したのは、血で汚れた肌着。ガルドランはそれを穴があくほど睨みつけた。

「それは旦那様のものです。わたくしが昨晩用意しました。旦那様は…、旦那様は、いったいどうしてしまわれたんでしょうか。ここ半月ほど本当に具合が悪そうで、今朝も何も召し上がれないまま冬至祭にお出かけになってしまわれて…」

ウィドはしわの刻まれた両手を握りしめ、どうか旦那様を助けてくださいとガルドランを見上げた。

「カレスの行き先は分かるか？」

「精霊院です。南区の」

「よし、案内しろ」

主人の出立《しゅったつ》を待っていた家僕たちに待機しているよう言い渡して、ガルドランはウィドが乗ってきた馬車に飛び乗った。

精霊院に到着した馬車が止まりきらないうちに飛び出したガルドランは、真っ白な石畳を駆け出した。

内殿に入りきらず外で待っていた人々は走り抜ける大男に驚き、彼が身にまとう異郷風の着衣を珍しそうに見送った。

ガルドランは最初に見つけた扉の警護兵に、カレス・ライアズはどこにいると訊ねた。

「ライアズ…書記官長、ですか？　まずは貴殿のお名前を仰ってください」

逆に怪訝そうに聞き返されて腹が立つ。

「俺はルドワイヤ公爵だ！　人の生死に関わる問題なんだ、早く案内しろ」

若い衛兵はむっとして、隣にいた同僚に上官を呼んで来るように言った。

「いいからそこを開けろ」

「儀式中はよほどのことがない限り、無断で開けることはできません」

つんけんした受け答えにガルドランが実力行使に出ようとした寸前、奥の方から慌てた声が響いた。

密室裁判で城館に赴いた折、顔を覚えた衛士が急ぎ駆け寄ってくる。

「これは…っ、ルドワイヤ公爵！　どうなさいました」

「カレス・ライアズがどの辺りにいるか、分かる者はいるか？」

「書記官長なら先ほど私が案内いたしました。こちらです」

どうぞと言って先導する衛士のあとに続きながら、

「来賓用の扉に配置するなら、皇国五大公爵の顔と名前くらい覚えてる者にしてくれ」

「至りませんで、申し訳ございません」

ガルドランが不満を洩らすと、衛士は恐縮《きょうしゅく》して素直に詫びた。

「こちらの扉から入られました。…具合がお悪そうで、貴賓席にはお着きになっていません」

「中で倒れているかもしれんから、助けに行って来る」

控えめに開けられた扉をくぐりながらガルドランが親指で中を示して見せると、衛士は「やはり」というふう顔で頷いてあとに続いた。

ガルドランが薄暗い殿内に入ったのと、少し離れた場所でざわめきが起きたのはほぼ同時だった。

人より優に頭ひとつ分、高い位置で開けた視界に助けられて騒ぎの場所はすぐ見つかる。

人々のあいだをすり抜けて進むガルドランの動きは、かさばる見てくれを裏切り、流れるように軽やかだ。

たどり着いた小さな人垣の中心に、水に濡れた布人形のようにぐったりと倒れ込んだ栗毛の青年を見つけて、ガルドランは駆け寄った。

「カレス…！」

屈み込んで意識を失くしたカレスの半身を抱え起こし、そのあまりの顔色のひどさと身体の冷たさに息を呑む。

脂汗に濡れた額や頬はまるで雨にさらされた古紙のよう。息をしてないのではと、血の気が引く思いで慌てて口許に手のひらを翳し、かすかな、けれど熱い呼気《こき》を感じて心底安堵する。

「担架《たんか》を！」

後ろから駆け寄ってきた衛士が小声で指示を出すのを聞きながら、カレスの胸許から立ち昇る血の臭いに気づいて、強く眉根を寄せた。

「衛生官。担架を、急げ！」

低く鋭く叱咤してから、腕の中のあまりに冷たくか細い身体が今にも消えそうな幻視に襲われ、ガルドランは背筋の凍る思いで指示を撤回した。

「担架はいい。俺が運ぶ」

近づこうとする衛士を制して、ガルドランはカレスを抱き上げた。

「休める場所に案内してくれ」

子供のように軽い体重に胸が痛くなる。先導する衛士に続いて立ち上がりながら、ガルドランはカレスを胸許に引き寄せた。もう誰にも触らせたりするものか。そう決意を込めて——。


案内された控室に大股に踏み込むと、ガルドランは急いで整えられた寝椅子にカレスをそっと横たえた。衛士が部屋を出て行くのを待たずカレスの上衣を剝ぎ取り、肌着の前留めを外してゆく。胸許が露になると同時に辺りに血と腐敗臭があふれだし、退室の機会を逸した衛士は息を呑んだ。

「……これは」

近衛《このえ》として領主の身辺を警護しているせいで血などあまり見慣れていないのだろう。衛士はカレスの胸にある傷のひどさに呻き声を上げた。

「消毒用にプルネラとホーティニアを。清潔な布と水も。精霊使いが来る前に俺が応急処置をする。急げ！」

ガルドランが指示を下すと、衛士は頷いてすぐさま部屋を飛び出した。

カレスの胸には子供の拳ほどの血溜まりがあり、化膿《かのう》してまわりは赤黒く盛り上がっている。さらにその周囲は黄色とも緑ともつかない色に爛れて、下は腹部、上は肩口のあたりまで広い範囲が腫れ上がり、紫や赤や黄色のまだら状態になっていた。悲惨な傷から戦場で嗅ぎ慣れた人肉の腐敗臭を感じてガルドランは寝台に拳を打ちつけた。

「傷を、自分でつける前に…俺のところへ来いとあれほど言っただろう——！」

馬鹿野郎がっ…！

栗色の髪が貼りついた額から流れる脂汗を拭ってやりながら、ガルドランは悔しさに歯を食い縛った。カレスの愚行《ぐこう》と、それを留められなかった自分の無力さを責めて。

わずか一月足らずのあいだに何があったのか。

俺のことなど一度も振り返らず、あれほど幸せそうな顔をしてノルフォール侯と去って行ったくせに。奴といる方が幸せなら仕方ない。そう思ってあきらめようとした俺の気も知らないで！

胸に強い怒りが渦巻く。それはカレスに対してであり、カレスがこんな状態になるまで放っておいたライオネルと、自分に対しての怒りでもあった。

鎮痛と強壮《きょうそう》効果のある煎《せん》じ薬を口移しで飲ませ、傷口の洗浄と消毒を終えたところで、高位の精霊使いであるワルド・ワルスとライオネルが現れた。

「お待たせしました」

詫びてから寝椅子に横たわるカレスをひと目見て、精霊使いはすぐに従者に細々とした指示を与えはじめた。

「ワルド・ワルス殿、カレスの具合はどうなんでしょうか？」

ライオネルが訊ねると、

「応急処置がされていますが、これはどなたが？」

「俺だ」

「医の心得がおありのようですな。的確な判断です」

精霊使いはカレスから目を離さずガルドランを評した。

「ルドワイヤ公爵。カレスのためにお手を煩《わずら》わせたこと、私からも礼を言います」

深々と頭を下げたライオネルに向かって、ガルドランは吐き捨てるように言い放った。

「貴殿に礼を言われる筋合いはない」

「な…ッ」

いくら公爵とはいえ、あまりに無礼な物言いに、さすがのライオネルも怒りを抑えることができない。

むっとした表情で何か言い返そうとした瞬間、

「病人の傍で諍いは控えられますように」

すかさず飛んできた穏やかな、しかし毅然としたワルド・ワルスに注意されたふたりは、治療の邪魔にならないよう部屋の隅に移動してから改めて挑むように睨み合った。

「…前々から気になっていたのですが、私の何が気に入らないのでしょうか？」

「そんなことも分からない、貴殿の鈍感さだ」

「――……！」

他人から面と向かって罵倒されたことのなかったライオネルはまず驚き、それから込み上げてきた怒りに肩を震わせた。

「カレス殿と強い結びつきがあるのはおふた方の内どちらですかな？　招魂《しょうこん》の儀を行いますから、こちらに寄って病人の身体に触れていただきたい」

一触即発状態のふたりを割って、ワルド・ワルスの落ち着いた声が響く。

「俺だ」

「私です」

「ではおふた方でどうぞ。肉体に生じた傷から穢毒《えどく》がまわり、魂魄《こんぱく》まで傷つけはじめた結果、カレス殿の魂は少々やっかいな次元層に迷い込んでいるようです」

このままでは生死に関わると告げられて、ガルドランとライオネルはひとまず互いの反発心を抑え、カレスの許に駆け戻った。

「心からカレス殿を思いやってください。愛情と労りを込めて、迷夢から帰って来るよう祈りを捧げて……」

ワルド・ワルスの言葉に従い、ふたりはそれぞれカレスの手を握り祈りはじめた。

頭上から精霊使いの麗々しい声で真言が降り注ぐ。それはまるで新緑の季節に降る林雨のようだった。

沸かした湯に投じたルキアスの花が、部屋を癒しと慰めの香りで満たしはじめると、カレスは小さな呻き声を上げて薄く目を開けた。

「カレス！　気がついたか？」

のぞき込むふたりを制して精霊使いが屈み込む。

「傷の手当てをしますから少し退いてくださるかな。ああ、手は握ったままで結構。痛みを伴いますから励ましてやってください」

ワルド・ワルスはカレスの傷から壊疽《えそ》を起こしている部位を切り取り、膿《うみ》を絞り出し拭い取り、たっぷりと軟膏を塗りつけた。それから丁寧に包帯で覆ってから、

「薬膏は一日に二度貼り替えること。そのたびに丁寧に洗浄するのを忘れないように。周辺の浅い傷は乾燥させて化膿を防ぐよう注意すること」

飲むべき薬湯の種類、塗布《とふ》する薬を指示し、避けた方がいい食べ物を忠告して治療を終えた。

「カレス殿の傷は心の痛みが表面化したものです」

「心の…」

ガルドランは納得顔で頷き、ライオネルは不審そうに首を傾けた。

「我々精霊使いには彼の心の傷が視える。しかし普通の人々には見えません。カレス殿は爛れていく内面の傷をなんとかしたくて、外側に同じように傷を作ってしまった」

これは救いを求める悲鳴のようなものです。

そう精霊使いは忠告をしめくくり、一礼してから部屋を出た。

「カレスはここにいない方がいい。…ここに、貴殿の傍にいる事は、カレスにとって苦しみでしかないようだからな」

最初に言葉を発したのはガルドランだった。

部屋には自分たちしかいない。今ここで、カレスの身の振り方についてはっきりさせておく必要がある。

「勝手なことを言わないでいただきたい。いったい、なんの根拠があってそんな言いがかりを…。カレス

は私の大切な親友です。これまでずっと一緒に兄弟のように育った仲なんです。——もちろん、私のせいで苦労をかけてることは分かってます。けれど、貴方にそんなことを言われる筋合いはないっ」

心底憤慨《ふんがい》して言い返すライオネルに、ガルドランは呆れを含んだ溜息を吐いた。彼がカレスにかける苦労として自覚しているのは、あくまで政務関係に関してらしい。

どうやらこの様子では、長年一緒に育った親友が己に向ける恋心にほんの少しも気づいていない。

「カレスに何か悩みがあるのなら、…もしもその原因が私にあるのだとしても、それは私たちの問題でしょう。いくら公爵閣下とはいえ、出会って間もない貴方にとやかく口を挟まれたくはない」

どこまでもガルドランを部外者として、カレスに関わることを認めないライオネルの鈍感と傲慢さに腹が立つ。

「では、貴殿には彼を一生支える覚悟があるのか?」

「え…?」

「貴殿に、カレスを一生支える覚悟があるのかと聞いている」

「一生って…」

「彼の求めているものが何なのか、貴殿に解るか?」

「……」

「カレスを一番に愛することができるか? エリヤという青年よりカレスを優先して、誰よりも何よりも大切にすると誓えるか?」

「何を言って…」

「できないんだろう? だから、私がもらうと言ってるんだ」

「そんなっ、貴方に何の権利があって…!」

ガルドランは貫く強さでライオネルを睨み据えた。

「俺がカレスを、誰よりも何よりも愛して、一生支えて生きていくと言っているんだ。貴殿には決してできないことを」

ついに何も言い返せなくなったライオネルをきつ

い瞳で睨みつけ、ガルドランはゆっくりとカレスの傍らに屈み込んだ。

「…俺のものだ。もう誰にも渡さない」

至宝《しほう》を手にした者のように、待ちわびた慈雨に両手を差し出す砂漠の民のように、ガルドランは胸にあふれる愛しさと共に想い人を抱きしめた。


花の香りに誘われて目覚めたあと、胸に火掻き棒をねじ込まれたような痛みを感じて自失し、頭上で交わされる諍いの声にカレスは再び目覚めた。

『エリヤ…青年より……を優先…、誰より…――も大切にすると――…か?』

意味を成さない言葉の連なりを浴びながら、なぜだか無性に悲しくなった。切なくて涙があふれ出す。

『私が――と言って……だ』

『……カレスを――何より……して、一生……ていく――だ。……は決して――ない…』

続いて降り注いだ言葉の粒が胸のどこかに潜り込む。沁み込んでじわりと広がる。意味も分からないのに、鉱泉《こうせん》につかったときのような暖かさが全身を満たした。胸から指先へと光の粒子が沁み渡っていくようだ。

優しい誰かに背後からそっと抱きしめられたような、不思議な温かさに包まれてカレスは涙を流し続けた。

「この美しい栗色の髪。陽に透ける琥珀色の瞳。血潮《ちしお》を透かした象牙色の肌…」

ふいに言葉が意味を伴って耳に流れ込む。

ガルドランは涙に濡れ冷えきったカレスの頬を両手に挟んでささやいた。

――何もかもが愛おしい。

「臆病な心。傷つきやすく儚い存在。他人《ひと》のせいにできず自分を責め続けて壊れかけた、剛《つよ》くて脆《もろ》いこの精神《こころ》が、愛しくて仕方ない…」

血を流し、膿んで痛む傷のひとつひとつが、助け

て欲しい、赦《ゆる》して欲しいと悲鳴を上げている。

「……ぅ――」

カレスは踏みつけられた小さな動物のように、かぼそい細い呻き声しか立てられなかった。

「――…」

男の言葉はカレスの意識の網をさらさらとこぼれ落ちるばかりで、意味を摑んだ次の瞬間には忘れ果てていた。ただ苦しいほどに抱きしめられ、慣れない甘苦しさに呻くばかり。

「カレス…、俺と一緒に来るんだ。もう二度と、こんなふうに自分を傷つけたりしないよう、おまえの苦しみは俺が受け止めてやる。だからもう泣くな」

いい子だから…。

吐息でささやかれ、髪を撫でられた。

『どうしたの？　どこか痛いの？

ぼくが撫でてあげるよ、だから、…泣かないで』

頭頂から首筋へ。こめかみから耳朶の後ろに触れてゆく長く力強い手指は、どうしても欲しいと手を伸ばし続けたものとは違ったけれど――。

カレスの頭くらい簡単に摑めそうな大きな手のひらが、これ以上ないほどの優しさで慰撫をくり返してくれる。

手のひらのかたい皮膚は鍛錬を重ねている証。

節高の指。血管の浮いた厳ついけれど温かな手が、腕が、カレスを抱きしめ、何度も何度も柔らかな愛撫をくり返し続けた。

愛撫は、涙を流す体力すら失くしたカレスがついに疲れ果てて寝入ってしまっても、止むことはなかった――。

‡

横たわった身体に感じる振動。

薄くまぶたを開けると、頭上にある小さな窓から木洩れ日が降り注いでいた。光の矢はときにまだらな影となり、次々と視界を横切ってゆく。

光が眩しい。

まぶたを閉じても光の塊が視界で踊る。

絶え間なく身体に感じる細かい振動は、馬車の揺れだった。カレスが横たわっているのは大きな旅行用馬車で、内装は深緑色に金糸の縫い取りのある布が張りめぐらされている。

寝台は柔らかく極上の寝心地のはずだが、今のカレスにそれを味わう余裕はない。

そのままぼんやりと光と影の乱舞に身をひたしていると、すぐ傍から低く張りのある声が響いた。

「カレス、右手を…」

声は優しさに満ちた張りのある美声。けれど、なぜか応える気にはなれない。何もかもがどうでもよかった。

「右手を出してごらん」

再度うながされて、ようやく声のする方へゆっくりと顔だけ向けてみる。かすむ視界に映ったのは、山賊の頭領か傭兵隊の軍団長と見まごう厳つい男、

——ガルドランだった。

容姿《ようし》を裏切るその声は温かく優しい。その優しさが声だけではないことをカレスは知っている。それが自分だけのものではないことも。

「カレス…？」

虚ろで散漫なカレスの反応に、ガルドランは辛抱強く同じ言葉をくり返した。

「右手をこちらへ」

——さあ。

何度もうながされてようやく、カレスの右腕がのろのろと動きはじめた。

手を差し出せと言ったのは男の方だ。自分から預けたわけではいない。だから失望することもないだろう。

カレスはまるで重くてたまらない荷物のように辛そうに腕を持ち上げて、ガルドランの方へ少しだけ突き出してみせた。

「いい子だ」

ガルドランは破顔しながら、差し出されたカレスの指先を握りしめた。まるで騎士が、主君の寵《ちょう》を押し戴《いただ》くように。

わずかに揺れる馬車の中で、カレスは自分を見つめるガルドランの瞳が深い緑であることを初めて知った。

「——…緑色、だったんだ…」

「何が?」

「瞳《め》の色…」

今まで黒だと思っていた。カレスはかすれた声でそう続けた。

明るい場所でこれほど間近に男の顔を見たことなど、一度もなかったから。

それだけつぶやいてカレスは再び目を閉じた。

自分がどうして馬車に揺られているのか、これから何処へ行くのか。何もかもがどうでもよかった。

投げやりに顔を背けたカレスの脇にガルドランは跪き、握ったままの細い指先をゆっくり口許へと運んでみせた。それから主への忠誠を誓う騎士の仕草で、うやうやしく唇接けを落としたのだった。

カレスの冷えた指先に触れた唇は熱く、見つめる瞳にはあふれるほどの情熱が宿っていた。

抱擁は胸が痛むほど強く、そして優しい。

このときカレスの胸を貫いた痛みは、これまで刃を突き立てたどの瞬間よりも甘く狂おしかった——。

ruin —林檎とドングリ—

ガルドランがカレスを連れてノルフォールを出立《しゅったつ》したのは冬至《とうじ》の祭儀《さいぎ》後、新年六日目の朝である。

本音では手当てが済んだ直後に忌々《いまいま》しいノルフォールから連れ出したかったのだが、さすがに容態《ようだい》が安定するまでは動かすことができなかった。

幸い五日の療養《りょうよう》で小康《しょうこう》状態となり、精霊使いの許可を得て旅立つことができた。

通常、ノルフォール領都からルドワイヤ領都までは馬車で十日の旅程である。今回は病人連れなので二倍の時間をかけ、無理のないようゆっくりと進んできたが、領境を越え、さらに四日が過ぎたところでカレスが熱を出したため、ガルドランは大事を取って、街道沿いに建つヴァル男爵《だんしゃく》の別邸を訪ねた。

熱は一日で下がったが、ガルドランは念のためもう一日休ませることにした。

「公爵。お連れ様の調子が良いようでしたら、温室で花など見ながらお茶でも召し上がりませんか」

五十をいくつか越えた温和な容貌《ようぼう》のヴァル男爵に勧められ、ガルドランは寝台で微睡《まどろ》んでいるカレスを上掛けごと抱き上げた。そのあとをノルフォールからカレスについてきたウィドとルドワイヤ家の従僕《じゅうぼく》が追いかける。

温室に足を踏み入れたとたん、ガルドランは感嘆の声を洩らした。

「なるほど。噂《うわさ》には聞いていたが、素晴らしい」

男爵自慢の温室は天井《てんじょう》の高さが五タール、幅三十タール、奥行き五十タールほどもある巨大な総硝子《ガラス》張りの建物で、中は熱帯や温帯、乾燥地帯や高原などの気候に合わせたいくつかの区画に分かれ、それぞれに色とりどりの植物が繁茂《はんも》している。

褒《ほ》められて嬉《うれ》しそうな表情を浮かべた男爵は、ガルドランを温室の中でも一番日当たりと風通しの良い場所に案内した。流れ落ちる水音が涼やかな音を立てている水盤の脇には、ふかふかの鞍嚢《クッション》を敷き詰めた寝椅子《ねいす》が前もって運び込まれていた。

ガルドランはそこにカレスを横たえようとして、彼が目覚めたことに気づいた。

「目が覚めたか。どこか痛むところや辛《つら》いところはないか？」

腹は空いていないか、喉は渇いていないか。

カレスが眠りから醒めるたびにくり返される問いに、答えが返ることはほとんどない。

冬至の大祭で倒れて以来、会話らしい会話を交わしたのは四日前に一度。領境を越えてしばらく経った頃、意識を取り戻したときだけだ。それ以後は、目覚めても夢の中をさまよっているようで、食事も口元まで運んでやらなければ摂ろうとはしない。

「……」

カレスは曖昧《あいまい》に首を振って視線を外し、胸元で組んだ自分の指先をぼんやり見つめた。

ガルドランは内心で肩を落としつつ、カレスの背当てを厚くして楽な姿勢になるよう寄りかからせると、自《みずか》らも空いた場所に腰を下ろした。

従僕のウィドは、男爵家の召使《めしつか》いたちが運び込んだ小卓や茶器を調えながら、ときどきカレスの様子を心配そうに窺《うかが》っている。

温室には植物だけでなく宝石のように美しい鱗粉《りんぷん》をまとった蝶《ちょう》がひらめき、鮮やかな羽色の小鳥が梢《こずえ》から梢へ飛び交い軽やかにさえずっている。

天井をぐるりと見まわしていたガルドランが小さな溜息《ためいき》に気づいてカレスの顔をのぞき込むと、栗色の髪の青年は午睡から無理やり起こされた子供のように何度も瞬《まばた》きをくり返していた。

木の葉である程度陽射しは遮《さえぎ》られているものの、一日中ほとんど眠って過ごしているカレスの目には明るすぎて辛いらしい。

「少し眩《まぶ》しそうだな。当主殿、申し訳ないが紗布《しゃふ》か何かで日除けを作ってもらえるか？」

「かしこまりました」

男爵の速《すみ》やかな指示によって、生成《きな》り色の美しい透《す》かし編みが頭上に張られ、陽射しは柔《やわ》らかく遮られたが、周囲の棕櫚《しゅろ》やトベラ、咲き乱れる木蓮《もくれん》や薔薇《ばら》の美観を損《そこ》なうことはない。

甘い花の香りに馥郁《ふくいく》とした茶葉の香りと、瑞々しい果実の香りが混じる。

ガルドランはカレスから小卓の上に視線を移し、銀器に盛られた果実の山から林檎《りんご》をひとつ手に取った。引き締まった実は保存状態が良く、形も大きさも申し分ない。

「ヴァル殿の農園で採れたものか？　良いできだ。コツを伝授してもらいたいな。……いや、今でなくていい。城に戻ったら相応の者を寄こすから――」

再び褒められた名誉に頬を赤らめ、惜しげもなく知識を披露《ひろう》しようとした男爵を止めてから、ガルドランは控えていた従僕に会話を記録させた。派遣《はけん》する人数と滞在費などの条件について会話しながら、手にした林檎を無造作に上衣の裾《すそ》で拭《ふ》こうとして、目を丸くした男爵の表情に気づいて止める。

普段着とはいえ、仮にも公爵家の当主が人前で、衣服で果物を拭《ぬぐ》うなどということは、貴族の常識として考えられない。

朴訥《ぼくとつ》で人のいいヴァル男爵の、領主に対する崇敬《すうけい》と憧《あこが》れの念を壊すのも申し訳ない。

ガルドランは肩をすくめつつ、察しの良い男爵家の召使いに差し出された布できれいに林檎を拭った。

次に差し出された小刀は断り、硬く引き締まった果実を、まるで小枝を折るように苦もなく手で割ると、小気味よい音とともに甘酸っぱい香りが広がる。

「林檎はこうやって割って食べると美味《うま》いんだ」

またしても目を丸くしている男爵に、手割りとは思えないほどきれいに二等分された片方を勧めてから、ガルドランは残りの半分をカレスの口元に運んでやった。

ガルドランと男爵の会話には少しも興味を示さず、透かし編み越しの天空をぼんやり眺めていたカレスは、唇に触れた果実の香りに気づいたのか、視線をゆっくり林檎に向けた。

滲《にじ》み出た果汁が陽射しを受けてきらめいている。

カレスはわずかに目を細め、唇を少し開いてみたものの、それ以上どうしていいのか分からないといった様子で再び閉じてしまった。

本来のカレスなら先刻の男爵と同じように、林檎を軽々と手で割ったガルドランの腕力に目を瞠《みは》り、そんな自分に少し腹を立てた表情で、「僕にもできます」などと言いながら挑戦したはずだ。

文官にありがちな痩《や》せた身体つきとはいえ、カレスも男だ。林檎のひとつくらいは手で割れるだろう。

——いや、案外割れなかったりするかもしれない。割れたとしても不細工になりそうな気がする。

そうなったらそうなったで、たぶん拗《す》ねた表情を誤魔化《ごまか》そうとして、つんけんした物言いになるだろう。そんなときのカレスは、本人は超然とした態度を貫《つらぬ》いているつもりかもしれないが、ガルドランから見ると微笑《ほほえ》ましく、そして愛《いと》しい。

——…早く、おまえの憎まれ口が聞きたい。


話したり笑ったりすることはおろか、自ら進んで食べることすらしなくなったカレスの生気の乏《とぼ》しい顔を見つめて、ガルドランは痛みを堪えるようわずかに目を細めた。

「…小刀《ナイフ》を」

先ほど断った小刀を受け取って林檎を薄く切り、もう一度カレスの口元に運ぶ。

果肉を当てると、カレスはおずおずと唇を開いて舌先を少し出し、果肉の甘さと大きさを探っている。指を少し進めると爪先にやわらかな舌が絡みつく。カレスは紙のように薄い林檎とガルドランの指を軽く嚙《か》んでから、ようやく口中に引き入れた。

寝起きのせいか、それともまた微熱が出てきたのか、指先に触れた舌が熱い。

ゆっくり咀嚼《そしゃく》してひと切れ呑み込むと、カレスの視線が次を求めるように、ガルドランの指先と瞳の間をさまよう。

「食べてみれば美味いだろう」

食欲を示したことにほっとしながら、果肉を薄く削《そ》ぎ取って次を唇に含ませる。それを何度かくり返し、やがてカレスがもういらないと口を噤《つぐ》んでしまうと、ガルドランは「もうひと口」と勧めたいのをぐっと堪えて小刀を置いた。

食の細さを心配して無理強《じ》いしても、吐かれてしまえば旧《もと》の木阿弥《もくあみ》。

残った林檎を自分で平らげてから、カレスの額に手を当てて熱を測る。心配したほど高くはない。唇が少しかさついているのは水分が足りていないせいか。冷ました香草茶の杯《カップ》を唇に当ててみたが、やはり自分から飲もうとはしない。

ガルドランは杯を自分の口元に運んでひと口含むと、カレスの背中を抱き寄せて唇をそっと重ねた。

小卓の向こうで、男爵とヴァル家の召使いたちが息を呑む気配が広がる。ウィドやガルドランの従僕は、主のこんな振る舞いには慣れているので動揺はない。ガルドランは周囲の反応など気にせず、くり返しカレスに水分を与え続けた。

淡い碧《みどり》色の香草茶はほんのりと甘く、後味はさっぱりとして口中に爽やかな香味が残る。カレスも気に入ったのか、嫌がらずにガルドランの口移しを受け入れている。

人前での唇接《くちづ》け。たとえ水分を得るためという大義名分があっても、正気のときなら決して許したりしなかっただろう。

けれど今、カレスはガルドランの為《な》すがままだ。怒りや嫌悪《けんお》がない代わりに、喜びや恥じらいもない。笑うことも泣くこともない。

ノルフォールで治療しているあいだもほとんど意識が戻らず、たまに目を覚ましても会話にはならなかった。だからこそ、領境でカレスが言葉を発したときは心底安堵したのに…。

あの日以降、カレスは再び繭《まゆ》のような微睡みの中に沈みこんでしまい、ガルドランの語りかけに反応しないだけでなく、外界に対する興味や自身の感情ですら急速に薄れつつある。

——あれほど辛い目に遭ったあとだ。身体が傷を癒すために熱を出し、痛みを発するように、心も傷口を庇《かば》おうと懸命《けんめい》になっているんだろう。胸の傷が癒えて健康を取り戻せば、いずれ元に戻る。

「大丈夫だ、カレス。もうおまえを傷つける者は誰もいない」

耳元にささやいて言い聞かせると、カレスは安心したのか小さな欠伸《あくび》をひとつして、とろりとまぶたを閉じてしまった。

背中を支えていたガルドランの腕にかかる重みが、かすかに増す。痩せて骨の浮いたその背中を、そっと寝椅子に横たえてから、小卓の向こうに視線を向けると、困惑と理解がない交ぜになったヴァル男爵と目が合う。

「…この屋敷を出て半日ほど進んだところで街道を外れ、ウルモの森を目指して進むと日当たりの良い小さな丘陵地《きゅうりょうち》があります。そこに野生のミラの群生があります。ミラの花は暁《あかつき》の精霊の祝福を受けた花。お連れ様の慰めとなりましょう」

余計なことは一切詮索《せんさく》せず、しみじみと温かな思いやりを示す男爵の言葉に、ガルドランは感謝の意を込めてうなずいてみせた。


翌朝。

男爵の別邸を辞したガルドランは、前日の勧めに従ってウルモの森を目指した。

男爵は屋敷を出て半日ほど、と言ったが、通常より速度を落とした馬車が丘陵地帯にたどり着いたのは、影が長く伸び、陽射しに琥珀《こはく》色が混じりはじめた頃合だった。

ノルフォールに較べて、ルドワイヤは年間を通して温暖な気候が続く。ガルドランたちが降り立ったウルモの地も、領内では北部に位置するが、地形の関係で他よりかなり温かい。

風はなく、雪は日陰に残っている程度。冬だというのに、日中温められた大地にはそこかしこに緑が残っている。

「カレス、寒くないか？」

毛皮で裏打ちした外套《がいとう》で足の先までしっかり包んだカレスを腕に抱いたガルドランは、胸の傷に障らぬよう慎重《しんちょう》に歩を進めながら、やさしく声をかけた。

「いい天気だ。馬を走らせても面白そうな土地だな。あの辺の川で釣りをするのも楽しそうだ。カレスは釣りをしたことがあるか？　――なさそうだな…。俺はけっこう得意なんだ。夏になったら城の近くの川へ行こう。獲れたての魚は美味いぞ」

獣肉より魚を好むカレスの喜ぶ顔を思い描きながら、返事のない相手に語りかけ続ける。

カレスは今日も朝から大半を眠って過ごし、ときどき目を覚ましても、自ら言葉を発することなくぼんやりとしている。今も眠っているわけではないのに、ガルドランの言葉に何の反応も示さない。

決してそれが平気なわけではない。けれど、焦ったところで仕方がないのも事実。

脛《すね》のあたりまで伸びた草を踏み分けて、ゆるやかな坂を登りきったとたん、鮮やかに視界が開けてミラの花の群生地が眼前に広がった。

遅い午後の琥珀色の陽射しを浴びて、鳥の羽のような無数の花びらが揺れている。鶉《うずら》の卵ほどの花弁は六枚。色は白、薄紅《うすべに》、黄色。それぞれが内側から輝くような瑞々しさだ。

「見えるか、カレス」

胸に頬を埋めるようにうつむいたままの青年にもよく見えるよう、身体の向きを変えると、ようやくカレスがゆっくりと顔を上げた。

「ミラの花だ。精油は安眠、鎮静、浄化作用がある。ノル生だと無臭だが乾燥させると良い匂いがする。ノルフォールではほとんど見かけなかったから、おまえも見るのは初めてじゃないか？」

聞いているのかいないのか、相変わらず返事はない。それでも視線は花の群生に注がれている。そのことに救われる思いがしながら、ガルドランはカレスと一緒に花々を眺めた。

「公爵、どうなさいますか？」

　カレスが身体を休めるための厚手の毛布や鞍嚢を携《たずさ》えて背後に控えていた従僕に、ここで休憩するのか、それとも馬車に戻るのかと小声で指示を仰がれて、ガルドランは振り向いてうなずいた。

「カレスも気に入ったようだ。ここでしばらく休んでいこう」

　通常よりもゆっくり進み、なるべく振動がないよう気をつけていても、何時間も馬車に揺られる旅は今のカレスには負担が大きい。

　主の許可を得た従僕たちは、馴れた手際であっという間に居心地のいい休憩場所を作りあげた。

　一度の食事でほんの少ししか食べられないカレスのために、滑らかに擂《す》り潰《つぶ》した胡桃《くるみ》と乳脂《クリーム》をたっぷり挟んだ薄切りパンと、携行用の湯沸かし器で手早く淹れられた香草茶が用意された。

　ガルドランはかいがいしくパンを小さく千切ってはカレスの口に運び、茶を飲ませ、唇についた乳脂を指で拭って舐《な》め取り、風に運ばれて舞い落ちた小さな木の葉を払ってやり、艶《つや》をなくしてしまった髪を梳《す》いてやった。

　カレスはされるがままに身を預け、膝《ひざ》の上にこぼれ落ちた小さなパン屑《くず》を見つめていた。

　陽が傾いて少し風が出てきた。

　頬を撫《な》でてゆく柔らかな風の中に、銀線を弾くような澄んだ気配をかすかに嗅《か》ぎ分けて、ガルドランは空を仰いだ。

　斜光を受けて濃さを増した青空に、刷毛《はけ》で描いたような竜雲が横切っている。

「明日の昼頃から雪になりそうだな」

　馬車の中には火桶《ひおけ》を置いているので、移動中寒くて困るということはない。が、念のため毛皮を一枚多く用意しておこう。

　独り言のように呟いたとき、視界の隅を何やらふささとした小さな影が横切った。

「？」

素早く視線を走らせるとカレスの膝の上に、身体と同じくらい大きな尻尾《しっぽ》をそよがせた野栗鼠《りす》が二匹、我が物顔で居座っている。

「――…目敏《めざと》い奴らだな」

どうせカレスが食べこぼしたパン屑狙いだろう。

ちゃっかりものの栗鼠の素早さに笑みを浮かべつつ、カレスが興味を示しそうな願ってもない状況なので、気配を消して成り行きを見守る。

野栗鼠たちはカレスの膝から肩のあいだをすべるような軽やかさで何度か行き来したあと、無造作に投げ出されていた手の中に、頰袋から取り出したドングリをふたつ置いて去っていった。

「な…」

予想外の出来事に、ガルドランは思わず噴き出してしまった。

「ほらみろカレス。おまえがあまりにも小食だから、栗鼠たちが心配して食糧を分けてくれたぞ」

言いながら、カレスを驚かさないようにそっと手許をのぞき込む。

左右の手のひらにひとつずつ。

カレスの瞳の色によく似た琥珀色のドングリが、冬の斜光を弾いて艶やかに輝いている。

これも、ミラの花の奇跡のひとつだろうか。

胸の奥に日溜まりのような喜びが生まれる。

ガルドランが浮かべた笑みが移ったのか、カレスの顔にも、ほんのかすかにだが笑みが浮かぶ。

「…カレス、カレス。嬉しいのか」

突然目の前に現れた命綱にすがりつく必死さで、ガルドランは問いかけた。

「カレス、俺が誰か分かるか？」

カレスは答えず、ただじっと手の中のドングリを見つめている。やがて指先が動き出し、幼児のように不器用な仕草で両手のドングリを握りしめた。

そうして、ぎごちない動きで右手をゆっくり上げたかと思うと、ガルドランの左手に握りしめた拳《こぶし》ごとドングリを置いた。

手のひらの中で、カレスの拳がふわりとゆるんで、小さな木の実が転がり落ちる。

「――…俺にも、くれるのか？」

体温を宿した琥珀色と一緒に、カレスの細い指を握りしめ、さらに右手を重ねて力を込めながら訊《たず》ねると、手許を見つめていたカレスの頭がうなずくようにかすかに揺れた。

「そうか。ふたつもらったから、ひとつは俺にくれるんだな」

たとえ心が夢と現の境をさまよっていても示される、カレスのこの優しさを何と呼べばいいのだろう。

愛しさが胸からあふれて涙がこぼれそうになる。

「ありがとう、カレス。…ありがとう」

肩を抱き寄せ、頬に手を添えながらささやいてみたけれど、カレスの表情に変化はなく、視線はミラの花とその彼方にある森のあたりに向けられていた。

カレスと同じ場所を見つめ、手の中のドングリを握りしめながら、ガルドランは己《おのれ》に強く言い聞かせた。

――大丈夫だ。必ず良くなる。

けれどももしも、…もしも万が一このままだったとしても、俺はおまえを支えて生きる。

二度と寂しい想いはさせない。

だからカレス、安心して戻ってこい。

小さな木の実を分けあったように、喜びも悲しみも分かちあって生きていこう。

「カレス、俺はおまえを誰よりも愛している」

風が吹いて栗色の髪がそよぎ、答えの代わりに、小さなくしゃみがひとつ。

「そろそろ戻ろうか」

ガルドランは微笑んでカレスを抱き上げ、冷えてしまった唇にそっと自分の唇を重ねて温もりを分け与えた。

あとがき

名は体を表すと申しますが、今回のタイトルは端的に内容を表してると思います。登場人物たちはそれぞれ心や身体に傷を負いながらハッピーエンドを目指しています（若干一名、脳天気…というか鈍感で苦労知らずな坊がいますが、彼は彼なりにいろいろ苦労するので許してやってください）。作中でカレスは自分を傷つけていますが、作者に自傷癖はありません、念のため。でも、望まない傷ならしばしば作ってます（主に猫的な意味で）。

昨年から同人改稿作が続いていますが、今回もそうです。今作の元になった作品も同人誌であるのですが、これは『攻がへたれすぎる』という理由でもにゃもにゃ。ライオネルやエリヤ、意地悪カレスに興味を持たれた方は作者のサイトhttp://www.lcv.ne.jp/~incarose/《インカローズ》で情報確認してみてください。

『蟲蟲の虜』に続いて挿絵は今回も金ひかる先生です。作中ではアレなライオネルのラフがすんごくカッコよくて、本当に改稿時の励みになりました。ありがとうございます！

毎回アメ（薄荷味）とムチで作品を的確に導いてくれる担当様・編集部・校正の皆さま、本の発行に携わる全ての方に感謝を。そしてこの本を手に取ってくださった読者の方に最大の感謝を。少しでも楽しんで読んでいただけたら幸いです。

二〇〇八年・秋

初出

ruin ―傷― ―――――― 2002年2月 同人誌掲載作を大幅改稿

ruin ―林檎とドングリ― ―――― 書き下ろし

この本を読んでの
ご意見・ご感想を
お寄せ下さい。

〒151-0051
東京都渋谷区千駄ヶ谷4-9-7
(株)幻冬舎コミックス　小説リンクス編集部
「六青《ろくせい》みつみ先生」係／「金《かね》ひかる先生」係

リンクス ロマンス

ruin ー傷ー

2008年10月31日　第1刷発行

著者……………六青《ろくせい》みつみ
発行人…………伊藤嘉彦
発行元…………株式会社　幻冬舎コミックス
〒151-0051　東京都渋谷区千駄ヶ谷4-9-7
TEL 03-5411-6434（編集）
発売元…………株式会社　幻冬舎
〒151-0051　東京都渋谷区千駄ヶ谷4-9-7
TEL 03-5411-6222（営業）
振替00120-8-767643
印刷・製本所…共同印刷株式会社
検印廃止

ISBN978-4-344-81461-5　C0293
Printed in Japan

幻冬舎コミックスホームページ　http://www.gentosha-comics.net